历代名著精选集

［战国］庄周　著
许结　黄卓颖　注评

庄子

凤凰出版传媒集团　凤凰出版社

图书在版编目（C I P）数据

庄子 / (战国) 庄周著 ; 许结, 黄卓颖注评. -- 南京 : 凤凰出版社, 2010.10
(历代名著精选集)
ISBN 978-7-80729-918-9

Ⅰ. ①庄… Ⅱ. ①庄… ②许… ③黄… Ⅲ. ①道家②庄子—注释 Ⅳ. ①B223.52

中国版本图书馆CIP数据核字(2010)第196086号

书　　名	庄子
著　　者	(战国)庄周　许结　黄卓颖 注评
责任编辑	郭馨馨
出版发行	凤凰出版传媒集团 凤凰出版社(原江苏古籍出版社) 南京市中央路 165 号　邮编 210009 发行部电话 025—83223462
集团网址	凤凰出版传媒网　http://www.ppm.cn
照　　排	江苏凤凰制版有限公司
印　　刷	江苏新华印刷厂 南京市张王庙 88 号　邮编:210037
开　　本	960×1304 毫米　1/32
印　　张	7.5
字　　数	223 千字
版　　次	2010 年 10 月第 1 版　2010 年 10 月第 1 次印刷
标准书号	ISBN 978-7-80729-918-9
定　　价	19.00 元

(本书凡印装错误可向承印厂调换,电话:025—85521756)

目 录

杂篇

前　言

《庄子》是战国时期哲学家庄周及其学派思想的经典，其合老子学派思想被称为“老庄哲学”，后因道教徒所本，又称《南华经》，与老子《道德经》并奉为道教的思想基础。而在中国学术史上，老庄哲学作为道家思想的代表，与以孔孟思想为代表的儒家相等并峙，成为两大思想宝库和学术主潮。

关于庄子的生平，见于《史记·老子韩非列传》附载：“庄子者，蒙人也，名周。周尝为蒙漆园吏，与梁惠王、齐宣王同时。其学无所不窥，然其要本归于老子之言，故其著书十余万言，大抵率寓言也。作《渔父》、《盗跖》、《胠箧》，以诋訾孔子之徒，以明老子之术。《畏累虚》、《亢桑子》之属，皆空语无事实。然善属书离辞，指事类情，用剽剥儒、墨，虽当世宿学不能自解免也。其言洸洋自恣以适己，故自王公大人不能器之。楚威王闻庄周贤，使使厚币迎之，许以为相。庄周笑谓楚使曰：‘……终身不仕，以快吾志焉。’”由此来看，庄子名周，蒙（古宋国，今属河南）人，曾为漆园吏（掌管园林），与梁惠王、齐宣王同时，所以和孟子的年龄相差不远。庄子思想本于老子，著书十万言多为寓言，所谓“自恣”、“适己”，即著书自娱，所以不被统治者重视。由于庄子生平多半依据《庄子》书中记载，其书又多寓言譬况，其中不乏虚构，比如楚威王“厚币迎之”一事，就不为诸多史家所取。

认识庄子及其思想，应当了解其所处的时代及其文化。在政治上，庄子所处的历史环境非常恶劣，被史家称为“桀宋”。早在春秋时代，所谓《春秋》一书中记载“弑君三十六，亡国五十二”（司马迁《太史公自序》），而战国乱世，更是不堪，尤其是当时的小小宋国，其国君是“淫于酒妇人，群臣谏者辄射之”（《史记·宋世家》），劣迹昭彰。也正是处于这种残暴而黑暗的统治下，庄子在书中才借卫君的“轻用其国”、“轻用民死”，比喻统治者的专横与暴虐；又假托人物（如颜回）表达身处乱世，怀抱“乱国就之”的救世心态。在庄子笔下，对治政者的批评与鞭笞，虽然尝借寓言使之较为隐讳，然其间透露出的愤懑以及由此而来的辛辣言词，与孟子的慨慷任气的批判异曲同工，均反映了那特定的时代。焦竑《读庄子》称“老庄盛言虚无之理，非其废世教也”，可谓知言。在文化上，庄子与老子思想又具于先秦时代南方文化的特征。近人刘师培就地理大势撰写《南北文学不同论》说：“春秋以降，诸子并兴，然荀卿、吕不韦之书，最为平实刚志……则秦、赵之文也。……惟荆楚之地，僻处南方，故老子之书，其说杳冥而深远，及庄、列之徒承之，其旨远，其义隐，其为文也纵而后反，寓实于虚，肆以荒唐谲怪之词，渊乎其有思，茫乎其不可测矣。屈平之文……遗尘超物，荒唐谲怪，复与庄、列相同。南方之文，此其选矣。”由此南方文化特征，使庄子思想形成两大指向，即与老子结合而为“老庄哲学”，与屈原结合而成“庄骚传统”。

这里仅就老庄哲学作些讨论。由于南北文化的差异，蔡元培说“南方之思想，多好为形而上学之探究”，“北方儒者，以经验世界为其世界观之基础”（《中国伦理学史》），这也决定了古代学术思想“道”（玄化为本）与“儒”（德教为宗）之别，在此意义上，老庄哲学形成一学术共体。从老庄哲学的基本思想来看，其与儒学观的根本差异，诚如《刘子·九流》所评：儒家是“顺阴阳之性，明教化之本，游心于六艺，留情于五常”；道家是“以空虚为本，清净为心，谦挹为德，卑弱为行，居无为之事，行不言之教，裁成宇宙，不见其迹，亭毒万物，不有其功”。合观老子与庄子的思想，有几点共性是明显的：其一，应适自然、清虚自守，是道家学者的基本观念，老子的“虚静”、“玄鉴”，庄子的“心斋”、“坐忘”，表达了天人融通的自然哲学观。其二，思绪玄远，好为深邃的探求，表现出南方文化的因缘及特征。其三，提倡节俭与反对人为的智巧，是作为“乱世之文”对当时礼制的反思与批判。对于老、庄之异，朱长春《读庄子跋》认为老氏重“无”，庄氏重“虚无”，是对其思想的考量。徐师曾《庄子论》认为“老子之书，简而深，深故能藏天下之术；庄子之书，闳而肆，肆故能穷天下之变”，又是从风格方面考虑的。而今人陈鼓应区别老、庄之“道”，则以为老子更具客观性，庄子则重主观性，即“在庄子，‘道’成为人生所达到的最高境界，人生所臻至的最高境界便称这'道'的境界。由是老子形而上之本体论和宇宙论色彩浓厚的'道',到庄子则内化而为心灵的境界"(《庄子论"道"》)。诸家所言各有偏重,论其大要,皆属中肯。

庄子与《庄子》一书,不可分割,但又不是同一的概念。如同其他先秦著述,我们认为《庄子》也属于庄子学派的思想成就。也正因此,在《庄子》的文字如《外物》、《山木》、《秋水》、《列御寇》、《徐无鬼》篇中,记有庄子的生平材料。关于《庄子》的流传与卷数,诸说纷纭,今存郭象注三十三篇。论其真伪,一般认为郭象注《庄子》内七篇为庄子自作,其他多系庄子后学所为,其中如《盗跖》、《渔父》、《让王》、《说剑》四篇,苏轼就认为是伪书,已不属于庄子学派的著述范围。所以研究庄子的学术思想,应当以内七篇为主要探讨对象。

从《庄子》内七篇的主要内容来看,可分为三个层面:第一个层面包括《逍遥游》、《齐物论》、《养生主》三篇,这也是庄子立论的核心。在这里,庄子着重表现的是他对主体精神生命的阐扬。《逍遥游》一篇以"游"为中心,通过各种自由形象的描绘,抒写自由的心灵,以彰显超越现实而顺适自然的人生价值。如果说《逍遥游》是自由精神的宏扬,则《齐物论》就是提供达到这种精神自由的一种理论方法,即倡导万物齐一和破除"我执",从无限时空看待"天下莫大于秋毫之末,而太山为小;莫寿于殇子,而彭祖为夭"这一相对性哲学命题,以达到"万物与我为一"的境界。而将这种万物的普遍性的自由落实于人生的作为或修养,也就是《养生主》篇的主旨。如其"庖丁解牛"的故事,以"缘督以为经"表现遵循自然原理的道,解除礼教束缚,视"养神"为"养生"之本,是对主体生命意识的探求。第二个层面包括《人间世》与《德充符》,突出现实与理想的隔离,由现实的悲剧意识转化为理想的自由意志。在《人间世》中,作者对世间士大夫的悲惨命运借寓言故事进行深刻揭露,如借"栎社树"之口道出当世有用之材"大枝折,小枝泄,此以其能苦其生者"的悲哀,以比喻世道的浑噩。缘此艰难生计,庄子提出用"养中"、"心斋"之法予以解脱,以体达如《德充符》同现实形成鲜明对照的自我修养的"大德"境界。这也就是他强调的"索于形骸之外"、"不以好恶内伤其身"、"德有所长而形有所忘"的不因物喜、不以己悲的纯粹人生。第三个层面包括《大宗师》、《应帝王》两篇,是庄子倡导自然论的实践，即从自然观的天人合一、人生观的死生如一到政治论的无为而治。在《大宗师》中，庄子提倡通过“离形”、“去智”达到“坐忘”之境，这是“与大化同流”的“道”的实践，落实于政治与人生，就是庄子所说的“无为名尸，无为谋府，无为事任，无为知主，体尽无穷，而游无朕”（《应帝王》）的无治主义思想。

相比之下，《庄子》的外篇与杂篇应该多属庄子学派的思想，虽然其中不乏错杂与混乱，但就思想主流而言，仍可视为一个整体，其中一些篇章，能与内篇互相印证，互相发明。而综观《庄子》一书的主体精神，最值得关注的是“物化”思想。庄子人生哲学的“物化”观，本质是消解主、客对立，达到“心斋”、“坐忘”之境。在《齐物论》中，作者描写的“庄周化蝶”，自称“此之谓物化”；于《在宥》篇中谈去形、去智，所谓“吐尔聪明，伦与物忘”，亦即物化。郭象注《庄子》，就以玄远之“冥”（混冥）解释“物化”，即“神全形具，而体与物冥”（《齐物论》注）、“与物无不冥，与化无不一”、“与物冥者，物萦亦萦，而未始不宁”（《大宗师》注），试图表明的仍是物我贯通、主客合一的意旨。在“庖丁解牛”中，作者通过庖丁之口说明人与物、心与手之间对立消解的意义，在“游于濠梁”中，作者通过“认识判断”的理智活动与“趣味判断”的审美活动的差异，说明庄子濠上美的观照是“孤立的直觉”的“当下呈现”（徐复观语），均于“混冥”之意或“物化”之境有所发明。

如果将庄子的物化之境落实于人生修为，有几个范畴值得注意：一是由去形到达神。庄子学说的一个基点就是不以“形”为是非，而在于去“形”达“神”，全其天德。为了证明这一点，庄子往往选择形“畸”之人如“骈拇”、“痀偻”，选择身“贱”之人如“庖丁”、“轮扁”，来阐明其养神达道的“全德”意义。如《达生》篇载“痀偻承蜩”、“没人操舟”的故事，“承蜩”者忘其物形而因神遇，“善游”者忘其水形而畅达其神，也是身与物化、心与物融的缘故。二是由遁世到游世。庄子物化观的另一个支点是摆脱“人为物役”的生存困境，所以选择遁世人生；而这种遁世人生在衰世现实中并不真实存在，所以他又选择了一种绝对自由的精神，就是“游于世而不僻，顺人而不失己”（《外物》）的主动的“游世”人生。而身体的“游世”，目的是精神的“超世”，期望真正达到“独与天地精神往来，而不敖倪于万物，不谴是非以与世俗处”（《天下》）的境地。三是由有待到无待。庄子清醒地认识到摆脱“人为物役”的生存困境，在现实中几乎是不可能的，因此在他看来，小人殉财货，君子殉仁义，都是“危身弃生以殉物”；而力求超脱之人，往往也受时空的限制，即所谓“有待”。比如蜩与学鸠，乃至鲲鹏，或“决起而飞”，或“驭风而行”，程度不同，均属有待。为了摆脱有待的困境，庄子只能寄托于精神，即“乘天地之正，而御六气之辩，以游无穷者，彼且恶乎待哉”的绝对“无待”的自由。在“罔两问景”中，景的回答是区分了景与蛇蜕的不同，蜕皮依形有待，而景因日光显现，因阴夜休息，故无待于形，所谓“天机自张”（成玄英《庄子疏》），正是庄子以无待摒弃有待的想象的空间。四是由无己到与物为春。庄子人生哲学的内在超越，在于消解形态的自我而求取精神的真我，这就是“无己”或“吾丧我”的命题。庄子认为只有“丧我”、“无己”，才能破除“我执”，不为物役，真正融身心于自然，而“与物有宜”，“与物为春”。例如《大宗师》中的真人“凄然似秋，暖然似春”，《德充符》所说的“使日夜无隙，而与物为春”，就是这样的追求，内含道家学说中“大仁不仁”的全德境界与“自适其适”的至乐精神。

从散文艺术看《庄子》，其在诸子散文中有着独异的地位和特异的审美价值。前人论《庄子》文章，或谓其“奇”，如蒲松龄《庄列选略小引》说“千古之奇文，至庄、列止矣”；或谓其“虚”，如李涂《文章精义》说“《庄子》文章善用虚，以其虚而虚天下之实”；或谓其“妙”，如陈绎曾《文章欧冶》说“庄子善议论，见识高妙，机轴圆活，情性滑稽。故肆口安言亦妙，缄口不言亦妙，开口正言亦妙”；或谓其“宕”，如吴德旋《初月楼古文绪论》说“《庄子》文章最灵脱，而最妙于宕”；或谓其“空”，如杜浚《杜氏文谱》说“《庄子》寓言之类，是空境界文字”。由于庄子与孟子基本同时，且两家文字最为雄肆畅达，所以往往为后世并称而加以比较。如论其“同”，则叶梦得说“孟子、庄周，雄辩闳衍，如决江河，如蒸云雾”（王正德《余师录》引）；论其“异”，则王叔岷说“孟子气盛，庄周心和；孟子高昂，庄周圆通”（《惠施与庄周》）。而邓绎《藻川堂谭艺》论庄、孟之文则尤为形象而警策：“其为言也，道与气相摩而融，意与文相组而华，故能以久大于天地。虽然，孟子之言明白正大若日月，端重古质若彝鼎，而庄周之言则曼衍支离，时杂以游戏诙诡不羁之辞以自畅其隐趣，此所以同于充实岸异而不同于述圣化世也。”通过庄、孟比较，较能清晰地看出庄子文章的特色。其实，庄子散文最大的特色应该就是“寓言”，所以司马迁述《庄》对其“三言”（寓言、重言、卮言）仅谓之“大抵率寓言”。因其寓言，所以庄子书中多虚构人物，用代言的方法立论；因其寓言，庄子最擅长说理，却能寓真情于诞妄之词；因其寓言，庄子议论风发，而比喻生动，所以错综变化，臻于神奇。至于其书中举事明理，逐层论述，既逻辑严密，又跌宕生姿，也是我们解读《庄子》时深切感受到的。

《庄子》一书，传播久远，注家亦多。举其要者，如晋代郭象注庄（《郭子翼庄》）、唐代成玄英《庄子注疏》、陆德明《庄子音义》、清代王夫之《庄子解》、王先谦《庄子注》以及郭庆藩的《庄子集释》，多为当今读庄习庄者引述。由于郭庆藩本最为详明，所以本书选文以此为底本（郭庆藩《庄子集释》，王孝鱼点校，中华书局 2004 年版），引述他本异文，则于注中说明。本书选文，偏重内七篇，其中前三篇全文收录，后四篇去除少量疏散或疑为衍文、注文的文字。外篇与杂篇均为选录，惟杂篇中的《渔父》篇为一完整故事，《天下》篇堪称先秦学术小史，所以也全录其文字。书中文章标题，少量沿承已有选本的标目，大多数均为我们自拟，拟题方法以主题思想标题法为主，以采用首句标题法为辅，这也是取法前贤的标目惯例。

内 篇

逍 遥 游

北冥有鱼

北冥有鱼，其名为鲲。[①]鲲之大，不知其几千里也。化而为鸟，其名为鹏。[②]鹏之背，不知其几千里也；怒而飞，其翼若垂天之云。[③]是鸟也，海运则将徙于南冥。[④]南冥者，天池也。[⑤]

【注释】

① 冥：通“溟”，训为海，下文“南冥”之“冥”与此同。鲲（kūn）：鱼卵，庄子以它称呼绝大之鱼，寓有齐物之意。 ② 化：变化。鹏：古凤字，大鸟名，但非“凤凰”之“凤”。 ③ 怒：与“努”同，努力、振奋的意思。垂：边。垂天之云：意指大鹏翅膀如天边云彩一般广大。 ④ 是：此。运：动，“海运”即海水翻腾，一说为海上飓风。 ⑤ 天池：天然大池，指南冥的形成乃是自然造化之功，非人力所为，故称。

《齐谐》者，志怪者也。[①]《谐》之言曰：“鹏之徙于南冥也，水击三千里，抟扶摇而上者九万里，去以六月息者也。”[②]野马也，尘埃也，生物之以息相吹也。[③]天之苍苍，其正色邪？其远而无所至极邪？[④]其视下也，亦若是则已矣。[⑤]

【注释】

① 齐谐：一说是书名，一说是人名，从后文“志怪者也”一句来看，当以书名为是。志：记录，怪：怪异之事。 ② 击：与“激”同，“水击”即击水。抟（tuán）：兼有拍、旋二义，一说为“搏”之误。扶摇：海上旋风。息：气，“六月息”即六月风，一说“息”当作“休息”解，按，大鹏南迁，有待于六

月风才能起行，就如野马、尘埃有待于空中游气相吹才能游动一样，因此，“六月息”与后文“以息相吹”之“息”都应作“气息”解。 ③ 野马：泽中游气。尘埃：空中浮尘。生物：生生不息之物。 ④ 天之苍苍句：人仰望天空，只见幽深苍茫的一片，这是天空本来的颜色呢，还是因为它太遥远而没有尽头？ ⑤ 其：指大鹏。是：指人仰望天空所见的情景。则已：而已。

且夫水之积也不厚，则其负大舟也无力。[①]覆杯水于坳堂之上，则芥为之舟；置杯焉则胶，水浅而舟大也。[②]风之积也不厚，则其负大翼也无力。故九万里，则风斯在下矣，而后乃今培风；[③]背负青天而莫之夭阏者，而后乃今将图南。[④]

【注 释】

① 且夫：发语词。 ② 坳(ào)堂：堂上低洼处。芥：小草。胶：粘住。 ③ 九万里：指上到九万里的高空，即上文“抟扶摇而上者九万里”之意。而后乃今：乃今而后的倒文，“从今以后”的意思。培：凭，一说当作“厚积”解。 ④ 夭：屈，折。阏(è)：止，塞。“夭阏”即障碍之意。图：谋。

蜩与学鸠笑之曰：[①]“我决起而飞，抢榆枋，时则不至而控于地而已矣，奚以之九万里而南为？”[②]适莽苍者，三飡而反，腹犹果然；[③]适百里者，宿舂粮；[④]适千里者，三月聚粮。[⑤]之二虫又何知！[⑥]

【注 释】

① 蜩(tiáo)：蝉。学鸠：小斑鸠，一说“学”为“鸴”之俗字。 ② 决(xuè)：迅疾之貌。抢：聚集。榆：榆树。枋：檀木。则：或。控：投。奚以：何以。之：至，往。或以为“抢榆枋”后脱“而止”。 ③ 莽苍：郊野之色，指代郊外。飡(cān)：与“餐”同。反：与“返”同。果然：很饱的样子。 ④ 宿舂粮：隔宿捣粮储食，一说舂捣粮食，以备一宿之借。 ⑤ 所适越远，所聚越多，此喻大鹏相对于蜩与学鸠而言，飞得高，适更远，所储必多。然考其义，则大鹏并无意为此，只不过适性而已。 ⑥ 之：此。二虫：指蜩与学鸠。

小大之辩

小知不及大知，小年不及大年。[①] 奚以知其然也？朝菌不知晦朔，蟪蛄不知春秋，此小年也。[②] 楚之南有冥灵者，以五百岁为春，五百岁为秋；上古有大椿者，以八千岁为春，八千岁为秋。[③] 而彭祖乃今以久特闻，众人匹之，不亦悲乎！[④]

【注释】

① 不及：不至，不可作"不如"解。 ② 朝菌：大芝，又名日及，天阴生于粪上，见日则死，一说当作"朝秀"，为朝生暮死的小虫。晦朔：一月的终始。蟪蛄(huì gū)：寒蝉，春生夏死，夏生秋死，故不知春秋。 ③ 冥灵：木名，一说为溟海中的灵龟。大椿(chūn)：木槿。 ④ 彭祖：古代长寿之人，或以为姓钱，名铿，为帝颛顼玄孙，一说为帝喾玄孙。乃今：至今。"众人匹"之句：言彭祖虽然长寿，也有年限，而众人羡慕不已，汲汲于追求长生之术，不知自适其性，实在是可悲！

汤之问棘也是已。[①] 穷发之北有冥海者，天池也。[②] 有鱼焉，其广数千里，未有知其修者，其名为鲲。[③] 有鸟焉，其名为鹏，背若太山，翼若垂天之云，[④] 抟扶摇羊角而上者九万里，绝云气，负青天，然后图南，且适南冥也。[⑤] 斥鴳笑之曰："彼且奚适也？我腾跃而上，不过数仞而下，翱翔蓬蒿之间，此亦飞之至也。而彼且奚适也？"[⑥] 此小大之辩也。[⑦]

【注释】

① 汤：殷王商汤。棘：汤时贤人夏革。棘、革古音相同，故得相通。是已：是也。一说在此句下，尚有"汤问棘曰上下四方有极乎棘曰无极之外复无极也"二十一字。 ② 发：草木。穷发：不毛之地，荒远之地。 ③ 修：长。 ④ 太山：泰山。 ⑤ 羊角：指旋风形状如羊角。绝：借为"越"，度。且：将。 ⑥ 斥：小池泽，一说当作"尺"。鴳(yàn)：麻雀。仞：八尺，一说七尺。至：极。飞之至：指飞翔所能达到的极致。 ⑦ 辩：通"辨"，别。此小大之辩也：这就是大小物体的性分之别。

故夫知效一官，行比一乡，德合一君，而征一国者，其自视也亦若此矣。[①]而宋荣子犹然笑之。[②]且举世而誉之而不加劝，举世而非之而不加沮，定乎内外之分，辩乎荣辱之境，斯已矣。[③]彼其于世未数数然也。[④]虽然，犹有未树也。[⑤]夫列子御风而行，泠然善也，[⑥]旬有五日而后反。[⑦]彼于致福者，[⑧]未数数然也。此虽免乎行，犹有所待者也。[⑨]若夫乘天地之正，而御六气之辩，以游无穷者，彼且恶乎待哉！[⑩]故曰，至人无己，神人无功，圣人无名。[⑪]

【注释】

① 知：通“智”。效：能，胜任。比：合，一说当作“庇”。而：转折连词，一说当作“能”解。征：取信于。其自视也句：指那些“知效一官，行比一乡，德合一君，而征一国”的人，安居于既有的名位而洋洋自得，犹如蜩、学鸠与斥鴳处于狭小的一隅而沾沾自喜一样。 ② 宋荣子：宋国贤人，即《孟子》书中的宋牼（kēng），《荀子》书中的宋钘（xíng），《韩非子》书中的宋荣。犹然：轻笑貌。 ③ 劝：勉励。沮：败，指心意沮丧。内：自我。外：外物。荣辱：就自我本心而言，无所谓荣辱；就外物而言，则是荣辱所寄。斯：此。已：止。斯已矣：止于此罢了。宋荣子能明确区分自我与外物的畛域，认为一切荣辱、是非不过是外界强加的东西，因此，他能持守自我本心，不以外界的荣辱挂怀。 ④ 数数然：汲汲然，急迫的样子。 ⑤ 树：立。犹有未树也：言宋荣子虽然不以外界的荣辱、名位为怀，但他以大笑小，未能去自矜自信之心，犹有所待，还未能立于逍遥的大道。 ⑥ 列子：列御寇，郑穆公时人，一说郑繻公时人，为道家前辈，著有《列子》一书，今通行本《列子》已非其旧。列子御风而行：事见《列子·黄帝篇》。泠然：轻妙的样子。善：美。 ⑦ 旬：十日。有：通“又”。 ⑧ 致：得。致福：指得到御风而行的道术。 ⑨ 此虽免乎行句：指列子御风而行，虽然免去了步行之苦，然而，如要御风而行，还须有待于风，不能完全逍遥自由。 ⑩ 乘天地之正：指顺万物之性。而：以。御：乘，顺。六气：关于“六气”的解释，历来众说纷纭，但一般以“阴、阳、风、雨、晦、明”解之。辩：通“变”。无穷：指大道。恶：何。 ⑪ 至人、神人、圣人：指无所待而游于大道的人。无己：去除自我中心，不自矜。无功：不借助外界相助之功，一说不立

功。无名:不立名,不追求外界名位。

【导读】

这是《逍遥游》的第一段,借用“鲲”、“鹏”、“蜩”、“学鸠”诸形象,以阐发“乘天地之正”的“逍遥”主旨。

文章先以“鲲”、“鹏”立意,揭示出一个广大无垠的世界。作者构想的“北冥”之“鱼”,以“不知其几千里”状其“大”,开笔已见神奇,而继以“化而为鸟”,由实转虚,更入神幻之境。其中一“化”字,既是庄子为文之妙笔,也是其贯穿全书的“物化”思想趣味的最初体现。屈大均《读庄子》说:“漆园之书,化书也。化之云者,形化而后仙,神化而后圣,乃为逍遥之至也。”因其“化”,使“鲲”化为“鹏”,“鹏”即为“鲲”,再以鹏之翼“若垂天之云”承接“鲲之大”,以鹏徙“南冥”对接“北冥”,展开无限的空间,其心眼空阔,非同凡响。由此,作者复以志怪书《齐谐》所载“鹏徙南冥”故事,写足其义,使这一形象显得更为充实、丰满与神奇。也因为鹏之驭风而行,故以自然界的生物“以息相吹”的现象,继续阐发“风”“水”积“厚”则承重负力的道理,这也是“逍遥”而有所待的境界。

庄子取法老子,擅长“以反彰正”之法,只是老子更多的是以语言“以反彰正”(如“大巧若拙”、“信言不美”),而庄子则以寓言的形式,通过生动的形象描写达到其效果。所以他以“蜩”与“学鸠”的“决起而飞”、“抢榆枋而止”的生存体验,嘲笑“鲲鹏”的“九万里而南为”的行为,“之二虫又何知”,既是对“小知”的反讽,又是“以反彰正”法彰扬一种阔大雄浑的意境。这种意境,如“朝菌”、“蟪蛄”之于“冥灵”、“大椿”,表现出“小知”与“大知”、“小年”与“大年”的对待与异趣。为了进一步彰显其义,作者再由“小知不及大知”的命题点出“小大之辩”,这就是汤与棘的对话。而“棘”在回答“汤”的话语中,于构想的“无极”世界中又用“斥鴳”嘲笑“鹏”的故事,反复推陈“小大之辩”,接以“宋荣子”的“犹然笑之”与“列子”的“御风而行”,再次写足题义,以蕴含可为知者道、难与俗人言的超然趣味。

然而,无论是大如鲲鹏,或是小如朝菌,无不“有待”,所以要想破除功名、利禄、权势的束缚,必须由“有待”勘进于“无待”,这就是庄子在这段描写收束处提出的“乘天地之正”、“御六气之辩(变)”、“以游无穷”的期待,因为只有破除外在限囿与心中我执，才能有与天地精神往来的真正的“逍遥”之境。

尧让天下

尧让天下于许由，① 曰：“日月出矣，而爝火不息，其于光也，不亦难乎！② 时雨降矣，而犹浸灌，其于泽也，不亦劳乎！③ 夫子立而天下治，而我犹尸之，吾自视缺然。④ 请致天下。”⑤

许由曰：“子治天下，天下既已治也。而我犹代子，吾将为名乎？名者，实之宾也。⑥ 吾将为宾乎？⑦ 鹪鹩巢于深林，不过一枝；偃鼠饮河，不过满腹。⑧ 归休乎君，予无所用天下为！⑨ 庖人虽不治庖，尸祝不越樽俎而代之矣。”⑩

【注释】

① 尧：名放勋，号陶唐氏，为儒家理想中的圣君。许由：古代高士，传说尧曾让天下于他，他不受，逃隐于颍水之阳，箕山之下。 ② 爝(jué)火：炬火，即小火把。此句言与日月朗照相比，爝火的光亮微不足道。 ③ 浸灌：浇灌，灌溉，一说抱瓮而灌。泽：滋润万物。此句言天既然已经降下时雨，滋润万物，如果还要抱瓮浇灌，必然会徒劳无功。 ④ 立：指立为天子。尸：主，在这里有尸位素餐的意思。缺然：不足的样子，一说自愧的样子。 ⑤ 致：给予，让与。 ⑥ 名者实之宾：实是主，名是实的宾位，殉名必然会导致宾主易位。 ⑦ 宾：一说为“实”之误。 ⑧ 鹪鹩(jiāo liáo)：巧妇鸟，体形小，善于筑巢。偃鼠：鼹鼠，又名鼢鼠，即野外田鼠，常伏行地下，故称“偃”。许由以“鹪鹩”“偃鼠”自喻，以“深林”“河”喻天下，以“不过一枝”“不过满腹”比喻适性而行，不过多外求。 ⑨ 休：止。归休乎君：意思是你回去吧，不要再提“致天下”这件事了。予无所用天下为：即“予用天下无所为”的倒装。 ⑩ 庖(páo)人：厨人，掌管宰割烹调的事情。尸：祭祀宗庙时充当神主的人。祝：祭祀时执祭版对神主宣读祝辞的人。越：跨。樽(zūn)：盛酒器。俎(zǔ)：盛肉器。樽俎用于祭祀仪式，为祝官所掌管。此句言庖人虽然不称职，但尸祝不跨越自己的职权

而代庖人宰割烹调。

肩吾问于连叔

肩吾问于连叔曰：[1]“吾闻言于接舆，大而无当，往而不返。[2]吾惊怖其言，犹河汉而无极也；[3]大有径庭，不近人情焉。”[4]

连叔曰：“其言谓何哉？”

“曰：‘藐姑射之山，有神人居焉。[5]肌肤若冰雪，淖约若处子。[6]不食五谷，吸风饮露。[7]乘云气，御飞龙，而游乎四海之外。[8]其神凝，使物不疵疠而年谷熟。’[9]吾以是狂而不信也。”[10]

连叔曰：“然。瞽者无以与乎文章之观，聋者无以与乎钟鼓之声。岂唯形骸有聋盲哉？夫知亦有之。[11]是其言也，犹时女也。[12]之人也，之德也，将磅礴万物以为一，世蕲乎乱，孰弊弊焉以天下为事！[13]之人也，物莫之伤，大浸稽天而不溺，大旱金石流、土山焦而不热。[14]是其尘垢秕糠，将犹陶铸尧、舜者也，孰肯以物为事！[15]宋人资章甫而适诸越，越人断发文身，无所用之。[16]尧治天下之民，平海内之政，往见四子藐姑射之山，汾水之阳，窅然丧其天下焉。”[17]

【注释】

① 肩吾、连叔：古代修道之人。按，《庄子》中提到的人物与古代故事，大多是某一寓言的载体，不必一一落实。 ② 接舆：即《论语·微子》中的楚狂接舆，姓陆，名通，有感于世事险恶，因此佯狂不仕，耕作以自给。当：准的。大而无当：指接舆的话恢弘而没有落实的地方。返：归。往而不返：指接舆的话说出之后，不归结到具体的意旨之上。 ③ 惊怖：惶恐不安。犹河汉句：像河汉一样没有边际。 ④ 径庭：偏差，一说为过激之词。不近人情：不切近世情。 ⑤ 藐：远。姑射(yì)：神山名，《山海经》中记有两姑射山：一、《东山经》所载姑射山在卢其山南三百八十里，无草木，多水；二、《海内北经》所载列姑射在海河州中，包括南姑射与北姑射。神人：与上文“神人无功”中的“神人”同义。 ⑥ 淖(chuō)约：柔弱美好的样子。处子：处女。“肌肤若冰雪”言其洁净，“淖约若处子”言其贞静。

⑦ 五谷：指黍、稷、麻、菽、麦。 ⑧ 此句言神人逍遥自由，与天地精神往来。 ⑨ 凝：静，一说当解作凝聚、专注。疵疠：疾病。此句言神人贞静守一，无为而无不为，万物适性而动，没有疾病之苦，各得其正而自然有成。 ⑩ 狂：借为"诳"，虚妄之言。 ⑪ 然：是这样，连叔的意思是指肩吾不懂得接舆一番话的真意所在，因此认为它"狂而不信"，这种看法是很自然的事。瞽(gǔ)者：盲人。知：通"智"。 ⑫ 是：此。时：通"是"。女：通"汝"，指肩吾。此句言上面所说的是针对你而言的。 ⑬ 之：其。磅礴：混同，广被。亦作"旁魄"。蕲：同"祈"，求。乱：与《论语》"予有乱臣十人"之"乱"同，训为治，一说当以常见意义解。弊弊：劳苦经营的样子。 ⑭ 大浸：指大洪水。稽：至，及。不溺：不被淹没。金石流：指金石被融化。土山焦：指土山被烤焦。 ⑮ 尘垢秕糠：尘垢指污秽之物，秕糠指剩余之物，二者用来指代神人鄙弃的粗浅的东西。陶铸：熔金曰铸，范土曰陶，这里用来指成就尧舜一样的功业。以物为事：即上文"以天下为事"之意，一说"以物为事"上当有"纷纷然"三字。 ⑯ 资：货，交易。章甫：殷人称帽子为"章甫"，宋人是殷人的后代，因此也将帽子称为"章甫"。诸：同"于"，"于越"即越国，一说越人自称为"于越"。 ⑰ 四子：有两解，一指四人，即许由、齧缺、王倪、被衣；一指四德，即本、迹、非本非迹、非非本非迹。窅(yǎo)然：怅然，茫然，一说寂寥深远的样子。丧：忘。此句言尧见四子之后，茫茫然若忘天下之事，天下之于尧，犹如章甫之于越人，再也没有可用的地方。

【导读】

这是《逍遥游》的第二段，通过"尧让天下"与"肩吾问连叔"两则事例，说明去名、去功的必要与"至人无己"的精神境界。

关于"尧让天下"，蓝本甚多，史称"唐虞禅让"，而庄子书中除了这里的描写，还专设有《让王》篇描述尧让天下给许由而许由不受的故事。而胪举诸家记述"让王"之事，略有四类：一是《尚书·尧典》、《墨子·尚贤》所载，以"让贤"为主旨，是墨家学派"尚贤"的表现；二是《论语·尧曰》、《孟子·万章》所载，赞"民从之"的力量，是儒家学派"民本"思想的表现；三是《韩非子·五蠹》所载，以为让王是"去监门之养，而离臣虏之劳"，代表了法家的观点，四是《庄子》中的让王记载，表现的是许由“轻禄贱位”的观点，堪称道家的代表。正是庄子的这种描写，到了晋人皇甫谧撰《高士传》，又演绎出许由“临流洗耳”的趣事。解读这段文字，重点在许由的答词，其中“鷦鹩”、“偃鼠”之喻，“越俎代庖”之说，皆属宾词，关键主词是“予无所用天下为”一语，是超然人外与物外的逍遥之境。

同样的道理，肩吾对连叔所说的“姑射山”神人，所谓的“吸风饮露，乘云气，御飞龙，而游乎四海之外”，正是庄子试图进一步超越“鲲鹏”之“有待”而达至“无待”之“逍遥”的构想，而连叔的呼应，即“神人”不因“大浸”“大旱”动声色，其“尘垢秕糠，将犹陶铸尧舜”，也是对许由“无所用天下为”的证明，是超脱名利权禄的自由。至于文末“宋人资章甫”而无用于越地，尧往见四子而“窅然丧其天下”的描写，起了逗引下述“用大”与“无用”讨论的作用，是对“至人无己”的进一步阐发，也是庄子《在宥篇》中“物而不物，故能物物”的自然理趣。

用大与无用

惠子谓庄子曰：①“魏王贻我大瓠之种，我树之成而实五石，以盛水浆，其坚不能自举也。②剖之以为瓢，则瓠落无所容。③非不呺然大也，吾为其无用而掊之。”④

庄子曰：“夫子固拙于用大矣。宋人有善为不龟手之药者，世世以洴澼絖为事。⑤客闻之，请买其方百金。⑥聚族而谋曰：‘我世世为洴澼絖，不过数金；今一朝而鬻技百金，请与之。’⑦客得之，以说吴王。越有难，吴王使之将，冬与越人水战，大败越人，裂地而封之。⑧能不龟手，一也；或以封，或不免于洴澼絖，则所用之异也。⑨今子有五石之瓠，何不虑以为大樽而浮乎江湖，而忧其瓠落无所容？⑩则夫子犹有蓬之心也夫！”⑪

【注释】

① 惠子：姓惠，名施，先秦名家学派的代表人物，曾为魏惠王相。

② 魏王：魏惠王，后来魏迁都大梁，故又称梁惠王。贻：赠送。瓠(hù)：葫

芦。实：瓠子，一说指容纳之意。其坚不能自举：言葫芦质地脆而不坚，用以盛水浆则经不起提举。 ③ 瓠落：廓落。无所容：不能容物，一说无处安放。此句言将葫芦剖分为瓢，则其形制平浅而不能容物。 ④ 呺(xiāo)然：虚大的样子，呺通"枵"。掊：打破。惠子以瓠瓜大而无用来比喻庄子之言恢弘而不切实务。 ⑤ 龟(jūn)：通"皲"，皮肤冻裂。洴澼(píng pì)：洴，浮；澼，漂；洴澼即漂洗，一说为击打丝絮的声音。絖(kuàng)：古"纩"字，絮。 ⑥ 百金：在古代，金方一寸重一斤为一金，百金即百斤。一说"方"下有"以"字。 ⑦ 鬻(yù)：卖。 ⑧ 越有难：指越发兵入侵。 ⑨ 所用之异：指善于用大与拙于用大的差别。 ⑩ 虑：思虑，计算，一说当作系缚、缀结解。大樽：即腰舟，形状如酒器，系在身上，可以渡水。 ⑪ 蓬：蓬草，矮小而不直。蓬之心：指心灵如有蓬草填塞，寓指惠施不能因物制宜，不过是拘曲之士。

惠子谓庄子曰："吾有大树，人谓之樗。[①]其大本拥肿而不中绳墨，其小枝卷曲而不中规矩，[②]立之涂，匠者不顾。[③]今子之言，大而无用，众所同去也。"

庄子曰："子独不见狸狌乎？[④]卑身而伏，以候敖者；东西跳梁，不辟高下；中于机辟，死于罔罟。[⑤]今夫斄牛，其大若垂天之云。[⑥]此能为大矣，而不能执鼠。[⑦]今子有大树，患其无用，何不树之于无何有之乡，广莫之野，[⑧]彷徨乎无为其侧，逍遥乎寝卧其下。[⑨]不夭斤斧，物无害者，无所可用，安所困苦哉！"[⑩]

【注 释】

① 樗(chū)：臭椿，落叶乔木，材质粗劣，不可以作器具。 ② 大本：主干。拥肿：即臃肿，指瘿瘤盘结。中(zhòng)：合。绳墨用来定曲直，规矩用来定方圆。 ③ 立：树。涂：通"途"，道路。 ④ 狸：野猫。狌(shēng)：鼬，即黄鼠狼。 ⑤ 敖：游，敖者指出游之物，即鸡鼠之类。跳梁：跳跃。辟：通"避"。机辟：机关。罔：通"网"。罟(gǔ)：网的一种。 ⑥ 斄(lí)牛：旄牛，身披长毛，体形庞大。 ⑦ 此句言其无用。 ⑧ 无何有：即无所有，无己无物，无为无待，故称"无何有"。莫：大，"广莫"即广

大、宽广的意思。 ⑨ 彷徨：在这里与“逍遥”同义，悠游自得。 ⑩ 夭：夭折，早死。安所：何所。

【导读】

这是《逍遥游》的末段，通过庄子与惠子的两则对话，探讨“用大”与“无用”的道理，并以“无用”之“用”证明“无待”的逍遥之境。

在《庄子》书中，有很多庄、惠对话的场景与情节，而由《逍遥游》开篇的这两则对话来看，实际就是庄子一书假托人物，构设寓言，阐发道理的一种言说方式。这里的两则对话都采用惠问庄答的形式，具有驳论的特征。第一则由惠子提出“大瓠”无用而“掊之”，庄子答以“宋人善为不龟手之药”的故事，说明拙于用与善于用的差异，特别是贵善用其大的道理。第二则再由惠子提出一种“大树”（樗），以为“大而无用，众所共去”，庄子答以“狸狌”与“斄牛”之别，说明善用不如无用之理。区别而论，前段侧重于如何“用大”，后段则侧重于“用大”不如“无用”，阐发了“无用”之用方为大用的至理。在论辩中，惠子以“拙于用”讥嘲庄子，反为庄子解嘲，即以“用大”与“无用”的两个层面，去“知”的“聋”“瞽”，去“蓬之心”，使惠子陷于“拙于用”的尴尬境地。庄子在《人间世》说“余求无所可用久矣，几死，乃今得之，为余大用”，此与庄子的逍遥观正相吻合。

《庄子》内七篇为庄学核心，而《逍遥游》一篇尤为重要。钱澄之《庄屈合诂》评云：“首篇以《逍遥游》名篇，七篇皆统于游也。惟游者出乎域外，故能逍遥。”可以说，正是《逍遥游》引领全书，继后的《齐物论》直可视为得以逍遥的思维方法，《养生主》则是逍遥而内化的精神。也正因为该篇意主“逍遥”，假托寓言，多有光怪陆离的想像，故其章法亦多奇特。唐彪《读书作文谱》引王虎文说，认为《逍遥游》多处“两节不必联络而文情熔为一片”，采用的是“牵上搭下法”，刘熙载《艺概·文概》也认为“《庄子》文法断续之妙，如《逍遥游》忽说鹏，忽说蜩与学鸠、斥鴳，是为断；下乃接之曰‘此小大之辨也’，则上文之断处皆续矣”。从《逍遥游》的描写，可见庄子的为文之法与其为文之心是融契的。

齐 物 论

南郭子綦

南郭子綦隐机而坐，仰天而嘘，荅焉似丧其耦。[1]颜成子游立侍乎前，曰："何居乎？形固可使如槁木，而心固可使如死灰乎？[2]今之隐机者，非昔之隐机者也。"[3]

子綦曰："偃，不亦善乎，而问之也！[4]今者吾丧我，汝知之乎？[5]女闻人籁而未闻地籁，女闻地籁而未闻天籁夫！"[6]

子游曰："敢问其方。"[7]

子綦曰："夫大块噫气，其名为风。[8]是唯无作，作则万窍怒呺。[9]而独不闻之翏翏乎？[10]山林之畏隹，大木百围之窍穴，似鼻，似口，似耳，似枅，似圈，似臼，似洼者，似污者；[11]激者，謞者，叱者，吸者，叫者，譹者，宎者，咬者，[12]前者唱于而随者唱喁。[13]泠风则小和，飘风则大和，厉风济则众窍为虚。[14]而独不见之调调之刁刁乎？"[15]

子游曰："地籁则众窍是已，人籁则比竹是已。敢问天籁。"

子綦曰："夫吹万不同，而使其自已也，咸其自取，怒者其谁邪！"[16]

【注 释】

① 南郭子綦(qí)：子綦，人名，古人常以所居之地为号，"南郭"即是子綦居住的地方，他与《徐无鬼》《人间世》中的"南伯子綦"、《寓言》中的"东郭子綦"可能为同一人。嘘：缓慢地吐气。荅(tà)焉：忘形的样子。耦：读为"寓"，神寄寓于肉身，故以"耦"指肉身，"丧其耦"即忘其身之意。② 颜成子游：南郭子綦的弟子，姓颜成，名偃，字子游。何居：何故，一说"居"犹乎，下"乎"字不当有。槁木、死灰：形容南郭子綦忘形的样子。③ 隐：凭，倚。机：与"几"同，似床，坐卧时可以倚靠。今之隐机者句有两种解释：第一种解释是说今日见到子綦"隐机"，物我两忘，与昔日隐几而坐的子綦不同；第二种解释是说今日见到子綦的"隐机"，与以前见到别人的"隐机"不同。 ④ 而：与"尔"同，你。不亦善乎，而问之也："而问之

也,不亦善乎”的倒装。 ⑤ 丧:忘。吾丧我:我忘我之形体,与《逍遥游》中的“无己”、本篇末的“物化”意义相同,一说“我”为偏执之我,为妄我。⑥ 女:通“汝”。籁:箫,在这里指由空虚处发出来的声音。人籁:人吹箫管发出的声音。地籁:指风吹各种孔窍所发出来的声音。天籁:指万物因各自的自然状态而发出的声音,“天籁”即存在于“人籁”与“地籁”中。⑦ 方:类,一说当作“道术”解。 ⑧ 大块:大地。噫气:呼气出声。⑨ 唯:但。是唯无作:指不作则已的意思。呺(háo):借为“号”。 ⑩ 翏翏(liù):长风之声。 ⑪ 山林:一说当作“山陵”。畏隹(cuī):或作“嵔崔”,指山陵高下盘旋的样子。枅(jī):柱上方木,一说与“钘”相通,作“酒器”解。圈:杯圈。洼:深池。污:浅平的小池。“似鼻”以下指窍穴的形状,以喻万物种类不同,禀性各异。 ⑫ 激者:指水相击的声音。謞(xiào)者:指箭射出后的声音。叱者:叱咄的声音。吸者:呼吸的声音。叫者:叫喊的声音。譹(háo)者:嚎哭的声音。宎(yǎo)者:指风吹到深谷中的声音,一说指狗吠声,一说“宎”当作“笑”。咬者:悲哀的声音。“激者”以下形容风吹过不同孔穴所发出的不同声音,以喻万物虽然禀性不同,但如果能适性而动,则均齐如一。 ⑬ 于、喁(yú):二者是拟声词,为风吹动树木时相随相和的声音。 ⑭ 泠风:小风。飘风:大风,疾风。厉风:烈风。济:止。厉风济则众窍为虚:指强风吹拂时,孔穴为风所充满,待风停之后,孔穴之中复归于虚空。 ⑮ 调调:树枝剧烈摇动。刁刁:树枝轻微摇动。 ⑯ 吹万:指大块噫气,吹动万物,使之发出不同的声音,一说“万”当与“不同”连读,意指有万种不同的吹法。使其自己:指不同物体发出不同声音,乃是它们因自身的自然状态不期然发出来的声音。咸其自取:指万物发出的声音不同,乃是它们适性而行的结果。怒:鼓动。一说“吹万不同”上当有“天籁者”三字。

【导读】

这是《齐物论》的第一段,以南郭子綦的“吾丧我”之说并通过对“三籁”的描绘,道出去除“成心”,破除“我执”,应化自然的人生精神。

解读这段文字前,有必要介绍论家关于“齐物论”的两种说法:一种以齐物连读,论是文章采用的体裁;一种以物论连读,指当时辩论不休的百家学说。而从庄子文本来看，“齐物论”应兼齐物与齐论两种意思，文章开头谈忘我适性，这是齐物的内容，而后面批评诸家是己非人、偏于一隅的学说，这是齐论的内容，迨至文末的论述，则又归结到齐物。事实上，诸子百家之所以异说纷纭、互相攻伐，就是因为他们的学说是建立在物不齐一、人我殊途这一认识论的基础上。庄子要齐一百家异说，使其归于大道，必须首先强调齐物的观念，廓清其认识论上的盲点。因此，在本篇中齐物、齐论二者是不可分的。而就这首段文字来讲，“吾丧我”劈空而来，继以“三籁”说事，可谓“齐物”之纲领。理解这段文字，关键也就在解读“吾丧我”与“三籁”。

所谓“吾丧我”，当分读，即“吾”“丧我”，吾是自然本真之“我”，“丧我”之“我”是自我为中心的妄我，故“丧我”即破除“我执”，从而使人或人性从局限中拯救与提升，达到一种自然本我的境界。庄子为说明这一道理，首先创造了南郭子綦这样一个进入忘我状态的形象，就是“隐机而坐，仰天而嘘，荅焉似丧其耦”，而正是从这样一个人物口中说出“吾丧我”的话，更增添这一命题的形象性。所以当颜成子游追问“吾丧我”的方法时，子綦则撇开话语，又以极形象的语言对“三籁”即天籁、地籁、人籁进行一番绘声绘色的描写。

就文章学而言，这段文字最精彩的是对“地籁”的描绘。如其描写“大块噫气，其名为风”一节，所言“似鼻，似口”、“激者，謞者”云云，或写风吹孔穴时发出的不同声音，或写风吹树枝时展现的奇姿异态，素为文学批评家所倾倒。如清人宣颖《南华经解》说：“初读之，拉杂崩腾，如万马奔趋，洪涛汹涌；既读之，希微杳冥，如秋空夜静，四顾悄然。”刘熙载也赞其“体物入微”（《艺概·文概》），唐文治认为其“和风安舒之声”，“厉风激烈之声”，使“文之感人与风之动人无以异”（《国文大义》）。倘若将宋玉《风赋》的描写与庄子这段文字对读，各有千秋，自可媲美。

从表象上看，似乎“三籁”的描写与“吾丧我”意思似断不续，然仔细品味，二者皆说明适性自得，以反对矫揉造作，“三籁”既是“吾丧我”的外化，也是其内在精神的体现。

大知闲闲

大知闲闲，小知间间；[①]大言炎炎，小言詹詹。[②]其寐也魂交，其觉也形开，[③]与接为构，日以心斗。[④]缦者，窖者，密者。[⑤]小恐惴惴，大恐缦缦。[⑥]其发若机栝，其司是非之谓也；[⑦]其留如诅盟，其守胜之谓也；[⑧]其杀若秋冬，以言其日消也；[⑨]其溺之所为之，不可使复之也；[⑩]其厌也如缄，以言其老洫也；[⑪]近死之心，莫使复阳也。[⑫]喜怒哀乐，虑叹变慹，姚佚启态；[⑬]乐出虚，蒸成菌。[⑭]日夜相代乎前，而莫知其所萌。[⑮]已乎，已乎！旦暮得此，其所由以生乎！[⑯]

【注释】

① 闲闲：广博的样子。间间：仔细分别的样子。 ② 炎炎：气焰很盛，猛烈的样子，一说当读如“淡淡”。詹詹：辩论不休的样子。 ③ 魂交：指精神杂交，不得安歇。形开：目开意悟，指形体不得休息。 ④ 接：指与外物交接。构：合。心斗：形容内心充满各种欲念与是非，犹如战场兵士相斗，不得安宁。 ⑤ 缦者：宽缓的样子，一说为柔奸之人。窖者：城府很深的样子，一说善设机井。密者：思虑精细、缜密的样子。 ⑥ 惴惴：小心不安的样子。缦缦：迷乱失神的样子。有智慧然后有言论，有言论然后有臧否，有臧否然后有论辩，有论辩然后有胜负，世人唯恐己不胜而负人，故有忧恐惧怕之意。 ⑦ 机：弩牙。栝(kuò)：箭栝。发若机栝：形容发言迅疾，一说形容言论有所臧否，如机括有所准的一样。司：主，一说与“伺”通。 ⑧ 诅：祝。盟：誓。胜：指辩论中能用以胜人的论点或立场。上句的“发”指辩论一方的发难，此句的“留”“守”指辩论一方的持论，意思是说遭到质疑、问难的一方坚持心中自认为可以胜人的成见而不敢有丝毫移易，犹如遵守盟约而丝毫不敢违反一样。 ⑨ 杀：衰。日消：指天真日消。此句言世人日以心斗，导致神明衰竭，犹如秋冬阳气渐渐消歇一样。 ⑩ 此句言世人每天沉溺于是非、论辩之中，不可再使他们返回自然天真的状态。 ⑪ 厌：闭塞。缄：绳子，引申为束缚。洫(xù)：深沟，引申为深。此句言其心灵闭塞枯竭，至老而成见越深。 ⑫ 阳：生。此句言沉溺于是非、成见的心灵，已临近于死地，不可回复到自然天真的状

态。 ⑬ 虑：忧虑。叹：哀叹。变：反复。慹（zhí）：固执，一说当作“怖”解。姚：浮躁。佚：放纵。启：张狂。态：故作姿态。 ⑭ 乐：指代一切声音。乐出虚：声音出于虚空无物处，即指天籁。蒸：指雾气氤氲的状态，这里指湿热之气。蒸成菌：指菌类由湿热之气孕育而成。此句言“乐”“菌”资于无形，顺性而成，用以反衬上述种种因世人成心而生的神态、心理之非。 ⑮ 代：变换，更替。萌：生。此句言日夜更替，乃出于自然而然，适性而动，因此，不知其从何而生。或认为此句的主语是“喜怒哀乐、虑叹变慹、姚佚启态”等十二种神态。 ⑯ 已：止，指停止成心之见，停止论辩争吵，一说“已乎”为叹词。旦暮：早晚。此：指“乐出虚，蒸成菌”这种适性而动、自然而然的处事态度，一说指上文喜怒哀乐等十二种神态。由：因。以：而。所由以生：指万物泯灭物我、是非之见，适性而动，才是生养的至道。

非彼无我，非我无所取。① 是亦近矣，而不知其所为使。② 若有真宰，而特不得其眹。③ 可行已信，而不见其形，有情而无形。④ 百骸，九窍，六藏，赅而存焉，⑤ 吾谁与为亲？⑥ 汝皆说之乎？其有私焉？⑦ 如是皆有为臣妾乎？⑧ 其臣妾不足以相治乎？⑨ 其递相为君臣乎？⑩ 其有真君存焉？⑪ 如求得其情与不得，无益损乎其真。⑫ 一受其成形，不亡以待尽。⑬ 与物相刃相靡，⑭ 其行尽如驰，而莫之能止，不亦悲乎！⑮ 终身役役而不见其成功，苶然疲役而不知其所归，可不哀邪！⑯ 人谓之不死，奚益！⑰ 其形化，其心与之然，可不谓大哀乎？⑱ 人之生也，固若是芒乎？⑲ 其我独芒，而人亦有不芒者乎？夫随其成心而师之，谁独且无师乎？⑳ 奚必知代而心自取者有之？㉑ 愚者与有焉。未成乎心而有是非，是今日适越而昔至也。㉒ 是以无有为有。㉓ 无有为有，虽有神禹，且不能知，吾独且奈何哉！

【注释】

① 彼：指自然，一说为上文提到的喜怒哀乐等种种神态。取：禀受，资取。我生于自然，顺性而动，故言“非彼无我”，而自然也必须体现在我的存在之中，故言“非我无所取”。 ② 是亦近矣：指我是自然所生的我，自然是存在于我中的自然，二者关系至为密切。不知其所为使：指我与自

然的关系不是外界强行使之如此。 ③ 真宰:即下文的"真君",指超出万物之上而使万物自然如此的主宰者,一说当解作"灵魂",一说当解作"真心"。眹(zhèn):征兆,端倪。 ④ 信:验证。可行已信:指"真宰"的作用已经得到验证,不见其形:看不到它的形迹。情:实。"有情"指"可行已信","无形"指"不见其形"。 ⑤ 百骸:全身骨节。九窍:眼耳口鼻七窍加上前后阴。六藏:即"六脏",人有心、肝、脾、肺、肾五脏,其中肾又分为肾与命门两脏,故合称六脏。赅:备。 ⑥ 吾谁与为亲:指百骸、九窍、六脏都是自然而然就兼备于一体,我与它们的关系并没有亲疏之别。⑦ 说:通"悦",《庄子》一书,多以"说"通"悦",下文不尽出注。汝皆悦之乎:你都喜欢吗?其有私焉:还是有所偏爱呢?按,无论是全部喜欢还是有所偏爱,都是有私于己身或偏爱于一物,这与天机自张、自然而然的物性是相违背的,因此,庄子以疑问句表达否定的意思,即不能"皆悦",也不能"有私",在于任其自然而已。 ⑧ 有:通"又"。如是皆有为臣妾乎:如果是这样的话,又把它们当作臣妾吗? ⑨ 此句言同是臣妾,那么谁也不能支配谁了吗? ⑩ 此句言它们轮流为君为臣吗? ⑪ 此句言有主宰它们、主宰万物的"真君"存在吗? ⑫ 此句言不管能不能求得其中的实情(即百骸、九窍、六脏是否为臣妾,是否轮流为君臣,是否同受制于"真君"),它们任运委化、顺性而动的天性是不会有丝毫损益的。这与佛教中所说的本性不以迷悟而存亡的意思相近。 ⑬ 此句言万物各有性分,一旦成形,愚智、美丑不能互相改易,它们必须守其性分直到天年终尽的时候。按,据《田子方》与郭象注,"亡"似当作"化"。 ⑭ 刃:逆。靡:摩。此句言与外物冲突摩擦。 ⑮ 此句与上文"溺之所为之,不可使复之也"意义相同,言其驰逐于是非之场,不知止于性分之内。 ⑯ 役役:驰逐奔忙。苶(nié)然:疲惫困顿的样子。 ⑰ 此句言其不顺性而动,实与死同。 ⑱ 此句言这些人驰逐于性分之外,不但使形体疲病困顿,更使精神日渐衰竭。 ⑲ 芒:茫昧,昏惑。 ⑳ 成心:指有偏见的心。 ㉑ 知代:指世俗所谓的智者。心自取:指善持某种论点的辩士。 ㉒"未成乎心而有是非"句:指人没有成心而有是非是不可能的事,这就像今天刚到越国却说昨天已到同为不可能一样。 ㉓ 无有:没有的事情,不可作哲学本体论上的"无""有"解。

【导读】

这是《齐物论》的第二段，摹写人心种种变态，以评骘争鸣之“百家”，批评了众人役役、迷失自我的情形。

本段又分两节描写，先写“大知”、“小知”、“大言”、“小言”，以明小大有别，却都属我执固见，徒起无谓争锋，于是罗列“其寐也”、“其觉也”各种情态，均属我执虚妄，皆不免于导入“日夜相代乎前，而莫知其所萌”的迷途之中。而其中所谓“缦者，窖者，密者”，“喜怒哀乐，虑叹变慹，姚佚启态”的描写，又可与前段有关“地籁”之“风声”种种物态的形容对读，可见异曲同工之妙。下节继以人体为喻，写出诸家学术呈示的人为形役、心为物役的悲哀。庄子于中提出“真宰”二字，这“真宰”等同后面讲的“真君”，并非宇宙自然之本真，而是就人的主观世界说的，所以他才感叹“如求得其情与不得，无益损乎其真”。可见在庄子看来，心有所执，也就不是永恒的存在了。

将此段对应前段的描写，前段论风声的不齐，此段论人物神态、心理的不齐，都属于万物异类的范畴，不过，风声起于大块噫气，复归于空寂，自然适性，无所作为，而世人因为有成见在心，好臧否是非，故而导致神态、心理的不齐。这一见解，也使庄子的思想由“齐物”而转向“齐论”。

莫若以明

夫言非吹也，[1]言者有言，其所言者特未定也。[2]果有言邪？其未尝有言邪？[3]其以为异于鷇音，亦有辩乎，其无辩乎？[4]道恶乎隐而有真伪？[5]言恶乎隐而有是非？[6]道恶乎往而不存？[7]言恶乎存而不可？[8]道隐于小成，言隐于荣华。[9]故有儒墨之是非，以是其所非而非其所是。[10]欲是其所非而非其所是，则莫若以明。[11]

【注释】

① 吹：即上文所说的“籁”。言非吹：指言语辩论出于成心之见，而吹则出于虚空无物处，因此二者不同。 ② 此句言论者议论纷纷，各以自己为正确的一方而他人为错误的一方，故其言论不可作为定准。 ③ 果

有言邪：指果真有所陈述吗？却不可以作为准的。其未尝有言邪：难道没有陈述过话语吗？却各持己见，议论纷纷。 ④ 彀（kòu）音：指鸟欲破卵而出时发出的叫声。辩：通“辨”，别。此句言世人各持己见，是非纷纷，然而却不可以作为定准，这与雏鸟破壳而出发出的声音是没有分别的。⑤ 恶乎：于何。隐：隐蔽。此句言大道隐蔽于何处而致使其有真伪之别？⑥ 此句言至言隐蔽于何处而使其有是非之别。 ⑦ 此句言大道去往何处而致使其不存于世。一说当解作“大道何处不存”。 ⑧ 此句言至言存于何处而使其不可再作为准的。一说当解作“至言无所不可”。⑨ 小成：指当时能成一家之说的小道，即儒墨等各个学派的主张。荣华：虚浮华美的言辞。 ⑩ 有儒墨之是非：指儒墨等学派各自认为自己为正确的一方而他人为错误的一方。是其所非：指儒墨等学派以他人所非为是。非其所是：指儒墨等学派以他人所是为非。 ⑪ 此句言与其以他人认为错误的事情为正确，或者以他人认为正确的事情为错误，不如以空明的心灵去观照万物。

物无非彼，物无非是。[①]自彼则不见，自知则知之。[②]故曰彼出于是，是亦因彼。[③]彼是，方生之说也，[④]虽然，方生方死，方死方生；方可方不可，方不可方可；[⑤]因是因非，因非因是。[⑥]是以圣人不由，而照之于天，亦因是也。[⑦]是亦彼也，彼亦是也。[⑧]彼亦一是非，此亦一是非。[⑨]果且有彼是乎哉？果且无彼是乎哉？彼是莫得其偶，谓之道枢。[⑩]枢始得其环中，以应无穷。[⑪]是亦一无穷，非亦一无穷也。[⑫]故曰莫若以明。[⑬]

【注释】

① 是：此。此句言任何一件事物在另一事物看来，都是“彼”，因此，万物都是“彼”；而任何一件事物都以自己为“此”，因此，万物又都是“此”。② 此句言从“彼”的立场去认识“此”，则不见“此”的正确性；而从“此”的立场去认识“此”，则“此”无不正确。一说“自知”当作“自是”。 ③ 此句言“彼”与“此”是相对待的概念，有彼才有此，有此才有彼。 ④ 方生之说：指惠施“方生方死”的学说，详见《庄子・天下篇》。此句言“彼”“此”的概念是同时产生的，有“彼”这一概念，同时也就有了“此”这一概念，犹如

惠施“方生方死”说主张生、死同时产生一样。 ⑤ 方：正。方生方死：指一事物刚出生，就已经死亡，一说当解作“一事物产生，就有另一事物死亡”。方可方不可：指前一秒还是正确的事情，转眼之间便成为不正确的事情了。一说当解作“一事物的正确，就有另一事物的不正确”。 ⑥ 此句言有是才有非，“是”“非”是相对的一对概念。 ⑦ 是以圣人不由：指圣人不由“是非”之途。天：自然。照之于天：指泯灭是非、彼此，以天道自然来观照万物。因：任。是：指“照之于天”的态度。 ⑧ 此句言同一件事物，在自己看来是“此”，而在别人看来就是“彼”；在别人看来是“彼”，而其自视就是“此”。 ⑨ 此句言“彼”有是有非，“此”也有是有非。⑩ 偶：指相对应的关系。彼是莫得其偶：指彼、此不再互为相对应的一方，意思是说泯灭了彼、此。枢：门轴，借指重要、关键的部位。道枢：指道的要义，即道的本然状态。 ⑪ 此句言门轴被装入上下横槛的门洞后，就能开合自如，用来比喻万物处于道的本然状态，消除是非、彼此的观念，只需顺性而行，就能应对无穷。 ⑫ 此句言天下万物都以自己为正确的一方，以他人为错误的一方，辗转相是非，故天下是非无穷尽。 ⑬ 此句言天下纷纷，是非无穷，不如泯灭是非，但以空明的心灵去观照万物。

【导读】

这是《齐物论》的第三段，针对由“成心”作祟而产生的种种是非争执，庄子提出了“莫若以明”和“照之于天”的认知方法。

本段承接上段，因我执故随其“成心”而师之，所以才导致了如同今天到达越地的事实与言说早已到达越地的龃龉，而这种谬误是人们与生俱来且积习而成，因此，人们的“知”，是“虽有神禹，且不能知”的“知”，是妄知。为了进一步说明这种妄知，庄子以两扇法分论，先推述“言”乱于“辩”，使言者陷于“有言”与“无言”（等于没说）的深层矛盾之中；再推述“道”隐于“真伪”，由于道被隐蔽而有真伪的区分，“言”的是非争辩也自然是隐蔽的结果，必然陷于“此亦一是非，彼亦一是非”的困境，这也就是文中所说的“道隐于小成，言隐于荣华”的道理。解“言”之蔽，亦解“道”之蔽，老子主张“绝圣弃智”，庄子则提出了“莫若以明”，就是以纯真空明的心境直接面对事物的本然情形。

为了提升到哲理的高度加以审视，庄子接着提出了“物无非彼，物无非是”与“彼亦一是非，此亦一是非”，以呼应前面说的“言”、“道”之蔽。在这里，庄子申论事物的相对性与流变性，并提出了价值评判标准，即“照之于天”。什么是“天”？依据庄子的思路，就是排除我执之心的“天心”，方能“得其环中，以应无穷”。郭象注“环中”云：“是非反复，相寻无穷，故谓之环。环中，空矣；今以是非为环而得其中者，无是无非也。”这种解释，是比较切合庄子“莫若以明”的思维方式的。

道通为一

以指喻指之非指，不若以非指喻指之非指也；① 以马喻马之非马，不若以非马喻马之非马也。② 天地一指也，万物一马也。③

可乎可，不可乎不可。④ 道行之而成，物谓之而然。⑤ 恶乎然？然于然；恶乎不然？不然于不然。⑥ 物固有所然，物固有所可。⑦ 无物不然，无物不可。⑧ 故为是举莛与楹，厉与西施，恢恑憰怪，道通为一。⑨ 其分也，成也；⑩ 其成也，毁也。⑪ 凡物无成与毁，复通为一。⑫ 唯达者知通为一，为是不用而寓诸庸。⑬ 庸也者，用也；用也者，通也；通也者，得也；⑭ 适得而几矣。⑮ 因是已。⑯ 已而不知其然，谓之道。劳神明为一而不知其同也，谓之朝三。⑰ 何谓朝三？狙公赋芧，⑱ 曰：“朝三而暮四，”⑲ 众狙皆怒。曰：“然则朝四而暮三，”众狙皆悦。名实未亏而喜怒为用，亦因是也。⑳ 是以圣人和之以是非而休乎天钧，是之谓两行。㉑

【注释】

① 此句言以我的手指来说明他人的手指不是手指，不如以不是我的手指来说明他人的手指不是手指。 ② 此句言以马来说明白马不是马，不如以非白马来说明白马不是马。 ③ 此句言泯灭物体的是非、彼此等人为加上去的主观特征，单从它们适性自然、通于道体的角度来看，天地与一指，万物与一马没有什么区别。这也就是《德充符》中“自其同者视之，万物皆一也”的意思。 ④ 此句言别人认可的，我也认可，别人不认可的，我也不认可。此即下文所说的“和之以是非”。 ⑤ 此句言道路因

别人行走而形成，事物因别人称谓而有名称。 ⑥ 恶乎：于何。然：是，认可。此句言在哪里得到认可呢？在别人认可的地方认可；在哪里不能认可呢？在别人不认可的地方不认可。 ⑦ 此句言万物本来就有存在之理，亦有认可之理。 ⑧ 此句言没有什么东西不有所是，没有什么东西不有所可。一说此段文字脱落错乱，应作“道行之而成，物谓之而然。有自也而可，有自也而不可。有自也而然，有自也而不然。恶乎然？然于然；恶乎不然，不然于不然。恶乎可？可于可。恶乎不可？不可于不可。物固有所然，物固有所可。无物不然，无物不可”。 ⑨ 莛（tíng）：草茎。楹（yíng）：门柱。厉：借为“疠”，病癞。恢：宽大。恑：与“诡”同，变幻莫测。憰：与“谲”同，狡诈。怪：妖异之物。道通为一：指上举八类事物，虽然大小不同，美丑各异，神态心理变化无常，但是，从自然天道的角度来看，都是一样的。 ⑩ 此句言一事物的分散，必然有另一事物的生成。一说解作“我认为一事物是分散的，而别人认为是合成”。 ⑪ 此句言一事物的生成，必然有另一事物的毁坏。一说解作“我认为一事物正在生成，而别人认为是毁坏”。 ⑫ 此句言不管是事物的生成还是毁坏，最终都归复于天道自然。 ⑬ 达者：指得道的圣人。为是：为此。不用：指不用己。寓：寄。诸：“之于”的合音。庸：常，指日常所用，一说当解作“众人”。 ⑭ 此句言庸指平常日用，平常日用通于大道，通于大道，便能无往而不自得。一说此句为注文掺入正文。 ⑮ 几：近。 ⑯ 因是已：指因任“寓诸庸”这一方法。 ⑰ 神明：精神。此句言世人费尽精神使万物归而为一，而不知万物在根本上就是一致的，都是通于自然天道，这就叫“朝三”。 ⑱ 狙公：养猴的人。赋：颁，予。芧（xù）：栗子。 ⑲ 朝三暮四：早上三升，晚上四升。 ⑳ 名实未亏句：指朝三暮四与朝四暮三都是七数，而众狙却以朝三暮四为少而发怒，以朝四暮三为多而欢喜，这是因为它们不懂得万物在根本上是一致的道理。 ㉑ 休：止。天钧：指万物自然的变化，一说为自然均衡的道理。两行：指两种情况都可行。

古之人，其知有所至矣。[①] 恶乎至？有以为未始有物者，至矣，尽矣，不可以加矣。[②] 其次以为有物矣，而未始有封也。[③] 其次以为有封焉，而未始有是非也。是非之彰也，道之所以亏也。道之所以亏，爱之所以成。[④]

果且有成与亏乎哉？果且无成与亏乎哉？[5]有成与亏，故昭氏之鼓琴也；[6]无成与亏，故昭氏之不鼓琴也。[7]昭文之鼓琴也，师旷之枝策也，[8]惠子之据梧也，[9]三子之知，几乎皆其盛者也，故载之末年。[10]唯其好之也，以异于彼，[11]其好之也，欲以明之。[12]彼非所明而明之，故以坚白之昧终。[13]而其子又以文之纶终，终身无成。[14]若是而可谓成乎？虽我亦成也。[15]若是而不可谓成乎？物与我无成也。是故滑疑之耀，圣人之所图也。[16]为是不用而寓诸庸，此之谓以明。[17]

【注释】

① 至：顶峰，造极。 ② 未始有物：指无物我、无彼此、无是非的分别。 ③ 封：界域。 ④ 爱：偏私，偏爱。 ⑤ 此句言果真有成与亏吗？则大道的本源不因外在的是非、成亏有任何削减变化；果真没有成与亏吗？则世人各有偏爱，于大道有所亏缺。 ⑥ 故：若，一说当作“则”解。昭氏：姓昭，名文，古代的音乐家，一说即“郑太师文”。此句言有成与亏，犹如昭氏鼓琴，不能同时弹奏尽所有的曲调，操一曲，必然遗漏他曲，用一声，必然遗漏他声。 ⑦ 此句言无成与亏，犹如昭氏不鼓琴，则曲调俱存。 ⑧ 师旷：字子野，晋平公时候的乐师。枝：拄，持。策：击鼓的棍子。 ⑨ 据：倚靠。梧：梧树，一说当解作“琴”。 ⑩ 知：通“智”。几：近。载：从事，一说当解作“记载”，一说当解作“载誉”。末年：晚年。此句言三者的技艺智能，都到了一个很高的境界，因此能一直从事于他们所喜欢的事业直到晚年。 ⑪ 异：不同，带有“炫耀”“卖弄”的意思。此句言昭文、师旷、惠施三人唯独喜欢他们自己所明了的道理，并且以为与他人不同。 ⑫ 此句言他们喜欢这种道理，想要将这种道理宣明于天下。⑬ 彼：指昭文、师旷、惠施各自喜欢的道理，一说当解作“众人”。坚白：这是当时诡辩派常用的辩论主题，最著名的是公孙龙的“坚白论”。昧：迷惑昏乱。此句言三人所要宣明于天下的道理，不是烛照天地的大道，而是如公孙龙“坚白论”一样只能服人之口而不能服人之心的一己偏见，因此必然会使天下陷入迷惑昏乱的境地中。 ⑭ 其子：指昭文之子，一说指“惠施之子”。文：昭文。纶：纶绪，一说当解作“琴瑟的弦”。此句言昭文之子又承接昭文的余绪，终身没有什么成就。 ⑮ 虽我亦成也：一说此句当

作“虽我无成，亦可谓成矣”。 ⑯ 滑(gǔ)：乱。疑：疑似，一说指使人疑惑。滑疑之耀：即下文所说的“葆光”，指因韬光养晦而形成的含蓄的光明，一说指以一己偏见炫耀于世、滑乱人心。图：谋，一说当作“啚”，省啬，去除，一说当作“鄙”，鄙弃。是故滑疑之耀句有两解：一、韬光自养，追求一种内在的光明，是圣人所希望的。二、蛊惑人心、滑乱天下的炫耀行为，是圣人所摒弃的。 ⑰ 此句言圣人不用己而寄用于万物，使万物适性而行，自用于天下，这就叫做以圣明真知照见万物。

【导读】

这是《齐物论》的第四段，承上继续讨论是非、彼此问题。庄子认为诸家之论，皆有主观偏执，既非宇宙之全，更非名物之真，所以再次强调“以明”的认知方法，归于“道通为一”。

解读这段文字，关键在首两句，就是“以指喻指之非指，不若以非指喻指之非指也；以马喻马之非马，不若以非马喻马之非马也”。对此，陈鼓应《庄子今注今译》的解释比较清晰。他举“马”说为例：“(一句中)‘马’的同一符号型式出现六次，但在不同的文字系络中，意指不同；即其中有四个‘马’字是指白马而略去了‘白’字。其句义当是：‘以白马解说白马不是马，不如以非白马来解说白马不是马。’……如果用符号来代替，就显得清楚些，其意为：从A的观点来解说A不是B，不如从B的观点来解说A不是B。从上文来看，A即‘此’或个我，B即‘彼’或他人。”由此可见，其“白马”之喻即承续前言“彼亦一是非，此亦一是非”而感发的，只不过“指”、“马”之喻是当时惠施、公孙龙等名辩学派常用的命题，所以庄子之论，也是有的放矢。因此，庄子继而列举了莛、楹、厉、西施、恢、恑、憰、怪八类事物，虽大小不同，美丑各异，神态无常，然衡以天心(自然)，又统归于一，从而点出“道通为一”的宗旨。

由于庄子多寓言，所以在纯粹的义理探寻中，常穿插以故事，使文气跌宕，章法变幻，给人以神奇莫测的感受。在这组论理文字中，庄子又安排了一则“狙公赋芧”的故事，后世转述，而家喻户晓。然而庄子描写“朝三暮四”而众狙怒，“朝四暮三”而众狙喜，正是批评那些执著于是非之辩者的荒谬，是主观心理作祟的“成心”使然。所以接下来庄子写古人之

"知",并举"昭文之鼓琴"、"师旷之枝策"、"惠子之据梧"三事,均在说明"知识"之"蔽",皆围绕是非之论而来。而解蔽去昧,道通为一与莫若以明也就应合无间了。

万物与我为一

今且有言于此,不知其与是类乎?其与是不类乎?类与不类,相与为类,则与彼无以异矣。①虽然,请尝言之。②有始也者,有未始有始也者,有未始有夫未始有始也者。③有有也者,有无也者,有未始有无也者,有未始有夫未始有无也者。④俄而有无矣,而未知有无之果孰有孰无也。⑤今我则已有谓矣,而未知吾所谓之其果有谓乎,其果无谓乎?⑥天下莫大于秋豪之末,而大山为小;莫寿于殇子,而彭祖为夭。⑦天地与我并生,而万物与我为一。⑧既已为一矣,且得有言乎?⑨既已谓之一矣,且得无言乎?⑩一与言为二,二与一为三。⑪自此以往,巧历不能得,而况其凡乎!⑫故自无适有以至于三,而况自有适有乎!无适焉,因是已。⑬

【注释】

① 类:相似。此句言我今天在这里说的话,不知道与他们所说的话相似吗?又或者与他们所说的话不相似?(如果相似,我所认为正确的,他们却认为是错误的;如果不相似,我心中存有是非观念,又与他们有什么区别)不管是相似还是不相似,既然已经发言了,那么就属于同一类性质,与他们没有什么区别了。 ② 尝:试。 ③ 有始:有开始的时候,旧说指"太极"。有未始有始:有未曾有开始的时候,旧说指"无极"。有未始有夫未始有始:有未曾有那"未曾有开始"的时候,旧说指"无极之上的又一层"。 ④ 有有:有"有"的时候,有无:有"无"的时候。有未始有无:有未曾有"无"的时候。有未始有夫未始有无:有未曾有那"未曾有'无'"的时候。 ⑤ 俄而:形容时间短暂。此句言突然之间有了"有"与"无",然而不知这"有"果真是有否,也不知这"无"果真是无否。 ⑥ 有谓:有言。此句言现在我已经说过这些话了,然而不知道我所说过的话果真是说过了呢,还是没有说? ⑦ 秋豪:即"秋毫",指秋天动物身上的毫毛,用来

指代极微小的事物。大山：即“泰山”。殇子：夭折的婴儿。此句言从适性自足的角度来看，秋毫之末微小，其性分容易满足，如果它使自己在性分之内圆满充足，那么它就是天下最“大”的物体；而泰山禀性为大，其性分不容易满足，如果它不能适性自足，那么它就是天下最“小”的物体。“莫寿于殇子，而彭祖为夭”解与此同。 ⑧ 此句承接上句而来，意思是说，从适性自足的角度来看，万物并没有什么不同，即使是天地之大，我能与之相并存在；即使是万物之多，我能与之合而为一。 ⑨ 此句言既然已经合而为一了，还需要说什么呢？ ⑩ 此句言既然已经称它为“一”了，哪能说没有言说呢？ ⑪ 此句言“一”（指合而为一）与用来表述“一”的言语合起来是二，而二与“一与言为二”这句话加起来就成为三。 ⑫ 巧历：指善于推算的人。 ⑬ 无适：指不要自“无”适“有”，也不要自“有”适“有”。因是已：指不要有所偏执，只需顺应物性、任其自然就可以了。

夫道未始有封，言未始有常，[①] 为是而有畛也，[②] 请言其畛：有左，有右，有伦，有义，有分，有辩，有竞，有争，此之谓八德。[③] 六合之外，圣人存而不论；[④] 六合之内，圣人论而不议。[⑤] 春秋经世先王之志，圣人议而不辩。[⑥] 故分也者，有不分也；辩也者，有不辩也。[⑦] 曰：何也？圣人怀之，众人辩之以相示也。[⑧] 故曰：辩也者有不见也。[⑨] 夫大道不称，大辩不言，大仁不仁，大廉不嗛，大勇不忮。[⑩] 道昭而不道，言辩而不及，仁常而不成，廉清而不信，勇忮而不成。[⑪] 五者园而几向方矣，[⑫] 故知止其所不知，至矣。孰知不言之辩，不道之道？若有能知，此之谓天府。[⑬] 注焉而不满，酌焉而不竭，而不知其所由来，此之谓葆光。[⑭]

【注释】

① 封：疆域。常：定说。此句言大道无处不在，至言不滞于一是一非。 ② 畛（zhěn）：与“封”同义，界限。此句言世人为争得一个“是”字，方才划出许多界限。 ③ 有伦：一说当作“有论”。有义：一说当作“有议”。辩：通“辨”，别。德：指功用之名。庄子在这里只是强调事物有界域之分，其具体内涵不必过于深求。 ④ 六合：上下四方。六合之外：万物

之表,也即万物的性分之外。存而不论:听任它自由存在而不加谈论。⑤ 六合之内:指万物的性分之内。论而不议:谈论其性分而不加任何评议。 ⑥ 春秋:指一般的历史书,非孔子修《春秋》之《春秋》。经世先王之志:即"先王经世之志"的倒装。议而不辩:评议它而不争辩其中的是非。 ⑦ 此句言凡事有可以划分的,就有不能划分的;有可以争辩的,就有不可以争辩的。意指"分 "与"辩"不能周遍天下万事万物。 ⑧ 怀之:指包怀万物,混同是非,不加分别。辩之以相示:指分别万物是非,并且互相夸示炫耀。 ⑨ 辩也者有不见:指对是非斤斤计较,对万物刻意分别,就不能见大道之所在。 ⑩ 大道不称:大道不能称说。大辩不言:指大辩不用言说。大仁不仁:指大仁不显露仁爱之迹。大廉不嗛(qiān):指大廉不谦逊恭让,一说"嗛"与"慊"同。大勇不忮(zhì):指大勇不伤害外物,忮,逆,害。 ⑪ 道昭而不道:道一讲明就不是真的大道。言辩而不及:用言语来争辩总有它无法说明的地方。仁常而不成:仁爱如果固定在一方就不能周全,按,据江南古藏本及郭注,"成"似当作"周"。廉清而不信:过于廉洁,则近乎矫揉造作,不容易取信于人。勇忮而不成:暴勇害物,则不是真正的勇敢。 ⑫ 五者:指"道昭而不道"五项。园:读为"刓",剔除,一说与"圆"通,一说当据《淮南子·诠言训》改作"无弃",一说当读为"完"。几:近于。方:道,一说指形状,与"圆"相对。 ⑬ 天府:指自然的府藏,形容能够涵容大道的心胸。 ⑭ 注焉而不满:形容天府不盈。酌焉而不竭:形容天府不亏。不知其所由来:说明"天府"自足至足。葆光:韬养、敛藏的光明。

【导读】

这是《齐物论》的第五段,再次用"以明"的态度讨论大小是非,申述"天地与我并生,而万物与我为一"的混冥境界。

如前所述,庄子《齐物论》包含齐物与齐论的两重意义,而在具体的论述中,往往齐物与齐论又是融织一体,即如这段文字,倘不齐物,就无从有"万物与我为一",更无从有"天地与我并生"的齐论思想,其论"物"即论"道"。落实于具体,本段文字分两节阐发:一论"道源",一论"道域"。所谓"道源",最典型的就是其中有关"有始也者"对宇宙起源的探讨。在这节论述中，作者提出了“有”与“无”的哲学命题，进一步深化了老子“有无相生”的思想，转向于体道的考量。而在庄子思想中，更多的是关注“言”的有限性与“道”的无限性，以说明用知识论辨明是非的局限与“照之以天”的本根性与永恒性。为充实其论，庄子陡生奇笔，掀起波澜，即“秋毫”与“泰山”、“彭祖”与“殇子”的大小寿夭之辨，从而引出“天地与我并生”的名言隽旨。

就“道域”而论，庄子认为“道未始有封”，然论者尝以为有“畛”(即封域)。于是作者罗列“左、右、伦、义、分、辩、竞、争”等“八德”，再次彰显知识的局限。对此，林希逸《庄子鬳斋口义》解释说：“至道至言本无彼此，因人心之私，有个‘是’字，故生出许多疆界。八德之名，只是物我对立之意。”打破物我对立，消解人为是非，庄子又提出“大辩不言”等五项，取法老子，归于虚静，以达到“葆光”，也就是光明透彻的心灵境界。

在这段文字中，值得注意的是由是非之论再次牵涉到“大小之辩”，与《逍遥游》遥相契协，这也是庄子为文的方法之一。刘熙载说：“文有合两篇为关键者。《庄子·逍遥游》‘小知不及大知，小年不及大年’，读者初不觉意注何处，直至《齐物论》‘天下莫大于秋毫之末’四句，始见前语正豫为此处翻转地耳。”(《艺概·文概》)堪称联想关锁之论，中肯而精到。

尧问于舜

故昔者尧问于舜曰：“我欲伐宗、脍、胥敖，南面而不释然。①其故何也?”舜曰：“夫三子者，犹存乎蓬艾之间。②若不释然，何哉?③昔者十日并出，万物皆照，而况德之进乎日者乎!”④

【注释】

① 宗、脍、胥敖：为庄子虚构的三个小国。不释然：有心事、不愉快的样子。 ② 三子：指三国之君。犹：如。存：在。蓬艾之间：蓬蒿艾草之间，形容三国所居为偏陋的地方。 ③ 若：你。 ④ 十日并出，万物皆照：指太阳普照万物，无所偏私。进：超出，胜过。

啮缺问乎王倪

啮缺问乎王倪曰："子知物之所同是乎？"①

曰："吾恶乎知之！"②

"子知子之所不知邪？"

曰："吾恶乎知之！"

"然则物无知邪？"③

曰："吾恶乎知之！虽然，尝试言之。庸讵知吾所谓知之非不知邪？④庸讵知吾所谓不知之非知邪？且吾尝试问乎女：民湿寝则腰疾偏死，鰌然乎哉？⑤木处则惴慄恂惧，猨猴然乎哉？⑥三者孰知正处？⑦民食刍豢，麋鹿食荐，蝍蛆甘带，鸱鸦耆鼠，四者孰知正味？⑧猨猵狙以为雌，麋与鹿交，鰌与鱼游。⑨毛嫱丽姬，人之所美也；鱼见之深入，鸟见之高飞，麋鹿见之决骤。⑩四者孰知天下之正色哉？⑪自我观之，仁义之端，是非之途，樊然殽乱，吾恶能知其辩！"⑫

啮缺曰："子不知利害，则至人固不知利害乎？"⑬

王倪曰："至人神矣！大泽焚而不能热，河汉冱而不能寒，疾雷破山、飘风振海而不能惊。⑭若然者，乘云气，骑日月，而游乎四海之外。⑮死生无变于己，而况利害之端乎！"⑯

【注 释】

① 啮(niè)缺、王倪：为庄子虚构的人物，根据《天地篇》，王倪是啮缺的老师，啮缺是许由的老师，许由是尧的老师。同是：同样的是非标准。② 恶乎：于何。此段文字重在阐发"知止其所不知"的思想。 ③ 然则物无知邪：言你既不知道事物是否有共同的是非标准，也不知道你对这一问题不知道。那么，万物就无法知道了吗。 ④ 庸讵："庸"与"讵"同义，训为何。庸讵知：安知。 ⑤ 湿寝：即"寝湿"，指睡在潮湿的地方。偏死：指偏枯病，即半身不遂。鰌(qiú)：泥鳅。 ⑥ 惴慄恂惧：指恐惧战栗的样子。 ⑦ 正处：指安全舒适的住处。此句言人、鳅鱼、猿猴三者，谁才知道哪里是安全舒适的住处呢？言下之意是人类睡在潮湿的地方会生病，住在树上会恐惧不安，这是因为它们都不符合人类自身的生活习性。

⑧ 刍：食草的动物，指牛羊。豢：食谷物的动物，指犬豕。麋：鹿的一种。荐：美草。蝍蛆(jí jū)：蜈蚣。带：小蛇。鸱：猫头鹰。鸦：乌鸦。正味：味道之正，指美味可口的食物。 ⑨ 猵狙(biān jū)：一名獦牂(gē zāng)，似猿猴，喜与雌猿交合。 ⑩ 毛嫱：古代的美女，越王的妃子。丽姬：春秋时丽戎的美女，晋献公灭丽戎后，娶为夫人，一说"丽姬"当作"西施"。决骤：迅速跑开而不回头看。 ⑪ 正色：色之正者，指美丽的容貌。⑫ 樊然：杂乱的样子。殽：错杂。 ⑬ 至人：即《逍遥游》中的圣人、神人。 ⑭ 焚：焚烧。沍(hù)：冰冻。 ⑮ 若然：如此。此句言世人如果能顺性而动，适性自足，则心灵就可以在天地万物间自由翱翔。 ⑯ 死生无变于己：指死生所至，也就是性之所至，顺性而动，即是顺死生而动，与死生顺而合为一体，则生死如一。

瞿鹊子问乎长梧子

瞿鹊子问乎长梧子曰：[①]"吾闻诸夫子，圣人不从事于务，不就利，不违害，不喜求，不缘道；[②]无谓有谓，有谓无谓，而游乎尘垢之外。[③]夫子以为孟浪之言，而我以为妙道之行也。[④]吾子以为奚若？"

长梧子曰："是黄帝之所听荧也，而丘也何足以知之！[⑤]且女亦大早计，见卵而求时夜，见弹而求鸮炙。[⑥]予尝为女妄言之，女以妄听之。[⑦]奚旁日月，挟宇宙？为其脗合，置其滑涽，以隶相尊。[⑧]众人役役，圣人愚芚，参万岁而一成纯。[⑨]万物尽然，而以是相蕴。[⑩]予恶乎知说生之非惑邪！予恶乎知恶死之非弱丧而不知归者邪！[⑪]丽之姬，艾封人之子也。[⑫]晋国之始得之也，涕泣沾襟；及其至于王所，与王同筐床，食刍豢，而后悔其泣也。[⑬]予恶乎知夫死者不悔其始之蕲生乎！[⑭]梦饮酒者，旦而哭泣；梦哭泣者，旦而田猎。[⑮]方其梦也，不知其梦也。梦之中又占其梦焉，觉而后知其梦也。[⑯]且有大觉而后知此其大梦也，而愚者自以为觉，窃窃然知之。[⑰]君乎，牧乎，固哉！[⑱]丘也与女，皆梦也；予谓女梦，亦梦也。是其言也，其名为吊诡。[⑲]万世之后而一遇大圣，知其解者，是旦暮遇之也。[⑳]

【注释】

① 瞿鹊子、长梧子：为庄子虚构的人物，一说瞿鹊子是孔门七十子后学，长梧子即《则阳篇》中的长梧封人。 ② 夫子：孔子。务：事。违：避。不喜求：不以求得某物为喜。不缘道：不刻意攀援大道。 ③ 谓：以言语解释。无谓有谓：无言如同有言。有谓无谓：有言如同无言。 ④ 孟浪：不精要，不着实际。 ⑤ 是：指上文"圣人不从事于务"至"游乎尘垢之外"的一段话。听荧：疑惑不明的样子。 ⑥ 大：通"太"。时夜：司夜，指公鸡。鸮炙：指烤熟的小鸠。此句言瞿鹊子刚听到不切实际的话语，便认为它是妙道的行为。就像见到鸡蛋马上想到报晓的公鸡，见到弹弓马上想到烧烤鸠鸟吃一样。 ⑦ 尝：试。妄：姑妄。 ⑧ 奚：何，一说当作语词。旁：依附。挟：怀藏。脗（wěn）合：无分别的样子。置：任。滑：乱。涽（hūn）：暗。此句言怎样才能比肩日月、怀藏宇宙呢？为此需要与万物合为一体，不管世上纷然殽乱的事情，不分贵贱，平等对待万物。 ⑨ 役役：驰逐奔忙的样子。愚芚（tún）：无知的样子。参万岁而一成纯：糅合古今众多变化而将其混同为一。一、纯：强调其无彼此、是非之别。 ⑩ 尽然：都是如此，一说当解作"纷然"。是：指"参万岁而一成纯"。蕴：积，包藏。 ⑪ 弱丧：指小时候离开故居，流浪他乡，这里用来比喻世人背离大道，沉迷于世俗中而不知归返。 ⑫ 丽之姬：即上文的"丽姬"。艾封人：艾这个地方的长官。 ⑬ 筐床：即"匡床"，正床，一说当解作"安床"。 ⑭ 蕲生：求生。 ⑮ 此段以梦、旦喻生、死。"梦饮酒"，指快乐的事情，"旦哭泣"，指不快乐的事情；"梦哭泣"，指不快乐的事情，"旦田猎"，指快乐的事情。梦中快乐，醒来不一定快乐；梦中不快乐，醒来不一定不快乐。用来比喻生死之情有别，有生时快乐，死后悲伤的；亦有生时悲伤，死后或许会得到快乐，世人不必太过执着追求某一方面，只需顺性而行、混同生死就可以了。 ⑯ 占：占卜吉凶。 ⑰ 大觉：指勘破生死的体道圣人。大梦：指人的一生。窃窃然：察察然，明察的样子。 ⑱ 君：君上。牧：牧圉。固：固陋。此句言世人将自己喜欢的人看作君上，而将自己厌恶的人看作臣仆，真是固陋极了！ ⑲ 吊：至。诡：奇异。吊诡：指非常奇怪的言论。 ⑳ 此句言或许经过万世之后能够碰到这样一个圣人，懂得委运任化、混同死生的道理，那么，即使是经历了万世，也就像早晚遇到一样。

这里用来形容懂得这一道理的人极少。

“既使我与若辩矣，若胜我，我不若胜，若果是也，我果非也邪？[①]我胜若，若不吾胜，我果是也，而果非也邪？[②]其或是也，其或非也邪？[③]其俱是也，其俱非也邪？我与若不能相知也，则人固受其黮闇。[④]吾谁使正之？使同乎若者正之？既与若同矣，恶能正之！使同乎我者正之？既同乎我矣，恶能正之！使异乎我与若者正之？既异乎我与若矣，恶能正之！使同乎我与若者正之？既同乎我与若矣，恶能正之！然则我与若与人俱不能相知也，而待彼也邪？[⑤]

“何谓和之以天倪？[⑥]曰：是不是，然不然。[⑦]是若果是也，则是之异乎不是也亦无辩；[⑧]然若果然也，则然之异乎不然也亦无辩。化声之相待，若其不相待。[⑨]和之以天倪，因之以曼衍，所以穷年也。[⑩]忘年忘义，振于无竟，故寓诸无竟。”[⑪]

【注释】

① 若：你。 ② 而：与“尔”同，你。 ③ 或：有的。 ④ 黮(dǎn)闇：不明的样子。此句言我与你不能相知，这是因为人本来就是蔽于一方之见。 ⑤ 彼：指他人，一说当指“天倪”。此句言我、你以及他人都不能相知，却还要等待他人来判定是非吗？ ⑥ 和：和同，混同。天倪：自然的分际。 ⑦ 此句言以不是为是，以不然为然。也就是要做到上文所说的“圣人和之以是非而休乎天钧”，即对外顺是非，而内心却无是非。 ⑧ 此句言是如果真的是“是”，那么，是与不是的差异也就不需要争辩了。 ⑨ 化声：指是非之辩，一说指自然的声音。此句言辩论是非，是相对待而言的，双方各自认为自己正确而对方错误，因此，还不如不相对待而争辩是非。 ⑩ 因：任。曼衍：散漫流衍，不拘常规而有无穷的变化。穷年：穷尽天年。按：多本移“化声……穷年也”数句于“何谓和之以天倪”前。 ⑪ 忘年：指齐同生死。忘义：指泯灭是非。振：畅，即逍遥游之意。无竟：无穷尽的地方，即《逍遥游》中的“无何有之乡”、“广莫之野”。寓：寄。

【导读】

这是《齐物论》的第六段，例举三个寓言故事，引申前义，进一步说明是非与知识的标准，和有与无的真谛，倡导一种适性自然的思想。

第一则故事是“尧问于舜”，说明了观之于我的排他性与观之于天的涵容性的差异。尧想征伐三小国，虽未伐却心存芥蒂，不能释然，这是因我执而是非不忘的缘故。而舜的回答是“十日并出”，无物不照，何况超过阳光强度的道德光辉呢？意喻此有是非，彼有是非，不芥蒂于是非，方能释然的道理。而作者借舜劝尧之言，说明当以天下为一体，不要心存彼此、物我、是非的观念对待三国，没有了敌对，也没有了武力，只要有自然的“德”性，就能达到“万物与我为一”的境界。

第二则故事是“齧缺问乎王倪”，质疑万物的评价标准，反对自我或种类中心的观念，强调“知”与“不知”的相对性，倡导适性自然的本根意识。在庄子看来，天下无定是，也无定非，所以明辨是非的“知”也就没有固定的标准，也就没有存在的必要。文中假托人物的王倪以“人”、“泥鳅”、“猿猴”三种动物的属性讨论“处湿”与“攀高”，讨论“正处”；以人吃肉，鹿吃草，蜈蚣吃小蛇，猫头鹰和乌鸦吃老鼠，讨论“正味”；又以猵狙、麋鹿、泥鳅、鱼等动物的属性，以及毛嫱和西施的美貌并不为其它动物所接受，讨论“正色”。而绾合其“正处”、“正味”、“正色”之论，赞扬的是自然属性，反对的是人为的标准，这是庄子对适性自然之道的形象诠解。而王倪接着说的“至人”，亦同于《逍遥游》中的“神人”，不过是将自然之大道再加以人格化、神圣化与形象化罢了。

第三则故事是“瞿鹊子问乎长梧子”，描写了体道之士死生一如的精神境界。这则文字由瞿鹊子问开讲，由长梧子的回答构篇。而长梧子的答词又从五个层面展开，即从圣人与众人的不同，从事件初衷与结果的不同，从梦境与梦醒的不同，从论辩之胜与败的不同，从声音变化的相对而成等质疑是非，提出“和之以天倪”的方法，其实质亦等同于前面所说的“照之于天”、“莫若以明”。

罔两问景

罔两问景曰：[1]“曩子行，今子止；曩子坐，今子起；何其无特操与？”[2]

景曰：“吾有待而然者邪？吾所待又有待而然者邪？吾待蛇蚹蜩翼邪？恶识所以然！恶识所以不然！”[3]

【注释】

① 罔两：指影子周围薄薄的阴影。景：古“影”字。 ② 曩：以前。特操：指独立的志操。 ③ 待：依凭。蛇蚹(fù)：蛇腹部下的鳞皮，一说指蛇蜕皮。蜩翼：蝉翼，一说指蝉的甲壳。此段言难道我有所依凭才这样吗？难道我所依凭的东西又有所依凭才这样吗？蛇依凭腹部的鳞皮而行走，蝉依凭翅膀而飞行，难道我也像它们一样，因为有所依凭而行、止、起、坐？我怎么知道会这样(指行、坐)！我又怎么知道不这样(指止、起)！

庄周梦蝶

昔者庄周梦为胡蝶，栩栩然胡蝶也，[1]自喻适志与！不知周也。[2]俄然觉，则蘧蘧然周也。[3]不知周之梦为胡蝶与，胡蝶之梦为周与？周与胡蝶，则必有分矣。[4]此之谓物化。[5]

【注释】

① 昔者：即“夕者”，晚上。栩栩然：欢快的样子，一说与“翩翩然”同义。 ② 喻：与“愉”同。自喻：自乐。适志：快意。不知周：指梦为蝴蝶时，不知自己是庄周。一说“自喻适志与”五字为后人的注掺入正文。 ③ 蘧(qú)蘧然：惊动不安的样子，一说当解作“僵直之貌”。 ④ 分：分别。此句言从世俗的眼光来看，庄周与蝴蝶是有分别的。一说“周与胡蝶，则必有分矣”九字为注文掺入。 ⑤ 物化：指泯灭物我之间的异同，也就是上文“天地与我并生，万物与我为一”的意思。

【导读】

这是《齐物论》的末段，由“罔两问景”与“庄周梦蝶”两则寓言构成，突出昭示了作者“无待”与“物化”的思想宗旨和审美趣味。

庄子主逍遥观，倡导一种精神的自由，然而有待“自由”并不能达到真正的逍遥，一如鹏之假风力，蛇蚹蜩翼，罔两与景，皆属有待，为了从“有待”而动进入“无待”而游，《齐物论》一篇着力于泯合是非，齐同物论，用心均在于此。而“罔两与景”，所言仍在有待，所以文中“罔两”质疑“景”，谓“曩子行，今子止；曩子坐，今子起”，道破有待的困惑；而“景”的答词，说明你有待于我，我亦有待于人，在进一步道破有待的困惑的同时，却逗引出“恶识所以然，恶识所以不然”的思考，这又与前面讨论的“知”与“无知”、“是”与“非”链接起来，使有待的现实转化为无待的理念。其中“景”的说法，已向无待思想勘进，而“庄周梦蝶”的“物化”，又是这一思理的承接。庄子以梦蝶的神奇想像，为人们展示了一个惝恍迷离的“物化”景象，而“庄周晓梦迷蝴蝶”（李商隐《锦瑟》），也成为历代文人破译之谜。就庄子的描述来看，所谓“物化”，一在“自喻适志”，庄周与蝴蝶有所分别；一在“不知”庄周梦蝶还是蝶梦庄周，则物我本无所分。庄子书中，不止一处提到物化，如《在宥》云：“吐尔聪明，伦与物化。”郭象注庄，尝以一“冥”字解“物化”，如谓“神全形具，而体与物冥”；“与物无不冥，与化无不一”；“与物冥者，物萦亦萦”等，物冥之心，正是主客两忘的境界。

徐昂《文谈》卷二评《齐物论》云：“言有无与梦觉之真理，最为精微。”堪称的论。

养 生 主

缘督以为经

吾生也有涯，而知也无涯。[①]以有涯随无涯，殆已；已而为知者，殆而已矣。[②]为善无近名，为恶无近刑。[③]缘督以为经，[④]可以保身，可以全生，可以养亲，可以尽年。[⑤]

【注释】

① 涯:分际,引申为有限。知:心思,借指一切超出性分之外的欲求。② 随:追逐。殆:危险,疲困。已:上句"殆已"的省词。 ③ 此句是"无为善近名,无为恶近刑"的倒装。意思是不要做善事而追求好的名声,也不要做恶事而触犯刑法,要顺性而动。也就是《骈拇篇》所谓"上不敢为仁义之操,下不敢为淫僻之行"之义。 ④ 缘:顺。督:指奇经八脉中的督脉,处于人体的正中位置。经:常。此句言不妄求外物,不养生过度,但顺应中虚之道,以为常法即可。 ⑤ 保身:保养生命。全生:保全天性。养亲:奉养双亲。尽年:穷尽天年。

【导读】

这是《养生主》的首段,是全篇的纲领,所言"缘督以为经",就是提倡顺应中虚之道,阐释适性自然之理。

在《庄子》书中,往往采用上下句勾连的笔法,如《齐物论》中"适得而几矣。因是已。已而不知其然,谓之道"即是。同样的句式,本篇的"以有涯随无涯,殆已;已而为知者,殆而已矣",是承续"吾生也有涯,而知也无涯"而来,以上下勾连强化以有限的生命去追逐无限的欲求的危险性,作者的告诫,也正是人性的困惑。所以作者文势一转,提出"为善无近名,为恶无近刑",而去虚名避利害,关键则在顺应自然,而不妄求外物。这样也才能"保身"、"全生"、"养亲"、"尽年",反转来说,保身则不罹于刑戮,全生则不耽于忧虑,养亲则贻患于父母,尽年则无论修短,皆尽其所受,而适性自然。文中"缘督以为经"为本段关键语,既直接启引"保身"的几句话,又是下文完整的"庖丁解牛"故事的前奏曲。

庖丁解牛

庖丁为文惠君解牛,[①]手之所触,肩之所倚,足之所履,膝之所踦,[②]砉然向然,奏刀騞然,莫不中音。[③]合于桑林之舞,乃中经首之会。[④]

文惠君曰:"嘻,善哉!技盖至此乎?"[⑤]

庖丁释刀对曰:"臣之所好者道也,进乎技矣。[⑥]始臣之解牛之时,所见无非全牛者。[7]三年之后，未尝见全牛也。方今之时，臣以神遇而不以目视，官知止而神欲行。[8]依乎天理，批大郤，导大窾，因其固然。[9]技经肯綮之未尝，而况大軱乎！[10]良庖岁更刀，割也；族庖月更刀，折也。[11]今臣之刀十九年矣，所解数千牛矣，而刀刃若新发于硎。[12]彼节者有间，而刀刃者无厚；以无厚入有间，恢恢乎其于游刃必有余地矣，是以十九年而刀刃若新发于硎。虽然，每至于族，吾见其难为，[13]怵然为戒，视为止，行为迟。[14]动刀甚微，謋然已解，如土委地。[15]提刀而立，为之四顾，为之踌躇满志，[16]善刀而藏之。"[17]

文惠君曰："善哉！吾闻庖丁之言，得养生焉。"

【注释】

① 庖丁：掌庖厨之事的人，姓丁。惠文君：梁惠王，一说不知何许人。 ② 触：抓握。倚：倾斜着倚靠。履：以足踏牛。踦（qī）：抵按。 ③ 砉（huā）然：皮骨分离的声音。向：通"响"。奏刀：进刀。騞（huō）然：与"砉然"同，声音稍大。 ④ 桑林：商汤时的音乐。经首：指《咸池》乐中的一章。会：音乐节奏。 ⑤ 嘻：赞叹声。盖：与"盍"同，何。 ⑥ 进：超过。 ⑦ 所见无非全牛：言只见全牛而不知腠理、筋骨。 ⑧ 以神遇而不以目视：指解牛时以精神相接而不用眼睛看。官：指眼耳鼻口等感官。知：指思虑。神欲行：精神顺理而行。 ⑨ 天理：自然至理，这里指牛的自然结构。批：击。大郤（xì）：即"大隙"，骨与肉之间的间隙。导：引刀深入。大窾（kuǎn）：骨节之间的间隙。固然：指牛的自然结构。 ⑩ 肯：骨上肉，一说骨无肉。綮：经脉交接的地方。技经肯綮之未尝：即"技未尝经肯綮"的倒装，指解牛时用刀未尝经过筋节交错的地方，一说"技"当作"枝"，一说"未尝"下有"微碍"二字。大軱（gū）：大骨头。 ⑪ 族庖：众庖，即普通的庖人。折：以刀斫骨。 ⑫ 新发：指刀刚磨好。硎（xíng）：磨刀石。 ⑬ 族：与"簇"同，指筋骨交错盘结的地方。 ⑭ 怵然：心中警觉的样子。视为止：即"视为之止"，形容眼神专注。行为迟：即"行为之迟"，指慢慢动手，形容非常小心。 ⑮ 动刀甚微：指用力小。謋（huō）然：骨肉分离的声音，一说"謋"与"磔"通，"謋然"为解体的样子。委：堆积。或以为此句前缺"牛不知其死也"六字。 ⑯ 踌躇：从容自得的样子。满志：如意。

⑰ 善：与“缮”同，拭。

【导读】

这是《养生主》的中段，也是本篇的核心内容，其通过“庖丁解牛”的故事，再次突出顺遂自然（依乎天理）乃为养生之精髓的意义。

本文分三节描写：第一节写庖丁解牛技艺之高超，分别以手触、肩倚、足履、膝踦等几个动作，形象地展示解牛之形态；复以“砉然”、“騞然”之音，夸饰其解牛之声响，从而引发出文惠君“技盖（盍）至此乎”的感叹，以逗引下文。

第二节乃庖丁论解牛之道，是全文最主要的段落。在这段描写中，如由“技”进乎“道”，“未尝见全牛”、“以神遇而不以目视”、“依乎天理”、“游刃有余”等，皆成为人们耳熟能详的名言隽旨。而对庖丁所言解牛的过程以及所蕴涵的道理，徐复观在《中国艺术精神》一书中所提出的两重“解消”说值得引述：“庖丁解牛究竟与庄子所追求的道，在什么地方有相合之处呢？第一，由于他‘未尝见全牛’，而他与牛的对立解消了。第二，由于他‘以神遇而不以目视，官知止而神欲行’，而他的手与心的距离解消了，技术对心的约制性解消了。于是他的解牛，成了他的无所系缚的精神游戏。他的精神由此得到了由技术的解放而来的自由感与充实感；这正是庄子把道落实于精神之上的逍遥游的一个实例。”如此解读，特别是两重解消说以及视庖丁解牛为精神上逍遥游的实例，是精到的。

第三节仅文惠君的一句感叹语，然其所言“吾闻庖丁之言，得养生焉”，则将解牛与养生联结，点醒了全文的主旨。其中内涵的劳神苦形不及顺应自然，依乎天理则用世即养生的道理，是耐人寻味的。而庄子的《人间世》一篇，几乎就是对“庖丁解牛”更具体而细致的发挥。

右师与泽雉

公文轩见右师而惊曰：[①]“是何人也？恶乎介也？[②]天与，其人与？”[③]曰：“天也，非人也。天之生是使独也，人之貌有与也。[④]以是知其天也，非人也。”

【注释】

① 公文轩:宋人,姓公文,名轩。右师:官名。 ② 介:偏刖,“介”或作“兀”。 ③ 天与,人与:是因为天命的原因呢,还是因为人事的原因? ④ 独:一足。人之貌有与:指人的容貌,(不管是双足还是一足)都是上天所赋予的,一说“有与”指“两足共行”。

泽雉十步一啄,百步一饮,[①]不蕲畜乎樊中。[②]神虽王,不善也。[③]

【注释】

① 泽雉:草泽中的野鸡。十步一啄,百步一饮:形容其觅食不易。 ② 蕲:求。樊:鸡笼。 ③ 神:神采。王:通“旺”,盛。不善:不喜欢。此句言野鸡被畜养在鸡笼中,神采虽然很旺盛,但它并不喜欢。

秦失吊老聃

老聃死,秦失吊之,三号而出。[①]

弟子曰:“非夫子之友邪?”[②]

曰:“然。”

“然则吊焉若此,可乎?”[③]

曰:“然。始也吾以为其人也,而今非也。[④]向吾入而吊焉,有老者哭之,如哭其子;少者哭之,如哭其母。[⑤]彼其所以会之,必有不蕲言而言,不蕲哭而哭者。[⑥]是遁天倍情,忘其所受,古者谓之遁天之刑。[⑦]适来,夫子时也;适去,夫子顺也。[⑧]安时而处顺,哀乐不能入也,古者谓是帝之县解。”[⑨]

指穷于为薪,火传也,不知其尽也。[⑩]

【注释】

① 老聃:即老子,姓李,名耳,春秋时楚国苦县人。秦失:姓秦,名失,读为“佚”。号:号哭。 ② 弟子:秦失的弟子,一说为老聃的弟子。 ③ 秦失与老聃虽然为好友,但他在吊唁老聃时仅“三号”而已,因此,他的弟子惊怪他不尽哀情,故有此问。 ④ 此句言起初,我以为老聃是得道

之人，现在我并不这样认为。一说“其人”当作“至人”。 ⑤ 此句言老聃弟子，不分老少，哭吊时都过于悲伤。 ⑥ 会：感会。蕲：与“期”同。言：与“唁”同。此句言老子未能泯灭行迹，以世俗之情感会弟子，因此，这些弟子在吊唁和哭泣时不期然地走向了过分悲伤的境地。 ⑦ 遁天：逃避自然至理。倍：与“背”同，违反，一说当解作“增加”。情：实。忘其所受：忘记了他所禀受的性分。 ⑧ 适来：偶然来到，指生，一说当解作“暂时来到”。夫子：指老聃。时：恰巧碰上这个时候。适去：偶然离开，指死，一说当解作“暂时离开”。顺：顺应生死的分际。 ⑨ 安时处顺：指安于生死的变化。帝：天。县：与“悬”同，指为生死所牵绊。县解：指从生死的牵绊中解脱。 ⑩ 指：手指，一说与“脂”同，油脂。穷：困窘。为薪：取薪。传：延。此句言以手取薪而使燃火不息，必然陷于薪火不继的困窘境地，不如任火自传，反而能无穷尽地延续下去。

【导读】

这是《养生主》的末段，以三则故事设喻，进一步说明逍遥自在、安时处顺乃人世间精神生命价值之所在。

本段文字所记述的三则故事，分别是“公文轩见右师”、“泽雉”与“秦失吊老聃”。庄子的学术，始终贯穿着一个思想，就是不以形为是非，而提倡去形、存心而达神，因此他创造了一系列的“形残”之人的形象，并加以赞美，说明“神完”才是最为重要的。而这里的“右师”，即系列形象中的一例。右师一只脚，是天生的，他不以此自卑，反以“天赋”而感到自然，这体现了庄子养形不如养神的思想。同样的道理，泽雉“十步一啄，百步一饮”，貌似很辛苦，但其“神王”；反之，如果将其养在笼子里，饱食而养尊，虽不辛苦，却失去了精神的自由。欧阳修《画眉鸟》诗“始知锁向金笼听，不及林间自在啼”，正是这个道理。

庄子齐生死，反对长生不老的神仙之说，他所说的养生，是养其生之生，安时处顺，方能哀乐不入。因此，秦失吊老聃“三号而出”，道理在“适来，夫子时也；适去，夫子顺也”，人的生死存灭是自然的规律，何必系心于此而不能解脱。这种达生的人性论在《至乐篇》“庄子妻死”的寓言中，有更为清晰的描述与诠解。

然而，人之生死，在形之存灭，庄子以薪尽而火传的比喻结束本篇，正对应前述生有涯而知无涯，火之自传，即精神的永恒。后人常以这一比喻说明“师道”，虽非庄子本意，然其借以明事，也是非常恰当的。

人间世

颜回见仲尼

颜回见仲尼，请行。[①]

曰：“奚之？”[②]

曰：“将之卫。”

曰：“奚为焉？”

曰：“回闻卫君，其年壮，其行独；[③]轻用其国，而不见其过；[④]轻用民死，死者以国量乎泽若蕉，民其无如矣。[⑤]回尝闻之夫子曰：‘治国去之，乱国就之，医门多疾。’愿以所闻思其则，庶几其国有瘳乎！”[⑥]

仲尼曰：“嘻！若殆往而刑耳！[⑦]夫道不欲杂，杂则多，多则扰，扰则忧，忧而不救。[⑧]古之至人，先存诸己而后存诸人。[⑨]所存于己者未定，何暇至于暴人之所行！

“且若亦知夫德之所荡而知之所为出乎哉？德荡乎名，知出乎争。[⑩]名也者，相轧也；知也者，争之器也。[⑪]二者凶器，非所以尽行也。[⑫]

“且德厚信矼，未达人气，名闻不争，未达人心。[⑬]而强以仁义绳墨之言术暴人之前者，是以人恶有其美也，命之曰菑人。[⑭]菑人者，人必反菑之，若殆为人菑夫！且苟为悦贤而恶不肖，恶用而求有以异？[⑮]若唯无诏，王公必将乘人而斗其捷。[⑯]而目将荧之，而色将平之，口将营之，容将形之，心且成之。[⑰]是以火救火，以水救水，名之曰益多。顺始无穷，若殆以不信厚言，必死于暴人之前矣！[⑱]

“且昔者桀杀关龙逢，纣杀王子比干，[⑲]是皆修其身以下伛拊人之民，以下拂其上者也，故其君因其修以挤之。[⑳]是好名者也。昔者尧攻丛枝、胥敖，禹攻有扈，国为虚厉，身为刑戮，其用兵不止，其求实无已。[㉑]是皆求名实者也，而独不闻之乎？名实者，圣人之所不能胜也，而况若乎？[㉒]虽

然，若必有以也，尝以语我来！”㉓

【注释】

① 颜回：孔门弟子，鲁人，姓颜，名回，字子渊。 ② 之：适，往。 ③ 卫君：指卫出公辄，一说指卫庄公蒯聩。行独：指独断专行。 ④ 轻用其国：指轻率地处理国事。不见其过：指没有人敢指出他的过错。 ⑤ 轻用民死：不爱民，过度使用民力，使百姓陷入死地。死者以国量乎泽若蕉：指死者满国，如泽中的草芥一样不可胜数，一说“国”为衍文，一说“乎”为“其”之误，一说“蕉”与“焦”通，训为燋杀。民其无如：指百姓无处可归。 ⑥ 则：法。庶几：差不多。瘳（chōu）：病愈。一说“思其”下夺“所行”二字，“则”属下读，作转折连词用。 ⑦ 若：你。殆：恐怕，大概。 ⑧ 此句言为国之道不欲杂乱无章，杂乱无章则事出多端，事出多端则扰乱不清，扰乱不清则给人带来忧患，给人带来忧患则自救不暇，更不用说治国救民。 ⑨ 存：立。诸：之于。 ⑩ 荡：流荡。出：显露。 ⑪ 相轧：相倾轧。 ⑫ 此句言名声与智力是带来祸害的凶器，而不是用来尽性修行的方法。 ⑬ 德厚：道德纯厚。信矼（gāng）：诚恳悫实。达：至。未达人气：与“未达人心”义同，指未被人了解。名闻不争：即“不争名闻”的倒装，指不与他人争夺好的名声。 ⑭ 强：勉强。绳墨：指法度。术：与“述”同，陈述，一说“术”当作“衒”。有：与“育”同，即鬻，卖。命：名。菑：读为“灾”，害。此句言勉强地在暴虐的卫君面前陈述仁义法度之言，这是以别人的恶行来成就自己美德的行为，这种人称之为有灾难的人。 ⑮ 此句言假如卫君真的喜欢贤能的人，讨厌奸诈小人，（那么，他身边一定很多贤臣）你又能怎样做而与别人不同呢？ ⑯ 若：你。诏：言。王公：指卫君。乘人：指乘国君之势以临人。捷：指辩论时口齿伶俐、思维敏捷。 ⑰ 而：你。荧：乱，一说为“瞢”的借字。平：和缓。营：指自救。形：显露。且：将。成：顺从，成就。此句言颜渊听了卫君的辩论后，眼神迷乱，然后面色趋于平和，然后口中辩解，自救不暇，然后容貌出现卑恭的形态，然后心里动摇，乃至于顺从卫君的辩论，促成卫君的暴虐。 ⑱ 顺始无穷：指开始顺从他，以后便会一直顺从他，以至于无穷无尽的境地。若殆以不信厚言：是“以不信厚言若殆”的倒装，意思是说你纯厚的道德、忠

诚的心曲不被卫君所信任、了解，却要以直言进谏，你危险了！ ⑲ 关龙逢：姓关，名龙逢，夏桀的贤臣，因进谏而遭斩首。王子比干：商纣的庶叔，因进谏而被挖心。 ⑳ 伛（yǔ）拊：爱养。拂：触逆。修：指美好的品德。挤：排挤，陷害。 ㉑ 丛枝、胥敖、有扈：国名。虚：废墟。厉：厉鬼。其：指丛枝、胥敖、有扈三国国君。实：利。求实无已：指贪得无厌。 ㉒ 胜：指感化。此句言对于那些追求名利的人，连尧、禹等圣人都感化不了他们，更何况你呢？ ㉓ 有以：指有所凭借。尝：试。来：句末语气词。

颜回曰："端而虚，勉而一，则可乎？"①

曰："恶！恶可！②夫以阳为充孔扬，采色不定，常人之所不违，③因案人之所感，以求容与其心。④名之曰日渐之德不成，而况大德乎！⑤将执而不化，外合而内不訾，其庸讵可乎！"⑥

"然则我内直而外曲，成而上比。内直者，与天为徒。⑦与天为徒者，知天子之与己皆天之所子，⑧而独以己言蕲乎而人善之，蕲乎而人不善之邪？⑨若然者，人谓之童子，是之谓与天为徒。⑩外曲者，与人之为徒也。⑪擎跽曲拳，人臣之礼也，人皆为之，吾敢不为邪！⑫为人之所为者，人亦无疵焉，是之谓与人为徒。⑬成而上比者，与古为徒。⑭其言虽教，谪之实也。⑮古之有也，非吾有也。若然者，虽直而不病，是之谓与古为徒。若是则可乎？"

仲尼曰："恶！恶可！大多政，法而不谍，⑯虽固亦无罪。虽然，止是耳矣，夫胡可以及化！⑰犹师心者也。"⑱

【注释】

① 端而虚：端正而谦虚。勉而一：勉励行事而终始如一。 ② 前"恶"为叹词，后"恶"为疑问词，训何。 ③ 阳：刚强之气。充：满。孔：甚。扬：盛气凌人的样子。采色不定：指喜怒无常。此句言卫君内心充满刚强之气，发扬于外，则是一副盛气凌人的样子，喜怒无常，一般人都不敢违抗他的意旨。 ④ 案：抑制。容与：快意的样子。此句言卫君常常因臣下以忠言进谏的时候挫抑之，以求自快其意。 ⑤ 日渐之德：小德，细德。 ⑥ 执而不化：指内心固执而不变。訾：与"资"同，取。外合而内不

訾：指表面上接受进谏，而内心则无所择取。 ⑦ 内直：内心端直。与天为徒：与天同类。 ⑧ 天之所子：天之所生、天之所养。 ⑨ 此句言对于自己说过的话，又怎会管别人是赞美它还是批评它。 ⑩ 童子：婴儿，这里用来指代那些保持自然本性的人。 ⑪ 外曲：指外表恭敬。与人之为徒：据上下文例，"之"当删。 ⑫ 擎（qíng）：执笏。跽（jì）：跪拜。曲拳：弯曲着身子。 ⑬ 疵：病，这里指不满，指责。 ⑭ 上：古代。比：依附。成而上比：指谏诤时依托于古人。 ⑮ 谪（zhé）：指责，此指诤言。此句言进谏时所说的话虽然是古人的教训，但却寓有谏诤的意思在其中。 ⑯ 大：与"太"同。大多政：指条目太多（包括内直、外曲、成而上比）。法：法度。谍：当。法而不谍：指有法度而不妥当。 ⑰ 止是：指止于无罪。化：教化，感化。 ⑱ 师心：指师其成心。

颜回曰："吾无以进矣，敢问其方。"[①]

仲尼曰："斋，吾将语若！有心而为之，其易邪？[②]易之者，暤天不宜。"[③]

颜回曰："回之家贫，唯不饮酒不茹荤者数月矣。[④]如此，则可以为斋乎？"

曰："是祭祀之斋，非心斋也。"

回曰："敢问心斋。"

仲尼曰："若一志，无听之以耳而听之以心，无听之以心而听之以气！[⑤]听止于耳，心止于符。[⑥]气也者，虚而待物者也。[⑦]唯道集虚。[⑧]虚者，心斋也。"

颜回曰："回之未始得使，实自回也；[⑨]得使之也，未始有回也；可谓虚乎？"

夫子曰："尽矣。[⑩]吾语若！若能入游其樊而无感其名，入则鸣，不入则止。[⑪]无门无毒，一宅而寓于不得已，则几矣。[⑫]

"绝迹易，无行地难。[⑬]为人使易以伪，为天使难以伪。[⑭]闻以有翼飞者矣，未闻以无翼飞者也。闻以有知知者矣，未闻以无知知者也。[⑮]瞻彼阕者，虚室生白，吉祥止止。[⑯]夫且不止，是之谓坐驰。[⑰]夫徇耳目内通而外于心知，鬼神将来舍，而况人乎！[⑱]是万物之化也，禹、舜之所纽也，伏戏、几蘧之所行终，而况散焉者乎！”[19]

【注释】

① 无以进：指提不出更好的方法。方：道。 ② 有心而为之：指有意去劝谏卫君。其：与“岂”同，难道。 ③ 暭(hào)天：自然。此句言认为以“有意为之”的心去做一件事情会很容易成功，这与自然至理是不相符合的。 ④ 茹：吃。荤：指蒜、韭菜等有辛味的食物。 ⑤ 若：你。一志：指使心志专一。气：指一种空明虚寂的精神状态。 ⑥ 听止于耳：当作“耳止于听”，指耳的作用限于听取外界的声响。符：合。心止于符：心的作用限于感应外物。 ⑦ 虚而待物：指虚寂而应物。 ⑧ 唯道集虚：指自然的至理集聚在虚寂空明的心境中。 ⑨ 未始：未曾。得使：指接受教诲。实自回也：当作“实有回也”，指为人处世未曾忘己，不能以虚寂空明的心灵应物。 ⑩ 尽矣：指心斋之理尽于此。 ⑪ 樊：与“藩”同，范围，指卫国，一说指天下。入游其樊而无感其名：指处于卫国，要泯迹消声，不能为名位所动。入：投合，指忠言能够被接受。入则鸣，不入则止：他能接受你的意见就说，如果不能接受，你就不说。 ⑫ 无门：不要找门路。无毒：不要有管治他人的心，一说“毒”作“药”解，一说“毒”是“坶”的假借。一宅：即“宅一”，指处于虚寂至一的自然天道中。不得已：指理所必然，不得不然。几：尽。 ⑬ 绝迹：指不行走。无行地：指行走却不着地。 ⑭ 为人使易以伪：指被人的欲望所驱使，容易造伪。为天使难以伪：指顺应自然至理而行，就难以作伪。 ⑮ 此二句用来比喻做任何事情，必须要有相应的条件。没有虚寂空明的心，就不能达到“无己”“应物”“化物”的境界。 ⑯ 瞻：观照。阕：空。虚室：指虚寂空明的心。白：光明，实际用来指代光明纯洁的道体。吉祥：指善福的征兆。止止：前一“止”训停止，后一“止”训宁静的心灵，一说后一“止”当作“也”，或说当作“之”。 ⑰ 坐驰：指外形端坐而内心却驰骛不已。此句言没有虚寂空明的心境，这就叫做“坐驰”。 ⑱ 徇：使，一说当解作“循”。此句言使耳目不接外物，内通于虚寂空明的心灵，摒弃心智不用，即使鬼神也都将来依附，更何况人！ ⑲ 是：这，指“心斋”。纽：与“狃”同，习，一说当解作“关键”。伏戏：即“伏羲”，风姓，三皇之一。几蘧：上古帝王。散：朴散之人，

指众人。此句言“心斋”是万物得以感化的根本原因，禹、舜经常学习它，伏戏、几蘧终身以它作为行为的准则，更何况一般的凡人呢！

【导读】

这是《人间世》的首段，作者假托孔子与颜回的对话，并借孔子的言说，提出“心斋”之法，倡导那种顺应自然而心地空明的处人、处世与自处的境界。

本段以三节文字成篇。第一节是颜回请行于卫，孔子针对卫君的残暴提出告诫，认为卫君“轻用其国”、“轻用民死”，难以用知识去教化，难以用道德去规范，颜回前去不仅无益，将反受其害。而且孔子举桀杀关龙逢、纣杀王子比干为例，又以尧攻丛、枝、胥敖与禹攻有扈为喻，说明圣人尚且难脱名利，何况暴君？名利是道德的伤害。第二节由颜回提出针对卫君之暴而应对的方法，就是“端而虚，勉而一”，意思是外貌端肃而内心谦虚，行事勉力且意志专一。孔子的回答是，卫君骄奢淫逸，欲念太深，既非小德所能感化，也不是大德所能规劝，你的方法虽好，也难以奏效，而你的执着只表明了你心中也是成见太深。第三节是颜回再次请教处理此事的方法，孔子提出了破除“成心”，只有排除求名用智而产生的人间种种纷争，才能达到“心斋”之境。

在这节文字中，庄子假借孔子之口说出了两个重要的概念，一是“坐驰”，一是“心斋”。所谓“坐驰”，就是你若抱有“成心”，虽表面静肃专一，也是或神疲而形逸，或形逸而神疲，无法适性自然。而所谓“心斋”，如其言“听止于耳，心止于符。气也者，虚而待物者也。唯道集虚。虚者，心斋也”。这就是庄子倡导的与自然相融契的空明心境。陶渊明《归园田居》诗中写道：“户庭无尘杂，虚室有余闲。久在樊笼里，复得返自然。”其中“虚室”并非空宽的房屋，而是“心斋”，“返自然”也正是陶诗对庄子意趣的最佳诠释。

叶公子高将使于齐

叶公子高将使于齐，[①]问于仲尼曰：“王使诸梁也甚重，齐之待使者，盖将甚敬而不急。[2]匹夫犹未可动，而况诸侯乎！[3]吾甚慄之。[4]子常语诸梁也曰：‘凡事若小若大，寡不道以欢成。[5]事若不成，则必有人道之患；事若成，则必有阴阳之患。[6]若成若不成而后无患者，唯有德者能之。’吾食也执粗而不臧，爨无欲清之人。[7]今吾朝受命而夕饮冰，我其内热与！[8]吾未至乎事之情，而既有阴阳之患矣；事若不成，必有人道之患。是两也，为人臣者不足以任之，子其有以语我来！”[9]

仲尼曰：“天下有大戒二：[10]其一，命也；其一，义也。[11]子之爱亲，命也，不可解于心；臣之事君，义也，无适而非君也，无所逃于天地之间。是之谓大戒。是以夫事其亲者，不择地而安之，孝之至也；夫事其君者，不择事而安之，忠之盛也；自事其心者，哀乐不易施乎前，知其不可奈何而安之若命，德之至也。[12]为人臣子者，固有所不得已。行事之情而忘其身，何暇至于悦生而恶死！[13]夫子其行可矣！

“丘请复以所闻：凡交近则必相靡以信，远则必忠之以言，言必或传之。[14]夫传两喜两怒之言，天下之难者也。[15]夫两喜必多溢美之言，两怒必多溢恶之言。[16]凡溢之类妄，妄则其信之也莫，莫则传言者殃。[17]故《法言》曰：[18]‘传其常情，无传其溢言，则几乎全。’

“且以巧斗力者，始乎阳，常卒乎阴，泰至则多奇巧；以礼饮酒者，始乎治，常卒乎乱，泰至则多奇乐。[19]凡事亦然。始乎谅，常卒乎鄙；其作始也简，其将毕也必巨。[20]

“言者，风波也；行者，实丧也。[21]夫风波易以动，实丧易以危。故忿设无由，巧言偏辞。[22]兽死不择音，气息茀然，于是并生心厉。[23]克核大至，则必有不肖之心应之，而不知其然也。[24]苟为不知其然也，孰知其所终！故《法言》曰：‘无迁令，无劝成，过度益也。’[25]迁令劝成殆事，美成在久，恶成不及改，可不慎与！[26]且夫乘物以游心，托不得已以养中，至矣。[27]何作为报也！[28]莫若为致命。[29]此其难者。”

【注释】

① 叶(shè)公子高：姓沈，名诸梁，字子高，楚国叶县的长官，楚国僭称“王”，以国内地方长官为“公”。 ② 王使诸梁也甚重：指楚王令诸梁出使齐国，把重要任务委托给他。甚敬而不急：指齐王虽然在礼节上敬重

使者，但对他请求的事情，却并不放在心上。 ③ 动：感化，这里有催促的意思。 ④ 慄：害怕，惊恐不安。 ⑤ 若小若大：犹言“或小或大”。寡：鲜，很少。不道：不由，一说当解作“不言”。以欢成：指因事情成功而欢喜。 ⑥ 人道之患：违反人间法律而带来的祸害，这里指国君的惩罚。阴阳之患：违背自然规律而带来的祸害，这里指人体内阴阳之气不平和而带来的疾病。 ⑦ 执粗而不臧：指所吃的食物粗淡而不精细。爨(cuàn)：指烧火煮饭菜。清：凉。爨无欲清之人：指饭菜煮好后，不需要人将它变凉，说明饭菜粗淡，不需要猛火蒸煮。 ⑧ 内热：指内心焦虑烦躁。此句言如今我早上刚接到出使齐国的命令，到了傍晚便要吃冰块，这是因为我内心焦虑烦躁。 ⑨ 是两也：指叶公刚接到出使齐国的命令，内心焦虑烦躁，此时已经有阴阳之患。如果出使齐国的任务没完成，又必定遭到楚王的处罚而有人道之患。这两种祸害集于一身，故言“是两也”。任：担当，承受。 ⑩ 大戒：指最基本、最重要的法则。 ⑪ 命：就人的自然性而言，指天性，自然至理。义：就人的社会性而言，指人作为一个社会存在体对于他人所要履行的义务，即人与人交往中的某种制约关系。⑫ 自事其心：自我从事于心性的修养。施：读为“移”。哀乐不易施于前：指心灵不以外界的喜怒哀乐为转移。 ⑬ 情：实。行事之情而忘其身：指按事情的实际情况去做而忘记自己的存在。 ⑭ 相靡：相维系，“靡”与“縻”通，一说“靡”与“摩”通。信：验证，指符节一类的东西。远：一说“远”上有“交”字。忠：忠信，一说“忠”当作“忠”，与“固”同。或：有人。⑮ 传：传达。两喜两怒之言：指双方高兴时所说的话和双方发怒时所说的话。 ⑯ 溢：过分，过度。 ⑰ 类：似。妄：虚妄不实。莫：不，表疑惑，一说当解作“薄”。 ⑱ 法言：古书名，一说当解作“格言”。 ⑲ 巧：指技巧。阳：这里指明处，一说当解作“喜”。阴：这里指暗处，私下，一说当解作“怒”。泰：与“太”同。泰至则多奇巧：指太过分的时候，就会使用很多阴险狡诈的诡计。治：有秩序，有条理。泰至则多奇乐：指太过分的时候，就会变得狂放淫乱。 ⑳ 谅：信，一说“谅”为“诸”之误，读为“都”，训美。鄙：鄙陋，粗鄙。简：简单。巨：艰巨。 ㉑ 实丧：指得失。 ㉒ 设：施设，发作。偏：与“谝”通，巧言，一说“偏”当解作偏颇、片面。忿设无由句：言愤怒的发作，不是因为其他原因，而是因为花言巧语的不实在。 ㉓ 气息茀(bó)然:指发怒时气息不调的样子。心厉:心中的怒气,一说当作“厉心”狠戾之心。 ㉔ 克核:苛刻严厉。大:与“太”通。不肖之心:不善之心。此句言一个人太过苛刻,别人就会兴起恶念来报复他,他却还不知道是怎么回事。 ㉕ 迁令:改变君主的命令。劝成:勉强促成一件事。益:与“溢”同。 ㉖ 美成在久:要成就一件好事需要很长时间。恶成不及改:要促成一件坏事马上可以办成,以至后悔时都来不及改正。 ㉗ 乘物以游心:指顺应事物的自然发展而无所用心。托:寄。养中:即养性,指修养内在的自然天性。 ㉘ 何作为报也:指何必刻意去传达那种迁令、劝成的言辞呢? ㉙ 莫若致命:不如如实地传达国君的命令。

【导读】

这是《人间世》的第二段,借叶公子高出使齐国之事,揭示君臣相处的艰难与邦国相交的疑惧,并通过孔子的答疑,再次强调了顺适自然、虚心安命的处世观。

与前段描述相同,本文开篇也是由问者引“夫子”之言质询于孔子,而孔子的回答往往又在否定自己,表现出与前言者不同的形象,这实质都是庄子寓言式的假托。在《庄子》书中,有大量的孔子形象与言论,这些均为非儒化的“孔子”,是被庄子化了的道家思想的“孔子”。在本文中,叶公子高自言出使当遵夫子之训,“惟有德者能之”,但仍惴惴不安于两病,即“人道之患”与“阴阳之患”,由此引出孔子的答词。孔子的说法从五个层面展开:第一层是谈天下两大戒,即“命”与“义”,由此界说行孝与尽忠,归于“本心”,就是“安之若命,德之至也”。第二层是谈邦国外交“忠之以言”,言者必“信”,归于戒妄言而倡真言。第三层是反对巧伪之知,所谓“奇巧”、“奇乐”,为大伪所托,大悲所寄。第四层是“言”者明“实”,首在戒“过”,过分强求结果,追求成功,不仅危险,也是取败之道。第五层是处人待事,不如依本心而行,所谓“游心”、“养中”,在外交职守上,如实传达君令,不加以个人的成心与巧伪,也就是顺应自然了。

由此五层意义,即孔子言说的本心、真言、反巧、戒过与顺适自然。这既是本文的主旨,也是庄子的养生思想在处世论上的运用。

栎 社 树

匠石之齐，至于曲辕，见栎社树。[①]其大蔽数千牛，絜之百围，其高临山，十仞而后有枝，其可以为舟者旁十数。[②]观者如市，匠伯不顾，遂行不辍。[③]

弟子厌观之，走及匠石，[④]曰："自吾执斧斤以随夫子，未尝见材如此其美也。先生不肯视，行不辍，何邪？"

曰："已矣，勿言之矣！散木也，以为舟则沉，以为棺椁则速腐，以为器则速毁，以为门户则液樠，以为柱则蠹。[⑤]是不材之木也，无所可用，故能若是之寿。"

匠石归，栎社见梦曰：[⑥]"女将恶乎比予哉？若将比予于文木邪？[⑦]夫柤梨橘柚，果蓏之属，实熟则剥，剥则辱；大枝折，小枝泄。[⑧]此以其能苦其生者也，故不终其天年而中道夭，自掊击于世俗者也。[⑨]物莫不若是。且予求无所可用久矣，几死，乃今得之，为予大用。使予也而有用，且得有此大也邪？且也若与予也皆物也，奈何哉其相物也？[⑩]而几死之散人，又恶知散木！"[⑪]

匠石觉而诊其梦。[⑫]弟子曰："趣取无用，则为社何邪？"[⑬]

曰："密！若无言！[⑭]彼亦直寄焉，以为不知己者诟厉也。[⑮]不为社者，且几有翦乎！[⑯]且也彼其所保与众异，而以义喻之，不亦远乎！"[⑰]

【注释】

① 匠石：匠人名石。之：适，往。曲辕：地名，一说当解作"曲道"。栎社树：指以栎树为神社，古人祭祀土地之神，常以大树为神主。 ② 蔽：覆盖，一说当解作"隐藏"。挈(qiè)：度量。围：两手合抱为一围，一说围环八尺为一围。其高临山：指树高出山顶。旁：指旁枝，一说"旁"借为"方"。 ③ 伯：尊称，一说指工匠之长。辍：止。 ④ 厌：满足。厌观：饱览。 ⑤ 散木：指材质疏散的树，无用之树。液：津液，指树脂。樠(mán)：松心。液樠：指树液如松心的油脂一样往外冒。蠹：蛀虫。⑥ 见：通"现"。见梦：出现在梦中。 ⑦ 文木：美材，有用之树。 ⑧ 柤(zhā)：通"楂"，山楂。果蓏(luǒ)：瓜果之类，树上所生为"果"，地上所生

为“蓏”。剥:落。辱:扭折。泄:通“抴”,牵引。 ⑨ 苦:累,害。掊:击。自掊击于世俗者:指因自己显露才能而招致世俗的打击。 ⑩ 若:你。相物:以物相待,指匠人不知混同物我,尚有外物之心。 ⑪ 几死:近死。散人:朴散无用之人。 ⑫ 诊:通“畛”,告知,一说当解作“占卜”。⑬ 趣:意趣,一说当解作“急促”。此句言既然栎树的意趣在于无用,又为什么要成为社主呢? ⑭ 密:默,不要出声。 ⑮ 直:只是。寄:寄托。诟厉:辱骂。此句言栎树本无心成为社主,只不过随性而有所寄托罢了,那些不了解它的人以“无用”去诟病它,反而使它真正达到“以无用为大用”的目的。 ⑯ 几:岂,难道。翦:砍伐。此句言即使栎树不作社主,难道就会遭到砍伐吗! ⑰ 所保:指保全生命的方法。义:指常理。

【导读】

这是《人间世》的第四段,庄子以社树为喻,道破全身避害者以无用为大用的道理。

庄子文章是极具反设意味的,他所倡导的“不用而寓诸用”、以“无用”为“大用”的思想,一方面是他主张天心自然的体现,另一方面也是他对战国乱世是非颠倒的反讽与批判。这篇文章所描写的栎树的命运,是一个典型,其与《逍遥游》篇末所写的那种避“机辟”“斤斧”之害而求“无所可用”的心态同样,是困顿处境中困苦心境的反映。

这是一则寓言,虽文字不多,却因作者采取层波叠浪之法,显得意旨婉曲,耐人寻味。作者首先塑造了一株身材伟岸的栎“社树”(神木),因其材形之美,引起匠石(姓石的木匠)子弟的赞许与垂涎,而匠石过而不顾,故引起弟子的疑问,也留下文章的悬疑。紧接着是匠石解疑,撇开以“形”为是非,从木质看,认为这栎树是“散木”,并以为“舟”则沉、为“棺”则腐、为“器”则毁、为“户”则冒液、为“柱”则蠹,得出的结论是“不材之木”,何用之有?一质疑,一释疑,在文势转平时,作者又突起波澜,假“栎树”托梦匠石,生发出一段奇谈高论。匠石梦中栎树的话语分成两层面:一是栎树自称正因木质不佳,为人嫌弃,则避免了“文木”(有用之材)的剥、辱、折、泄的悲惨命运,而得以“终其天年”,且成为人们祭祀供奉的神木。二是指责匠石对自己(栎树)的羞辱(散木),因为匠石与栎树都是“物”,又何必以

"物"相讥,况且你匠石已是散人(将死之人),又怎么辨别散木呢?这段寄讽托喻的谈话,令匠石震惊,而他的弟子听后,又生一疑,即这栎树既然无用,怎么反而被奉为神木呢?匠石这时对弟子用一"密"字,示以无语,将这种反讽意趣推至高潮。无用之用,是为"保神",倘无"形"存,又何以保神?匠石所言"不为社者,且几有翦乎",是栎树的无奈,是匠石的无奈,也是庄子的无奈。这犹如古之隐士,要保神,必形存,故有"小隐隐陵薮,大隐隐朝市"(王康琚《反招隐》)之说,栎树隐于"社",也是一样的道理。

元人陈绎曾《文章欧冶》评《庄子》"善议论,见识高妙",其"肆口安言亦妙,缄口不言亦妙,开口正言亦妙"。读此《栎社树》,正可见其议论高妙。

支离疏

支离疏者,颐隐于脐,肩高于顶,会撮指天,五管在上,两髀为胁。① 挫针治繲,足以餬口;② 鼓筴播精,足以食十人。③ 上征武士,则支离攘臂而游于其间;④ 上有大役,则支离以有常疾不受功;⑤ 上与病者粟,则受三钟与十束薪。⑥ 夫支离其形者,犹足以养其身,终其天年,又况支离其德者乎!⑦

【注释】

① 支离疏:庄子虚构的人物,"支离"言其形体残废不全。颐:下巴。会撮:发髻,一说当解作"项椎"。五管:五脏的血管。髀(bì):大腿。② 挫针:缝衣。治繲:洗衣。 ③ 鼓:扬,一说当解作"簸箕"。筴:小簸箕。鼓筴:指以簸箕筛米,一说当解作"揲蓍钻龟"。精:精米,一说"精"当作"糈"。播精:捡取精米。 ④ 征:征求。攘臂:掉臂,悠游自在的样子。 ⑤ 功:指徭役。 ⑥ 钟:六斛四斗为一钟。 ⑦ 支离其德:犹言忘其德,指本有大德在身而蕴藏不露,世人见之,以为其德不全。

楚狂接舆

孔子适楚,楚狂接舆游其门曰:①"凤兮凤兮,何如德之衰也!② 来世不可待，往世不可追也。[3]天下有道，圣人成焉；天下无道，圣人生焉。[4]方今之时，仅免刑焉。[5]福轻乎羽，莫之知载；祸重乎地，莫之知避。[6]已乎已乎，临人以德！[7]殆乎殆乎，画地而趋！[8]迷阳迷阳，无伤吾行！[9]吾行郤曲，无伤吾足！”[10]

【注 释】

① 适：至，往。接舆：楚国贤人，姓陆，名通。 ② 凤：指孔子。何如：何乃，怎么如此。 ③ 来世：指后世。往世：指前代。 ④ 成：成就事业。生：保全生命。 ⑤ 此句言当今之世，只追求不要触犯刑法，一说当今之世，很少有人能免于刑法的惩罚。 ⑥ 载：取，受。 ⑦ 已：止。临人以德：即“以德临人”，指夸耀自己的德行。 ⑧ 殆：危险。画地而趋：画出一条轨道，顺着它行走，指显露自己的行迹，一说指画地为牢而自投其中。 ⑨ 迷阳：荆棘。一说当解作“昏乱”。行：行走。 ⑩ 郤：与“却”同，退后。曲：曲行，即拐弯走。一说“吾行郤曲”当作“郤曲郤曲”。足：脚，一说当解作“性分自足”。

【导 读】

这是《人间世》的末两段，一借支离疏写残形者无用于世得以全身免害，一借楚狂接舆之口唱出乱世悲歌，抒写处世之艰的情怀。

通观《人间世》的描写，主旨是在乱世纷争的人际关系中，如何处人与自处的道理。而变态的社会造就变态之人，变态之人又反讽变态社会，这正是庄子一书惯用的长歌当哭的手法，也是隐藏在幽默滑稽语言情节后面的血泪诉求。先看支离疏的形象，其“颐隐于脐”的几句描写，展示在人们面前的是一形残而怪异的苦人，正是这样一个让人望而生畏的恐怖人物，却能够自食其力，兼济他人，尤其是“上征武士”、“上有大役”，支离疏都能因身残而免其役，避其祸，而“上与病者粟”，他又能得到薪、粮的接济。而这形残之苦，却成全了他“以养其身，终其天年”之德。林希逸注《庄》，将支离疏与栎社树同观，认为“至人之德亦如此支离者，以无用为大用也。此与不材之木亦同意”。

如果说支离疏以形残而全身，则楚狂接舆则是以精神之残（狂），狂歌于乱世，而道破衰世的悲哀与处世的艰难。庄子这则寓言，是依据《论语》的记载演绎而成。《论语·微子》载："楚狂接舆歌而过孔子，'凤兮凤兮，何德之衰。往者不可谏，来者犹可追。已而已而，今之从政者殆而。'"比较《论语》与《庄子》记述的歌词，显然后者增多了衰世的忧患意识，其"迷阳迷阳"的感叹，加重了那种衰世哀歌的分量。庄子曾描述当时的社会，是"今世之仁人，蒿目而忧世之患"(《骈拇》)，这也正是作者在此记述楚狂接舆之歌的写作心态。

德充符

兀者王骀

鲁有兀者王骀，从之游者与仲尼相若。① 常季问于仲尼曰：② "王骀，兀者也，从之游者与夫子中分鲁。③ 立不教，坐不议，虚而往，实而归。④ 固有不言之教，无形而心成者邪？是何人也？"⑤

仲尼曰："夫子，圣人也，丘也直后而未往耳。⑥ 丘将以为师，而况不若丘者乎！⑦ 奚假鲁国！丘将引天下而与从之。"⑧

常季曰："彼兀者也，而王先生，其与庸亦远矣。⑨ 若然者，其用心也独若之何？"

仲尼曰："死生亦大矣，而不得与之变；⑩ 虽天地覆坠，亦将不与之遗。⑪ 审乎无假而不与物迁，命物之化而守其宗也。"⑫

常季曰："何谓也？"

仲尼曰："自其异者视之，肝胆楚越也；⑬ 自其同者视之，万物皆一也。⑭ 夫若然者，且不知耳目之所宜，而游心乎德之和；⑮ 物视其所一而不见其所丧，视丧其足犹遗土也。"⑯

常季曰："彼为己，以其知得其心，以其心得其常心，物何为最之哉？"⑰

仲尼曰："人莫鉴于流水，而鉴于止水，唯止能止众止。⑱ 受命于地，唯松柏独也在冬夏青青；⑲ 受命于天，唯舜独也正，幸能正生，以正众生。⑳ 夫保始之征，不惧之实。㉑ 勇士一人，雄入于九军。㉒ 将求名而能自要者，而犹若是，而况官天地，府万物，直寓六骸，象耳目，一知之所知，而心未尝死者乎！㉓彼且择日而登假，人则从是也。彼且何肯以物为事乎！”㉔

【注释】

① 兀：与“介”同，刖足。王骀（tái）：庄子寓托的人物。 ② 常季：姓常，名季，鲁国的贤人，一说为孔子弟子。 ③ 中分：平分，指鲁国游学者一半跟随孔子，一半跟随王骀。 ④ 不教：不教授。不议：不议论。虚而往，实而归：指门人弟子来时都愚钝空虚无所见，而一见王骀之后，即体悟天道，内心充实而归。 ⑤ 无形：不露行迹。心成：心灵体悟到自然至道。无形而心成：指王骀没有给弟子们语言行为上的教诲，而是通过潜移默化的影响使他们的心灵体悟到自然至道。是：斯，此。 ⑥ 夫子：指王骀。直：只，特。直后而未往：只是落在后面，还没来得及前往受教。⑦ 不若：不如。 ⑧ 奚假：何止。引天下：率天下之人。与：“从”义，跟随，一说与“举”同，全部。 ⑨ 王：与“旺”同，盛。王先生：指王骀的门人弟子比孔子的要多。庸：普通人。 ⑩ 此句言生死是人生中最大的变化，而王骀处之泰然，齐同死生，顺物自然，因此，生死不得使王骀有所改变。 ⑪ 遗：失。此句言即使天崩地裂，王骀也将处变不惊，不会有任何错失。 ⑫ 审：处。假：借，一说当训作“真假”之“假”。宗：主，指大道的根本。此句言处于无所待的境界中，不为外物所动摇，内心持守着大道的根本，顺同万物的变化而变化。 ⑬ 此句言从万物的差异性来看，肝与胆就如同楚与越相距那么遥远。一说“楚越”当作“胡越”。 ⑭ 此句言从万物的同一性来看，物我、彼此没有分别，都归于“天地与我并生，万物与我为一”的自然至道中。 ⑮ 若然：如此。德之和：指道德冲和圆融的境界。此句言像这种泯灭万物异同的得道之人，将忘记耳目所能感觉到的声色是非，而任凭自由的心灵遨游在道德冲和的化境中。 ⑯ 物视：即“视物”。此句言将万物看作一体，顺应生死的变化而变化，则生的时候固然是我，死的时候虽化作异物也依然是我，生死的变化并没有使我失掉什么，因此，王骀失一腿，犹如丢失一块泥土。 ⑰ 彼：指王骀。为己：指修身。知：通“智”。其心：指分别万物的心。常心：指体道真淳之后，复归于平凡的心。最：与“冣”同，聚。 ⑱ 鉴：与“镜”同，照。唯止能止众止：

只有静止的水能照出(留住)一切求静的人与物,比喻王骀虚静守道,能容纳万物,因此,世上求道之人纷纷前来归附就学。 ⑲ 此句言从大地上生长出来的,只有松柏冬夏常青。一说“唯松柏独也”下有“正”字。⑳ 前一“正”指天地正气,即自然至道。后二“正”指纠偏,使之走向正道。“正生”之“生”与“性”同。此句言被上天赋予生命的事物中,只有舜能得天地自然的正气,他以此来修养自己的天性,使之合乎正道,并引导世人按照各自所受的性分行事。一说“舜”上有“尧”,“独也正”下有“在万物之首”五字。 ㉑ 保始:指保全最初的天性。征:符,验证。此句言保持最初天性的人必定会显现出某种符验,这就像勇敢的人必定表现出不畏惧的品格一样。 ㉒ 雄入:犹言冲入。九军:天子六军,诸侯三军,合为九军,这里可解释为千军万马。 ㉓ 自要:自邀功名,“要”与“邀”通,一说当解作“自好”。官:主宰,一说当解作“感官”之“官”。府:包藏,一说当解作“腑脏”之“腑”。寓:寄托。象耳目:指好像用耳目而并不用耳目。一知:指智慧。之:至。所知:指情境。一知之所知:指心智与情境契合无间,即“游心乎德之和”之意。心未尝死者:指内心齐同生死,泯灭了生死的观念。 ㉔ 且:将。择日:指日。登假:即登遐,指超出尘俗。以物为事:以从事世事为务,这里指以吸引众人前来游学为务。

【导读】

这是《德充符》的第一段,作者通过常季与仲尼的对话,塑造了兀者王骀“行不言之教”而且能“保始”、“守宗”的完人形象,这代表了庄子思想中的统一世界与至上精神。

在《庄子》内七篇中,《德充符》是崇尚精神世界的道德论,也就是将道家的自然精神内化为道德精神的一种阐述方式,所以全篇主要塑造了如王骀、申徒嘉、叔山无趾、哀骀它等多位形残而神完的形象,以突出其去形而达神的思想主旨。在这段描述中,王骀能够胜过孔子并赢得学生的崇拜,作者假托“孔子”之口概括成几点:一是行“不言之教”,所谓“桃李不言,下自成蹊”,这是教育者最高的境界。二是“命物之化而守其宗”,所谓“守宗”,就是能把握住生命的主轴,才能处于山崩而不惊,大浸而不溺的至人境界。三是“物视其如一”,因为从万物的相同性来看,就不存在得此失彼的“所丧”，王骀失去了脚毫不影响他“游心乎德之和”。四是“保始之征，不惧之实”，其“保始”是把握事物与生命的根源，宣颖认为“保始即守宗”，倘仔细辨别，似有不同：“守宗”重在不“丧心”，“保始”则重探索根源，是将一种心理的活动推至宇宙论的高度。这样，也就能够从“游心”中见“常心”，使人生得到动静相宜，应对自如。

历代文人，学庄者多，其中苏东坡之旷达人生与浩荡文才，即有取法庄子处。苏氏曾读《庄子》而叹息曰：“吾昔有见于中，口未能言，今见《庄子》，得吾心矣。”（苏辙《亡兄子瞻端明墓志铭》）而他的名文名句，如《前赤壁赋》中的“盖将其变者而观之，则天地曾不能以一瞬；自其不变者而观之，则物与我皆无尽也”，就是取法《兀者王骀》中的“自其异者视之，肝胆楚越也；自其同者视之，万物皆一也”的句式与句意，吴子良《荆溪林下偶谈》谓“坡赋祖庄子”，即指此。由此一例，也可见庄子该文的经典性及对后世的影响力。

兀者申徒嘉

申徒嘉，兀者也，而与郑子产同师于伯昏无人。[①] 子产谓申徒嘉曰：“我先出则子止，子先出则我止。”[②] 其明日，又与合堂同席而坐。[③] 子产谓申徒嘉曰：“我先出则子止，子先出则我止。今我将出，子可以止乎，其未邪？且子见执政而不违，子齐执政乎？”[④]

申徒嘉曰：“先生之门，固有执政焉如此哉？子而说子之执政而后人者也？[⑤] 闻之曰：‘鉴明则尘垢不止，止则不明也。久与贤人处则无过。’今子之所取大者，先生也，而犹出言若是，不亦过乎！”[⑥]

子产曰：“子既若是矣，犹与尧争善，计子之德不足以自反邪？”[⑦]

申徒嘉曰：“自状其过以不当亡者众，不状其过以不当存者寡。[⑧] 知不可奈何而安之若命，唯有德者能之。游于羿之彀中。中央者，中地也；然而不中者，命也。[⑨] 人以其全足笑吾不全足者多矣，吾怫然而怒；[⑩] 而适先生之所，则废然而反。[⑪] 不知先生之洗我以善邪？[⑫] 吾与夫子游十九年矣，而未尝知吾兀者也。今子与我游于形骸之内，而子索我于形骸之外，不亦过乎！”[⑬]

子产蹵然改容更貌曰："子无乃称！"⑭

【注释】

① 申徒嘉：姓申徒，名嘉，郑国的贤人。子产：姓公孙，名侨，郑国的贤相，孔子称之为"古之遗爱"。伯昏无人：庄子假托的得道之人。② 申徒嘉身体残疾，子产不愿与他走在一起，因此有这番话。③ 合堂：同堂。④ 执政：子产自称。违：避。齐：同。⑤ 先生：指伯昏无人。前一"而"字训作"乃"。后人：看不起人。⑥ 所取：所求。大者：指扩充德性。⑦ 子既若是：指申屠嘉形体残疾。计：量。自反：指以道德修养补充形体残疾的不足。⑧ 状：陈述，这里指辩解。自状其过以不当亡者众：指自己辩解过错，认为不应当受处罚，这样的人比比皆是。不状其过以不当存者寡：指自己不辩解过错，认为应当受处罚的人非常少。⑨ 羿：古代善射的人，一说为有穷国的国君。彀(gòu)中：指弓箭的射程，这里用来比喻人间的刑网。中央：正当中。中地：指箭矢射中的地方。然而不中：指有时不被射中。⑩ 怫然：与"勃然"同，突然发怒的样子。⑪ 适：至。废然：指怒气消失。反：指返回到常态。⑫ 洗我以善：指以善感化我。⑬ 形骸之内：指道德。形骸之外：指外在的形体。⑭ 蹵(cù)然：指惭愧而不安的样子。子无乃称：你不要再说了。

【导读】

这是《德充符》的第二段，以兀者申徒嘉与子产合堂同师的寓言，批判了索人于"形骸之外"的世俗眼光，歌颂的是相游于"形骸之内"的道德精神。这篇文章，也是最早为残疾人受到社会不公正待遇鸣不平的精彩文字。

该文由残疾人申徒嘉与执政大臣子产同师于伯昏无人开篇，塑造了两个完全不同的形象，一个是为官者的虚骄，一个是为学者的淡泊。而以为官者的子产自以为作为执政大臣，不愿与申徒嘉走在一起这一情节，揭开了戏剧性的冲突。在子产的眼中，只有功名、利禄、权势、尊位，却在形式上用虚伪的"德"来要求对方，而在申徒嘉的心中，追求的是人格、精神与道德风范，所以对子产的侮辱，他不屑一顾，且严斥对方，认为师门只有道德，没有执政！而在子产继续讥笑他身残而不自量力时，申徒嘉以自己不幸遭遇控诉其“命也”不公，并怒斥对方“今子与我游于形骸之内，而子索我于形骸之外”，将矛盾与冲突推向高潮。而申徒嘉的两段申述，皆以“不亦过乎”收束，加强了言词的分量，使对方陷于失情失理而难以辩说的困境。文章收尾以子产的“改容更貌”结束，既表明了那种以貌取人，以势凌人者的自赎心理，也形象地展示了庄子不以形为是非的哲理意味。

兀者叔山无趾

鲁有兀者叔山无趾，踵见仲尼。[①] 仲尼曰：“子不谨，前既犯患若是矣。虽今来，何及矣！”[②]

无趾曰：“吾唯不知务而轻用吾身，吾是以亡足。[③] 今吾来也，犹有尊足者存，吾是以务全之也。[④] 夫天无不覆，地无不载，吾以夫子为天地，安知夫子之犹若是也！”[⑤]

孔子曰：“丘则陋矣。夫子胡不入乎，请讲以所闻！”[⑥]

无趾出。孔子曰：“弟子勉之！夫无趾，兀者也，犹务学以复补前行之恶，而况全德之人乎！”[⑦]

无趾语老聃曰：“孔丘之于至人，其未邪？彼何宾宾以学子为？[⑧] 彼且蕲以諔诡幻怪之名闻，不知至人之以是为己桎梏邪？”[⑨]

老聃曰：“胡不直使彼以死生为一条，以可不可为一贯者，解其桎梏，其可乎？”[⑩]

无趾曰：“天刑之，安可解！”[⑪]

【注释】

① 叔山无趾：叔山是字，无趾言其受刖刑，因以为名，他是庄子假托的人物。踵：踵行，一说当解作“频繁”。 ② 犯：触犯。患：祸害。虽今来：即“今虽来”。何及：犹言不逮。 ③ 不知务：指不知时务。 ④ 尊足者：指比足尊贵的东西。存：在。 ⑤ 安知夫子之犹若是：我哪里知道您竟然是这样（指区别对待事物）。 ⑥ 陋：鄙陋。胡：何。讲：告。 ⑦ 复：与“补”同义。全德：即“全得”，指形体健全。 ⑧ 宾宾：恭敬的样

子,一说与“频频”同。学子:向您请教,一说当解作“弟子”。 ⑨ 諔诡幻怪:奇异怪诞。桎梏:束缚。 ⑩ 以死生为一条:即齐同生死。以可不可为一贯:即混同是非。 ⑪ 天刑之:这是上天的处罚,指孔子以名教教人,甘于声名的桎梏,这是命定的,是他的性分所在。安:怎么。

【导读】

这是《德充符》的第三段,仍以断足之人说事,塑造了一个类似申徒嘉形象的叔山无趾,并通过叔山无趾批评孔子蔽于形而不知德,宣扬了死生如一、万物齐同的观念。

本文以两节文字构篇,一节是叔山无趾与孔子的对话,一节是叔山无趾与老聃的谈话。文章开篇写孔子见到叔山无趾,责怪其不循规蹈矩,犯错误而形残,此来请教,实如亡羊补牢。不料叔山无趾反唇相讥,说我原以为你孔子是广德如天地的人,谁知你也是陋于“形”是之人,我虽然失去一足,却“犹有尊足者存”,即有更高价值的精神支柱(德)。孔子闻后,表示了愧疚之意,并对弟子们说,这样“无趾”的人尚且“务学”要改正前行的错误,何况身体完好的人呢?从孔子的表面检讨中,我们能看到作者的深意,就是孔子仍认为无趾有“前行之恶”,不及“全德之人”,是重于礼法的偏见。这也逗引出下一节的议论。

当叔山无趾将孔子言行转告老聃,并批评孔子重名声而不知“名声”是人生桎梏时,老聃的回答是:你应该使他知道死生如一,可与不可齐平的道理。而老聃所说的“解其桎梏”,鲜明地批评了儒家学者以礼法形式束缚自己的弊病,倡导的是道家万物齐同的思想。而文章的结束,以叔山无趾认为孔子以名教教人而甘于名声的桎梏,是命定而无法改变的,也就将儒、道价值观的差异提升到一种本体意识的审视,再次阐明“游于形骸之内”与“索于形骸之外”是不可同日而语的。

卫人哀骀它

鲁哀公问于仲尼曰:“卫有恶人焉,曰哀骀它。[①]丈夫与之处者,思而不能去也。[②]妇人见之,请于父母曰‘与为人妻宁为夫子妾’者,十数而未止也。[3]未尝有闻其唱者也，常和人而已矣。[4]无君人之位以济乎人之死，无聚禄以望人之腹。[5]又以恶骇天下，和而不唱，知不出乎四域，且而雄雌合乎前。[6]是必有异乎人者也。[7]寡人召而观之，果以恶骇天下。与寡人处，不至以月数，而寡人有意乎其为人也；[8]不至乎期年，而寡人信之。国无宰，寡人传国焉。[9]闷然而后应，氾若辞。[10]寡人丑乎，卒授之国。[11]无几何也，去寡人而行，寡人恤焉若有亡也，若无与乐是国也。[12]是何人者也？”

仲尼曰：“丘也尝使于楚矣，适见㹠子食于其死母者，少焉眴若皆弃之而走。[13]不见己焉尔，不得类焉尔。[14]所爱其母者，非爱其形也，爱使其形者也。[15]战而死者，其人之葬也不以翣资；刖者之屦，无为爱之；皆无其本矣。[16]为天子之诸御，不爪翦，不穿耳；取妻者止于外，不得复使。[17]形全犹足以为尔，而况全德之人乎！[18]今哀骀它未言而信，无功而亲，使人授己国，唯恐其不受也，是必才全而德不形者也。”[19]

哀公曰：“何谓才全？”

仲尼曰：“死生存亡，穷达贫富，贤与不肖毁誉，饥渴寒暑，是事之变，命之行也；日夜相代乎前，而知不能规乎其始者也。[20]故不足以滑和，不可入于灵府。[21]使之和豫通而不失于兑，使日夜无郤而与物为春，是接而生时于心者也。[22]是之谓才全。”

“何谓德不形？”

曰：“平者，水停之盛也。[23]其可以为法也，内保之而外不荡也。[24]德者，成和之修也。[25]德不形者，物不能离也。”

哀公异日以告闵子曰：[26]“始也吾以南面而君天下，执民之纪而忧其死，吾自以为至通矣。[27]今吾闻至人之言，恐吾无其实，轻用吾身而亡其国。吾与孔丘，非君臣也，德友而已矣。”[28]

【注释】

① 恶：形貌丑陋。哀骀它：庄子假托的得道之人。 ② 思：思慕。③ 与：与其。十数而未止：犹言不止十个。 ④ 唱：与“倡”同，倡导。和：应和，顺应。 ⑤ 济：拯救。无君人之位以济乎人之死：没有君主的权位以救人于死地，指哀骀它无权势。聚：集，一说与“爵”同。望：满。无聚禄以望人之腹：没有粮食可以饱人饥腹，指哀骀它无钱财。 ⑥ 四域：四

方，指人世。雌雄：男女，即前文“丈夫”“妇人”，一说指禽兽。合：聚集。⑦ 指哀骀它既无权势，又无钱财，而且面貌奇丑，智力不出于人间之事，却能使男女都归附于己，则哀骀它必定有过人之处。 ⑧ 有意乎其为人：发觉他为人与别人不一样。 ⑨ 宰：冢宰，即上文所谓“执政”。传国：指将国政委托给他。 ⑩ 闷然：平静，宠辱不惊的样子。氾若辞：当作“氾然而若辞”，指哀骀它不以此事经心，好像有所辞让的样子，氾然，无所滞碍、无所经心的样子。 ⑪ 丑：惭愧。 ⑫ 恤焉：闷闷不乐的样子。⑬ 使：出使，一说当作“游”。㹠：与“豚”同。食：指吃母奶。眴(xún)若：吃惊的样子。 ⑭ 不见己：指母死，再也看不到自己。不得类：指母死，精神、德性不再与自己相似。 ⑮ 爱使其形者：爱慕的是那个使它成为这个形状（指母豚）的东西，即使之成为母豚的精神、德性。 ⑯ 翣(shà)：古代用来装饰棺材的羽毛制品。资：用。皆无其本：所用的本体已经不存在，指埋葬战死的武士不用翣，这是因为没有棺材；遭受刖刑的人不爱屦，这是因为他已经没有脚。此句言武士战死沙场，就地掩埋，不用棺椁，则翣这类装饰品就无所施用。遭受刖刑的人，脚已经被锯掉，因此，对于鞋子，也就没有喜欢爱惜的情感，这是因为所用的本体已经不存在了。 ⑰ 御：指嫔妃。爪翦：即“剪爪”。止于外：指不从事外面的耕作、徭役。不得复使：指官府不得驱使他从事各种劳役。不爪翦、不穿耳、止于外、不得复使，都是为了保全其形体。 ⑱ 尔：这样。形全犹足以为尔：形体完整的人况且能够为人所爱。全德之人：指才、德完备的人。⑲ 才：即德，“才全”即“全德”。德不形：指德性不显露。 ⑳ 事之变：事物的变化。命之行：天命的运行。知：与“智”同。规：测度，一说与“窥”通。 ㉑ 滑：乱。和：指平和的天性。灵府：心。 ㉒ 和豫：和顺快乐。通：流畅。兑：塞，一说与“悦”通。郤：与“隙”同，间隙。日夜无郤：指日夜保持这种和顺愉悦的心情而不间断。春：指生长万物的和气。与物为春：指使万物生长而不自以为功，任万物自为自化而已。是接而生时于心者：这就是应接万物，内心与之顺时而动的做法。 ㉓ 停：止。盛：极致。㉔ 法：准则。 ㉕ 成和之修：成就万物、和同万物的修养，一说当解作“成就中和之性的修养”。 ㉖ 异日：他日。闵子：姓闵，名损，字子骞，孔子的学生，以遵守孝道著称。 ㉗ 纪：纲纪。执民之纪：即执国之柄。通：

通达事理，指明于治国之道。 ㉘ 德友：以道德相感化的朋友。

【导读】

这是《德充符》的第四段，描写了一位相貌丑陋而德行高尚的人物哀骀它，以歌颂“才全”与“德不形”的人格，再次鞭笞了世俗以形为是非的陋习，彰扬心灵美至上的理念。

本文与前述文字思想相同，而表现手法则略异，前面的主角都登场亮相，而这里的主角哀骀它却是通过鲁哀公与孔子的对话，以显现其形象与才德的。鲁哀公的问话首起悬念：这哀骀它是个相貌极丑陋的人，又无权势，无利禄，无言说的能力，可是当地男人都渴望与他为友，女人都争着嫁他为妻，众人闻其謦咳而相与应和，而他又不能为人济贫、解难，这是为什么呢？鲁哀公接着自答，说自己见到哀骀它后为其相貌之丑震骇，却为其才德倾倒，愿委以国政，可是哀骀它却走了，哀公感到惘然若失，又生悬疑，作者将伏笔留下，引起了孔子的答词，这也是文章的主要内容。

孔子的答词分为三层次，即先总说，后分析。第一层次是总说，认为哀骀它的过人之处在于“才全”与“德不形”，孔子举了一个形象的例子，即“适见㹠子食于其死母者，少焉眴若皆弃之而走”，说明小猪爱母亲不是形体（死了），而是精神（活的）。这对精神的礼赞，不仅是此文作者假托孔子言说的思想结穴，也是《德充符》全篇的主旨所在。第二层次是分析一，即解释“才全”。人生所系，无非“死生、存亡、穷达、富贵、贤与不肖、毁誉、饥渴、寒暑”等，而这些都不能进入“灵府”（系于心），自可达到“与物为春”的境界。第三层次是分析二，即解释“德不形”。一个真正有德行的人，是“内保之而外不荡”，就是德不外露，更不因外物而动摇，这也是道家所推崇的内在生命之充实、圆满的境界。综此两层分析，也就应合了前面的总说内容，同时也解答了鲁哀公的悬疑之问。

近代国学大师章太炎极其推重《庄子》内七篇，他在评论《德充符》篇时以“王骀”一节为例，认为“《德充符》言形骸之不足宝，故以兀者王骀发论，至谓王骀之徒与孔子中分鲁国，则其事有无不可知矣。中有二语，含意最深，自来不得其解，曰：‘以其知，得其心；以其心，得其常心。’余谓此王骀之绝诣也。”（《国学讲演录·诸子略说》）此“常心”，章氏比为佛法的

"阿赖耶",如归返于道家思想,即天地自然之心,这不仅属于王骀,也是《德充符》的心灵"绝诣",读者当于此体悟旨趣。

大宗师

古之真人

知天之所为,知人之所为者,至矣。[①]知天之所为者,天而生也;知人之所为者,以其知之所知,以养其知之所不知,终其天年而不中道夭者,是知之盛也。[②]

虽然,有患。[③]夫知有所待而后当,其所待者特未定也。[④]庸讵知吾所谓天之非人乎?所谓人之非天乎?且有真人而后有真知。[⑤]何谓真人?古之真人,不逆寡,不雄成,不谟士。[⑥]若然者,过而弗悔,当而不自得也。[⑦]若然者,登高不慄,入水不濡,入火不热。[⑧]是知之能登假于道者也若此。[⑨]

古之真人,其寝不梦,其觉无忧,其食不甘,其息深深。[⑩]真人之息以踵,众人之息以喉。[⑪]屈服者,其嗌言若哇。[⑫]其耆欲深者,其天机浅。[⑬]

古之真人,不知说生,不知恶死;其出不䜣,其入不距;翛然而往,翛然而来而已矣。[⑭]不忘其所始,不求其所终;受而喜之,忘而复之,是之谓不以心捐道,不以人助天。[⑮]是之谓真人。若然者,其心志,其容寂,其颡頯;凄然似秋,煖然似春,喜怒通四时,与物有宜而莫知其极。[⑯]

【注释】

① 知天之所为:指天地运行变化,受天道支配。知人之所为:指每个人的所作所为,不能超出自己的性分之外。至:达到某种极致。 ② 天而生:顺应天道而自然产生。"其知"的"知"与"智"同,"所知""所不知"的"知"解释为"知道"。知之所知:指在性分之内所能知道的一切。养:指安于性分之内,不劳役精神去知道性分之外的东西。知之所不知:指超出性分之外的一切事物。 ③ 有患:有害。此句言虽然"知天之所为""知人之所为"是"知"的最高境界,但它仍然有害,因为"知"必须有所待,必须与外界的"境"相接,这就不如忘"知"高明。 ④ 其所待者特未定:"知"所

待的是“境”，人世间的“境”是千变万化、无法穷尽的，故称“其所待者特未定”。 ⑤ 庸讵知吾所谓天之非人：你怎么知道我所说的“天”不是人呢？真人：得道之人。 ⑥ 不逆寡：不因为少而拒绝它。不雄成：不因为有所成就而到处夸耀，看不起别人。不谟士：即“不谋事”，指不要想方设法去促成一件事。 ⑦ 过：有过失。当：指行事得当。此句言真人顺性而动，过失、得当均付之自然。 ⑧ 慄：惧怕。濡：湿。 ⑨ 登假：即“登遐”，升高。 ⑩ 其寝不梦：形容真人心神凝定，没有杂念。其觉无忧：形容真人顺性而行，不以得失、是非、好恶等情感挂怀。其食不甘：形容真人用餐只是为了顺应自己需要进食的天性，而不是为了享用美味的食物。其息深深：形容真人体道虚空，气息深静。 ⑪ 息以踵：指气息从脚跟发出，形容气息沉静，也就是“其息深深”的意思。 ⑫ 嗌（ài）：喉咙。哇：阻碍、不畅快的样子。此句言凡俗之人在辩论中受屈于人时，常常气息不平，支支吾吾，话语仿佛被堵在喉咙中一样。 ⑬ 耆：通“嗜”。天机：天然的机神，即对天道的体悟程度。 ⑭ 出：指生。䜣：与“欣”同。入：指死。距：与“拒”同。翛（xiāo）然：无拘束的样子。 ⑮ 不忘其所始：不忘记其生命、性分禀受于自然。不求其所终：不害怕死亡，将其付之于自然。受而喜之：因从自然中禀受生命而喜悦。忘而复之：复归于自然时，不知其为死。捐：弃，一说“捐”当为“损”之误。不以人助天：不以人为的方法帮助天道，这里指不以人为的方法延长自然的寿命。 ⑯ 其心志：他的心专注于道，一说“志”当作“忘”，指泯灭生死是非。其容寂：他的形容寂静、凝定。颡（sǎng）：额。頯（kuí）：宽大朴厚的样子。凄然：寒冷肃杀的样子，形容其怒。煖然：即“暖然”，温暖柔和的样子，形容其喜。与物有宜而莫知其极：与万物合而为一却找不出他的终极源泉。

古之真人，其状义而不朋，若不足而不承；[①]与乎其觚而不坚也，张乎其虚而不华也；[②]邴邴乎其似喜乎！崔乎其不得已乎！滀乎进我色也，与乎止我德也，厉乎其似世乎！謷乎其未可制也，连乎其似好闭也，悗乎忘其言也。[③]以刑为体，以礼为翼，以知为时，以德为循。[④]以刑为体者，绰乎其杀也；以礼为翼者，所以行于世也；以知为时者，不得已于事也；以德为循者，言其与有足者至于丘也；而人真以为勤行者也。[⑤]故其好之也一，其弗好之也一。[6]其一也一，其不一也一。[7]其一与天为徒，其不一与人为徒。天与人不相胜也，是之谓真人。[8]

【注释】

① 状：神态面貌。义而不朋：指形象高大而不崩坏，"义"与"峨"通，"朋"与"崩"同。若不足而不承：好像有不足的地方，但又不从外界有所承受。 ② 与：容与自得。觚：与"孤"同，独，一说与"觚"同，骨节盘结的地方。坚：固守不变。张：广大的样子。虚：指虚静空明的心境。华：浮华。③ 邴邴：欣喜的样子，一说"邴邴"不当重。崔：与"催"同，催促，迫使。滀(chù)：聚集。滀乎进我色：指内心充满道德，外表和蔼可亲。与乎止我德：悠游自在，常与万物冥合在虚静空明的天道中。厉：当作"广"，广大。广乎其似世乎：指真人精神广大，似乎要把整个世界包藏在其中，一说"世"与"泰"通。謷：高远广大。连：连绵密合的样子，一说形容沉默不语。悗(mèn)：无心的样子。一说"邴邴乎其似喜乎""崔乎其不得已乎""厉乎其似世乎"三句句末"乎"字均当作"也"。 ④ 体：本体。翼：辅助。时：顺应时势而动。循：顺。以德为循：顺德而行。 ⑤ 绰：宽大。与有足者至于丘：如同与有足者一起登上小山丘一样容易。按，"以刑为体……而人真以为勤行者也"一段文字与庄子思想不合，诸家均认为是他简错入。⑥ 一：自然，天道。此句言不管是世人喜欢的，还是世人讨厌的，真人将它们都归一于天道，真人心中齐同是非、好恶，但顺应自然而已。 ⑦ 其一：即后文"与天为徒"。其不一：即后文"与人为徒"。此句言与天为徒固然是合于天道，与人为徒，任其自为，付之自当，也是合于天道的行为。⑧ 天与人不相胜：指真人不以天胜人，不以人助天。

死生命也

死生，命也，其有夜旦之常，天也。[1]人之有所不得与，皆物之情也。[2]彼特以天为父，而身犹爱之，而况其卓乎！[3]人特以有君为愈乎己，而身犹死之，而况其真乎！[4]

泉涸，鱼相与处于陆，相呴以湿，相濡以沫，不如相忘于江湖。[5]与其誉尧而非桀也，不如两忘而化其道。[6]夫大块载我以形，劳我以生，佚我以老，息我以死。[7]故善吾生者，乃所以善吾死也。[8]

夫藏舟于壑，藏山于泽，谓之固矣。[9]然而夜半有力者负之而走，昧者不知也。[10]藏小大有宜，犹有所遁。[11]若夫藏天下于天下而不得所遁，是恒物之大情也。[12]特犯人之形而犹喜之。[13]若人之形者，万化而未始有极也，其为乐可胜计邪！[14]故圣人将游于物之所不得遁而皆存。[15]善妖善老，善始善终，人犹效之，又况万物之所系，而一化之所待乎！[16]

【注 释】

① 命、天：均指天道。 ② 与：同“预”，干预。人之有所不得与：指有些事情是人无法改变、无法干预的。情：实际情况。 ③ 以天为父：即“以父为天”的意思，将父亲看作天，一说当解作“天是生命之父”。卓：超绝一切的存在，即天道。 ④ 愈：超出。人特以有君为愈乎己：世人认为国君比自己尊贵。真：天道。 ⑤ 呴（xū）：呼吸。濡（rú）：湿润。此句言与其在陆地上相亲相爱，不如在江湖中逍遥自由，顺性而行，泯灭生死、是非、好恶的情感。 ⑥ 两忘而化其道：指忘掉尧的仁爱与桀的残暴，泯灭是非、善恶的观念，与万物一同归化于大道。 ⑦ 大块载我以形：指自然赋予我形体。劳我以生：即“以生劳我”之意，让我生存在世界上以使我劳苦。佚我以老：即“以老佚我”之意，让我享受老年生活以使我安逸。息我以死：即“以死息我”之意，让我死去以使我安息。 ⑧ 一说“夫大块载我以形……乃所以善吾死也”一段文字为错简重出。 ⑨ 山：一说当作“汕”，鱼网。固：固定不移。 ⑩ 夜半：半夜，引申为不知不觉的意思。昧：愚昧无知，一说与“寐”通，睡觉。 ⑪ 藏小大有宜：将小的物体藏在大的物体中，这是很恰当的做法。遁：丢失。 ⑫ 藏天下于天下：指无所藏，任天下自适、自为，顺其自然而已。恒：常。恒物：指天地万物。大：强调这种“情”的普遍性与永恒性。 ⑬ 犯：遭遇。 ⑭ 万化而未始有极：指人的形体千变万化而没有尽头。 ⑮ 圣人将游于物之所不得遁而皆存：指万物迁流，变化无常，圣人不拘系于一隅，顺其变化而变化。⑯ 善：能。妖：与“夭”同，少。善妖善老，善始善终：指虽然不能齐同生死，但能在短短一生中做到从容平淡，对寿夭老少毫不介怀。效：学习，取

法。系：属。一化：所有的变化。“万物之所系”“一化之所待”均指天道。

【导读】

这是《大宗师》的前两段，通过对天人关系的探讨，在“天与人不相胜”的思想基础上，描写了古之真人“死生一如”的境界，昭示得道者在与大化同流中的生命安顿。

在庄子的思想体系中，《大宗师》一篇是以最直接面对的形式论“道”，很多注家认为，“大宗师”就是“道”，而其中塑造和描绘的真人，则极典型地反映了作者的体道思想。

这里选录的两段，第一段写“古之真人”，文势劈空而来，以“知天”二字，突显天人分际与天人相与问题，即“知天之所为，知人之所为”，并以“真知”二字承接，点破如《养生主》中所说“吾生也有涯，而知也无涯”的困惑，其中必须经过去“障”体“道”的功夫，才能真正达到“天人合一”的理想人格境界。而这种人格境界的形态化，就是庄子笔下的真人，也是道的人格化与形象化。作者认为，“有真人而后有真知”，于是继此命题，不厌其烦地分四节描述真人的形态、工夫、心志诸端，即“古之真人，不逆寡，不雄成”、“古之真人，其寝不梦，其觉不忧”、“古之真人，不知说生，不知恶死”、“古之真人，其状义而不朋”等等。分而述之，作者第一节写真人的特异功能，第二节写真人的超常修养，第三节写真人的死生安然的态度，第四节写真人超凡脱俗的精神风貌。而在作者的描述中，有两点最值得注意，一是真人对待自然生死的态度异于众人、畸人、智人，在于“安化”，就是顺应自然大化，适性方能适志；二是对“真人”形态与功能的特异表现的描写，如“其寝不梦，其觉无忧，其食不甘，其息深深。真人之息以踵，众人之息以喉……不知说生，不知恶死；其出不䜣，其入不距；翛然而往，翛然而来”等，一如其有关“姑射山神人”与得道之“至人”的夸饰方式，对历代修道养生启迪最多，至魏晋以后，渐流于道教方术及游仙术，虽非庄子本义，但其间的渊源及影响，则是非常明显的。

第二段写“死生命也”，是对真人的“安化”的人生态度的具体阐发与诠解。在这段文字中，有两个字最关键，那就是“忘”与“藏”。作者以“鱼”与“人”为喻，分两层述其“忘”，一则是鱼在陆地，用湿气相互嘘吸，用口沫相与湿润，却不处江湖之间，彼此两忘；一则是与其赞美尧而非议桀，倒不如忘其是非而融于大道。在庄子看来，要忘我（吾丧我）忘机（是非机心），才能相忘而得道，也就是他说的“坐忘”。而论其“藏”，则有小藏与大藏，小藏者如“藏舟于壑，藏山于泽”，此藏小于大，仍难免有失；所谓大藏，就是藏天下于天下，藏大于大，彼此相忘，也就不存在得失了。这样也才能真正“两忘而化其道”，与大道共存，自然拥有“生死一如”的心境。

南伯子葵问乎女偊

南伯子葵问乎女偊曰：“子之年长矣，而色若孺子，何也？”①

曰：“吾闻道矣。”

南伯子葵曰：“道可得学邪？”

曰：“恶！恶可！子非其人也。夫卜梁倚有圣人之才而无圣人之道，我有圣人之道而无圣人之才，吾欲以教之，庶几其果为圣人乎！②不然，以圣人之道告圣人之才，亦易矣。③吾犹守而告之，参日而后能外天下；④已外天下矣，吾又守之，七日而后能外物；已外物矣，吾又守之，九日而后能外生；已外生矣，而后能朝彻；⑤朝彻，而后能见独；⑥见独，而后能无古今；无古今，而后能入于不死不生。⑦杀生者不死，生生者不生。⑧其为物，无不将也，无不迎也；无不毁也，无不成也。⑨其名为撄宁。撄宁也者，撄而后成者也。”⑩

南伯子葵曰：“子独恶乎闻之？”

曰：“闻诸副墨之子，副墨之子闻诸洛诵之孙，洛诵之孙闻之瞻明，瞻明闻之聂许，聂许闻之需役，需役闻之于讴，于讴闻之玄冥，玄冥闻之参寥，参寥闻之疑始。”⑪

【注释】

① 南伯子葵：即南伯子綦，“葵”“綦”一声之转。女偊（yǔ）：庄子假托的得道之人。孺子：婴儿。 ② 卜梁倚：人名，姓卜梁，名倚。才：质，一说当解作“才能”。庶几其果为圣人：难道他一定会成为圣人吗？ ③ 不然：不一定这样。此句意为将圣人之道口头传授给具有圣人之质的人，这

是非常容易的事，但要真正修成圣人之道，却谈何容易。 ④ 守而告之：当作“告而守之”，指不仅口头传授给他，而且守在旁边以指点督促其修行，一说“守”当解作“持守”。参日：三日。外：遗忘。 ⑤ 朝：旦。彻：通，明。朝彻：指体味到至道时那种豁然开朗、虚静空明的心境。⑥ 独：指道无生灭、无前后、无对待、超脱一切因缘的存在状态， ⑦ 无古今：指破除时间观念的限制。不死不生：指破除生死观念的限制。⑧ 生者：指万物。杀生者：与“生生者”同指道。 ⑨ 将：送。 ⑩ 撄：扰乱。宁：安定，宁静。撄宁：指在纷纭淆乱的世界中保持内心的空明宁静。成：指修成天道。 ⑪ 副墨：指文字，文字对于道理而言，处于从属的地位，故称“副”。洛诵：不断地诵读，“洛”与“络”同。“子”“孙”用以形容文字与诵读的内容代代相传。瞻明：见解明彻。聂：耳闻小语。聂许：指对于耳闻之事，有所赞同。需：须，等待。役：行。需役：修行的实践。于：读为“乌”。讴：歌唱。于讴：吟咏歌唱。玄：深远。冥：幽寂。参寥：空廓。疑始：仿佛有始，又仿佛无始，指大道的根源。

【导读】

这是《大宗师》的第四段，以“女偊”答“南伯子葵”问，说明学“道”与得“道”进程，提出了诸如“闻道”、“学道”、“朝彻”、“见独”等一系列体道法则，是庄子体道思想中的具体而精彩的篇章。

在这段文字中，作者最浓墨重彩的是有关体道（得道进程）之七境界的描绘。所谓“七境界”，即借“女偊”之口所述：学道之人三天后能“外天下”，又守七日能“外物”，又守九日能“外生”，而后能“朝彻”，而后能“见独”，而后能“无古今”，而后进入“不死不生”的境地。具体而论，有的学者又将此体道七境界分为“三关”（外天下、外物、外生）与“四悟”（朝彻、见独、无古今、不死不生），也就是首先突破“三关”：以“外天下”说明遗弃世故，以“外物”说明不为物役，以“外生”说明不系心于生死问题。只有破除此“三关”，才能进入以下的“四悟”：一是“朝彻”，即进入体道状态而出现的心境清明洞彻的感受；二是“见独”，即洞见独立无待的道体；三是“无古今”，即能够以不变的心态对待时间的迁移，窥得道体的永恒；四是“不死不生”，也就是“无生死”，即达到体道者的“生死一如”的终极境界。通过

“三关”而经此“四悟”，也就达到了“玄冥”（深远幽寂）、“参寥”（高邈寥旷）、“疑始”（迷茫之始）的自然与心灵参融的境界（参陈鼓应说）。

在以上所列七境界中，历代评注家于“朝彻”与“见独”颇多诠解，以为庄子创立之词语而具有深远的含义。例如成玄英疏解“朝彻”说：“死生一观，物我兼忘，惠照豁然，如朝阳初启，故谓之朝彻。”近人徐复观《中国人性论史》评庄子“见独”而比较老庄论“独”：“老子所说的是客观的道，而庄子则指的是人见道以后的精神境界。”由此可见，所谓的“三关”、“四悟”也是相对而言，因为其中每一“关”或每一“悟”都关乎庄学道体之“全”，这又是我们理解文意时当引起注意的。

子祀、子舆、子犁、子来相与语

子祀、子舆、子犁、子来四人相与语曰：①“孰能以无为首，以生为脊，以死为尻，孰知死生存亡之一体者，吾与之友矣。”②四人相视而笑，莫逆于心，遂相与为友。

俄而子舆有病，子祀往问之。曰：“伟哉夫造物者，将以予为此拘拘也！曲偻发背，上有五管，颐隐于齐，肩高于顶，句赘指天。”③阴阳之气有沴，其心闲而无事，跰䠥而鉴于井，曰：“嗟乎！夫造物者又将以予为此拘拘也！”④

子祀曰：“女恶之乎？”

曰：“亡，予何恶！浸假而化予之左臂以为鸡，予因以求时夜；浸假而化予之右臂以为弹，予因以求鸮炙；浸假而化予之尻以为轮，以神为马，予因以乘之，岂更驾哉！⑤且夫得者，时也，失者，顺也；安时而处顺，哀乐不能入也。⑥此古之所谓县解也，而不能自解者，物有结之。⑦且夫物不胜天久矣，吾又何恶焉！”

俄而子来有病，喘喘然将死，其妻子环而泣之。⑧子犁往问之，曰：“叱！避！无怛化！”⑨倚其户与之语曰：“伟哉造化！又将奚以汝为，将奚以汝适？以汝为鼠肝乎？以汝为虫臂乎？”⑩

子来曰：“父母于子，东西南北，唯命之从。⑪阴阳于人，不翅于父母；⑫彼近吾死而我不听，我则悍矣，彼何罪焉！⑬夫大块载我以形，劳我以生，佚我以老，息我以死。故善吾生者，乃所以善吾死也。今大冶铸金，金踊跃曰‘我且必为镆铘’，大冶必以为不祥之金。[14]今一犯人之形，而曰‘人耳人耳’，夫造化者必以为不祥之人。今一以天地为大炉，以造化为大冶，恶乎往而不可哉！”成然寐，蘧然觉。[15]

【注释】

① 子祀、子舆、子犁、子来：四人为庄子假托的人物，一说“子祀”当作“子永”。 ② 尻(kāo)：尾骨。“以无为首”“以生为脊”“以死为尻”比喻将生死视为一体。 ③ 造物者：与“造化”同，指自然。拘拘：形体蜷曲的样子。曲偻发背：指背驼腰弯。《人间世》有“颐隐于脐，肩高于顶，会撮指天，五管在上，两髀为胁”一段文字，与此大同小异。齐：与“脐”同。句赘：与“会撮”同。 ④ 沴(lì)：凌乱。心闲而无事：指内心闲逸，不以形貌为累。跰䟃(pián xiān)：行动艰难。鉴：照。 ⑤ 浸：渐渐。假：假使。时夜、鸮炙：解见《齐物论》。神：精神。更：改。 ⑥ 得：指生。时：偶然碰上。失：指死。顺：指顺应自然的发展变化。 ⑦ 县解：即“悬解”，指心中没有生死的牵挂。结：纠结。 ⑧ 喘喘然：呼吸急促的样子。环：围绕。 ⑨ 叱：斥责的声音。避：退到一边。怛(dá)：惊惧。化：自然中永无休止的变化，这里指死。 ⑩ 鼠肝、虫臂：微贱之物，在庄子看来，自然处于永无休止的变化中，在这种适性自发、没有受任何外力支配的变化中，万物会变为什么形状是偶然的，是无法预定的。 ⑪ 父母于子：“子于父母”的倒装。 ⑫ 阴阳：指自然。不翅于：即“不啻于”，不仅，不止。⑬ 彼：指自然。悍：强悍，一说当作“捍”，抵抗。 ⑭ 大冶：指冶工之长。铸金：以金属铸造兵器。踊跃：欢喜跳跃。镆铘(mò yé)：吴王阖闾的宝剑。 ⑮ 成然：熟睡的样子。蘧然：闲适自得的样子。此句言子来说完这番话后便入睡了，然后又安然醒来，意态闲适，不以生死累其心。

子桑户、孟子反、子琴张相与友

子桑户、孟子反、子琴张三人相与友，[1]曰：“孰能相与于无相与，相为于无相为？孰能登天游雾，挠挑无极；相忘以生，无所终穷？”[2]三人相视而笑，莫逆于心，遂相与为友。

莫然有间而子桑户死，未葬。[3]孔子闻之，使子贡往侍事焉。[4]或编曲，或鼓琴，相和而歌："嗟来桑户乎！嗟来桑户乎！而已反其真，而我犹为人猗！"[5]子贡趋而进曰："敢问临尸而歌，礼乎？"

二人相视而笑曰："是恶知礼意！"[6]

子贡反，以告孔子，曰："彼何人者邪？修行无有，而外其形骸，临尸而歌，颜色不变，无以命之。彼何人者邪？"[7]

孔子曰："彼，游方之外者也；而丘，游方之内者也。[8]外内不相及，而丘使女往吊之，丘则陋矣。[9]彼方且与造物者为人，而游乎天地之一气。[10]彼以生为附赘县疣，以死为决疣溃痈，夫若然者，又恶知死生先后之所在！[11]假于异物，托于同体；[12]忘其肝胆，遗其耳目；反覆终始，不知端倪；[13]芒然彷徨乎尘垢之外，逍遥乎无为之业。[14]彼又恶能愦愦然为世俗之礼，以观众人之耳目哉！"[15]

子贡曰："然则夫子何方之依？"[16]

孔子曰："丘，天之戮民也。虽然，吾与汝共之。"[17]

子贡曰："敢问其方。"

孔子曰："鱼相造乎水，人相造乎道。[18]相造乎水者，穿池而养给；相造乎道者，无事而生定。[19]故曰，鱼相忘乎江湖，人相忘乎道术。"

子贡曰："敢问畸人。"[20]

曰："畸人者，畸于人而侔于天。[21]故曰，天之小人，人之君子；人之君子，天之小人也。"[22]

【注 释】

① 子桑户、孟子反、子琴张：三人为庄子假托的人物。一说"友"当作"语"。　② 相与：相交。相与于无相与：指相交出于自然。相为：行事。相为于无相为：指行事出于无心，即"无为而无不为"的意思。挠挑：宛转，跳跃。无极：道。挠挑无极：指逍遥自在地游于道中。终穷：穷尽，一说当解作"死"。　③ 莫然：与"漠然"同，淡漠相忘的样子。有间：有顷，过了一会儿。　④ 子贡：孔子弟子，姓端木，名赐，长于语言辞令。侍事：帮助治理丧事。　⑤ 编曲：编次曲调，一说当解作"编织箔席"。嗟来：与"嗟

乎”同，咏叹之声。而已反其真：你已经归复于自然。猗：语助词。⑥ 礼意：礼的本意。此句言礼的本意不在于外表的繁文缛节，而在于内心的率性真情。 ⑦ 修行无有：即“无有修行”的倒装，指没有德行。外其形骸：忘其形骸，即放浪形骸之外的意思。命：名。 ⑧ 方：方域，这里指人世的礼节。 ⑨ 陋：指固陋而不知变通。 ⑩ 方：与“且”同义，将。为人：为偶。与造物者为人：即“与天为徒”之意。一气：元气，道。⑪ 附：寄生。赘：多余的肉疖。县：与“悬”同。疣（yóu）：肉瘤。以生为附赘县疣：指以生为负累。决：裂开。疣（huán）：皮肤上的小肿块。溃：溃烂。痈（yōng）：脓疮。以死为决疣溃痈：指以死为解脱。死生先后：指死生的优劣。 ⑫ 假：借。异物：指各种不同类的物体。此句言人的身体是由各种不同类的物体组合而成的。 ⑬ 终始：指生死。端：端绪。倪：界限。此句言生死反复循环，找不出生死的开端，也找不出生死之间的界限所在。 ⑭ 芒然：即“茫然”，无所牵挂的样子。彷徨：与“逍遥”同义，放任自得。无为之业：指以无为为事。 ⑮ 愦愦然：烦乱的样子。观：示，夸耀，这里有愉悦的意思。 ⑯ 此句言您依从哪一方呢？ ⑰ 天之戮民：指上天使孔子修行礼义，不得游于方外，这与“天刑之，安可解”一句意义相近。吾与汝共之：指我与你共同追求方外之道。 ⑱ 造：至。⑲ 给：充足。无事而生定：不为外界事物打扰而性分安定，“生”与“性”同，一说“定”当作“足”。 ⑳ 畸：与“奇”同，读为“奇偶”之“奇”。㉑ 侔：等，同，合。 ㉒ 一说“人之君子，天之小人”当作“天之君子，人之小人”。或说“人之小人”“人之君子”当作“民之小人”“民之君子”。

【导读】

这是《大宗师》的五、六两段，一以子祀、子舆、子犁、子来四人相与为友，体认“死生存亡之一体”；一则以子桑户、孟子反、子琴张三人为友，探讨“相忘以生，无所终穷”的道理。这两则故事虽假托人物，各有偏重，但其阐发“死生一如”的人生态度与“相忘”的生活境界，则是完全一致的。

前一则故事由子祀等四人约定“知死生存亡之一体”者为友，继以“子舆有病，子祀往问之”与“子来有病……子犁往问之”两节构篇。“子舆有病”一节，表现的是得道之人对“病体”的态度，所以当子祀慰问子舆时，子舆不以病忧，反而讴歌“伟哉夫造物”，将自己拘挛之病视为造化之功，以突出“心闲”则无虞的达观精神。而当子祀追问其不以己病为忧时，子舆却以“化予之左臂以为鸡”等一系列比喻，进一步阐发得者“时”，失者“顺”，倘“安时而处顺”则“哀乐不能入”之理。“子来有病”一节，表现的又是得道之人对“死亡”的态度，所以当“妻子环而泣”、“子犁往问”时，子来面对死亡，同样高歌“伟哉造化”，所谓“大块载我以形，劳我以生，佚我以老，息我以死”，并以“以天地为大炉，以造化为大冶”的思想视野，成为庄子达生人性论的虚拟代言。

后一则故事由子桑户等三人约定“相忘以生”者为友，继以子桑户之死引出情节，以孟子反、子琴张一谱曲，一鼓琴，两人“相和而歌”布置场景，复以子贡前往吊唁而观其情形提出“恶知礼意”(这合理吗)的质疑，展开论述。而该文的主构，则为孔子对子贡的答疑。纵观孔子的答词，分为四节：一言此三友皆“游方之外”的得道之人，能够不知生死，逍遥无为，又哪能拘于礼意并表演给众人看呢？二言我你(指孔子与子贡)皆游方之内，为礼仪所束，应追求方外之道；三言求道之方，即以“鱼相造乎水，人相造乎道”的“先比后证，上下相符”的“对喻”之法(陈骙《文则》)，再次点明相“忘”的道义；四言“畸于人而侔于天”的人物，是与世俗理解的君子、小人不同，由此回应子贡“恶知礼意”的疑问。

合观两则故事，以人物对话成篇，言简意赅，极为形象而生动地展示了庄子安时处顺的生死观与“生死如一”的气化论。

坐　忘

颜回曰：“回益矣。”[①]

仲尼曰：“何谓也？”

曰：“回忘仁义矣。”

曰：“可矣，犹未也。”[②]

他日，复见，曰：“回益矣。”

曰：“何谓也？”

曰：“回忘礼乐矣。”[③]

曰："可矣，犹未也。"

他日，复见，曰："回益矣。"

曰："何谓也？"

曰："回坐忘矣。"[4]

仲尼蹵然曰："何谓坐忘？"[5]

颜回曰："堕肢体，黜聪明，离形去知，同于大通，此谓坐忘。"[6]

仲尼曰："同则无好也，化则无常也。[7]而果其贤乎！[8]丘也请从而后也。"

【注释】

① 益：增益，提高。 ② 犹未：指还没有达到修行的极致，即还没有达到体道的境界。 ③ 一说"忘礼乐"在前，"忘仁义"在后。 ④ 坐忘：指忘物忘己，与道浑然一体。 ⑤ 蹵(cù)然：吃惊的样子。 ⑥ 堕：毁弃。黜：废除。堕肢体、离形：即形若槁木。黜聪明、去知：即心如死灰。大通：道。 ⑦ 同则无好：混同万物就没有偏爱。化则无常：与变化为一体就不会停滞在固定的一隅。 ⑧ 而：你。

【导读】

这是《大宗师》的第九段，作者假托颜回说的"坐忘"境界，再次以形象的语言解说体道之人"离形去知，同于大通"的精神超越。

本段文字是由颜回与仲尼的对话构篇，由颜回自谓进益的"三忘"为主要内容。所谓"三忘"，即"忘仁义"、"忘礼乐"乃至"坐忘"。值得注意的是，这里先言"忘仁义"，后言"忘礼乐"，因为仁义是针对自己的修为而言，这是属于小的范围；礼乐则针对国家社会而言，这是属于大的范围，由"忘仁义"到"忘礼乐"，是由忘己到忘天下，在程度和范围上有小大之别。另有一种说法，认为"忘礼乐"应在前，"忘仁义"应在后，"忘礼乐"属于忘外，"忘仁义"属于忘内，由忘外到忘内，再到"坐忘"，这是一个渐进的过程。两种说法都有道理，无需分轩轾优劣。

当然，"三忘"中最重要的是"坐忘"，如何理解"坐忘"，当与《人间世》的"心斋"联系起来，这都是庄子倡导的得道之法，只是心斋更着重于得道于心的功能，坐忘则偏重融道心于自然的大通境界。对“坐忘”的解释，庄子的说法是“堕肢体，黜聪明，离形去知，同于大通”。前三句是互文见义，“堕肢体”即“离形”，“黜聪明”即“去知”，因为“离形”，才能消解伴随生理而来的欲念，“去知”，才能消解伴随心智而来的巧伪。也只有去除生理与心智带来的障碍，方可达到个体小我和宇宙大我相契相融，即“同于大通”（“同于大道”）的自由与逍遥。

应帝王

蒲衣子对齧缺言

齧缺问于王倪，四问而四不知。[①] 齧缺因跃而大喜，行以告蒲衣子。[②]

蒲衣子曰：“而乃今知之乎？[③] 有虞氏不及泰氏。[④] 有虞氏，其犹藏仁以要人；亦得人矣，而未始出于非人。[⑤] 泰氏，其卧徐徐，其觉于于；[⑥] 一以己为马，一以己为牛；[⑦] 其知情信，其德甚真，而未始入于非人。”[⑧]

【注释】

① 四问而四不知：见《齐物论》，一问：“子知物之所同是乎？”二问：“子知子之所不知邪？”三问：“然则物无知邪？”四问：“则至人固不知利害邪？”王倪皆答以不知。 ② 跃而大喜：指齧缺从王倪那儿学到不言、不知的妙旨，因而欢喜雀跃。蒲衣子：庄子假托的人物，一说为被衣子，即王倪的老师。 ③ 而：你。而乃今知之乎：你到今天才知道它吗？ ④ 有虞氏：舜。泰氏：庄子假托的人物，一说为太昊伏羲。 ⑤ 藏：怀有。要：与“邀”同，结交。非人：指是非之域，一说当解作“物”，一说当解作“天”。 ⑥ 徐徐：安稳舒缓的样子。于于：悠游自得的样子。 ⑦ 一：或，有时，一说当解作“任凭”。 ⑧ 情：实。其知情信：他的知见是确实可信的，即他的“知”是真“知”。

肩吾见狂接舆

肩吾见狂接舆。狂接舆曰：“日中始何以语女？”[①]

肩吾曰："告我君人者以己出经式义度，人孰敢不听而化诸！"[②]

狂接舆曰："是欺德也；[③]其于治天下也，犹涉海凿河，而使蚉负山也。[④]夫圣人之治也，治外乎？[⑤]正而后行，确乎能其事者而已矣。[⑥]且鸟高飞以避矰弋之害，鼷鼠深穴乎神丘之下以避熏凿之患，而曾二虫之无知！"[⑦]

【注释】

① 日：前日，往日，一说"日"为"中始"的姓。中始：庄子假托的人物。 ② 义：与"仪"同，法。经式义度：法度。以己出经式义度：指根据自己的意愿，制定法度以治人，而不是顺应万物的自然性分任其自治。人孰敢不听而化诸：有谁敢不听从你，又有谁敢不归化于你呢？ ③ 欺：不真实，虚妄。 ④ 涉海凿河：指在海洋中开凿出河流。蚉：即"蚊"。使蚉负山：与"涉海凿河"喻意相同，均指不合情理、不可能完成的事情。此句言想要以"经式义度"治理好天下，就像"涉海凿河""使蚉负山"一样，是根本不可能的事情。 ⑤ 治：从事。治外：指从事于"经式义度"的制作，把它们作为治理国家的准绳。 ⑥ 正而后行：指自正性命之理，然后再感化别人。确：实。确乎能其事者而已：指任万物适性而行，不让它们做超出性分之外的事情。 ⑦ 且：一说当作"百"。矰弋(zēng yì)：古代用来射击飞鸟的一种器具，用生丝绑住箭矢的后端。鼷鼠：野外的小老鼠。神丘：社坛。熏凿：一说当作"熏灌"。二虫：指鸟与鼷鼠。无知：当作"无如"，不如。

【导读】

这是《应帝王》的前两段，一借寓言人物蒲衣子道出理想治者的心境与作为，隐讽现实政治的权谋巧智；二借狂接舆与肩吾的对话，进一步批判"君人者"（现实统治者）的专横与"欺德"，以倡导正己以正人的开明政治。

前一段文字承续《齐物论》而来，所言"啮缺问于王倪"者，即前揭啮缺一问"子知物之所同是乎？"二问："子知子之所不知邪？"三问："然则物无知邪？"四问："则至人固不知利害邪？"而王倪皆答以不知的故事。而当啮缺将对王倪的"知音"感受兴奋地告诉蒲衣子时，蒲衣子的回答成为这段文字的关键。这就是蒲衣子把古圣王“有虞氏”与“泰氏”作一比较，其高下优劣在于前者“藏仁以要人”，即布施仁义邀结人心，后者“其德甚真”，浑然与自然一体，不为物役，也不以物而役人。

后一段文字承接前文，由肩吾“君人者以己出经式义度”一语提起，引出狂接舆的议论，将前面的高下之评转向对现实政治的批判。狂接舆的议论是接肩吾的话头，关键在两点：一是“己出”，即君人的私意，并导向专制独裁；二是“经式义度”，即政治法律，因其出于“己”意，所以是强加给人民的，故为“欺德”行为。回应前段描写泰氏“其德甚真”，蒲衣子赞美了圣人之治的“正而后行”，更彰显其对“欺德”的批判力度。而文中以欺德之政“犹涉海凿河，而使蚉负山”与德真之政“正而后行，确乎能其事”的对比，形象而深刻，同时也表明了庄子《应帝王》篇以“治”为宗旨的政治论思想。

无名人答天根问

天根游于殷阳，至蓼水之上，适遭无名人而问焉，曰：“请问为天下。”① 无名人曰：“去！汝鄙人也，何问之不豫也！② 予方将与造物者为人，厌，则又乘夫莽眇之鸟，以出六极之外，而游无何有之乡，以处圹埌之野。③ 汝又何帠以治天下感予之心为？”④

又复问。

无名人曰：“汝游心于淡，合气于漠，顺物自然而无容私焉，而天下治矣。”⑤

【注释】

① 天根、无名人：庄子假托的人物。殷阳、蓼水：庄子假托的地名。适：恰好。遭：遇。为天下：治理天下。 ② 豫：愉快。 ③ 为人：为偶，为友。厌：满足。莽眇：轻虚深远的样子。莽眇之鸟：比喻清虚之气。圹埌(kuàng làng)：犹言旷荡，空旷虚寂。圹埌之野：与“广莫之野”同义。 ④ 何帠：何为，何故，一说当作“何叚”，训何暇，一说“帠”当作“臬”，训法，一说“帠”当作“臬”，读为“寱”，指梦话。感：动。 ⑤ 淡：与“漠”同义，都

是指一种恬淡寂寞、虚空无为的境界。气:与“听之以气”之“气”同义,指一种空明虚寂的精神状态。无容私:不要夹杂有个人的私念。而:则。

阳子居见老聃

阳子居见老聃,①曰:“有人于此,向疾强梁,物彻疏明,学道不倦。②如是者,可比明王乎?”

老聃曰:“是于圣人也,胥易技系,劳形怵心者也。③且也虎豹之文来田,猿狙之便执斄之狗来藉。④如是者,可比明王乎?”

阳子居蹵然曰:“敢问明王之治。”

老聃曰:“明王之治:功盖天下而似不自己,化贷万物而民弗恃;⑤有莫举名,使物自喜;⑥立乎不测,而游于无有者也。”⑦

【注 释】

① 阳子居:庄子假托的人物,一说即主张“为我”的杨朱。 ② 向:与“响”同。向疾:如同响之应声一样迅速。强梁:果敢强健。物:事。彻:通。疏:虚。物彻疏明:指看问题透彻敏锐。学道不倦:指勤于学习道术,老子认为“为学日益,为道日损”,则学道不但不能增益道术,反而会对道德的修养造成损伤。 ③ 胥:胥徒,小吏。易:治。技:技巧。系:拘束,系累。胥易:胥吏受人役使,去治理各种杂事。技系:因为有技术而受到牵制、系累。劳形:使形体劳累。怵心:使内心震动。 ④ 文:与“纹”同,花纹。田:与“畋”同,猎杀。猿狙:猕猴。便:敏捷。斄(lí):与“狸”同,狐狸。藉:绳子,引申为用绳子系住。一说“执斄之狗”四字为衍文。 ⑤ 功盖天下而似不自己:功绩广被天下却好像与自己无关,指“明王”不依靠自己的才智治理天下,而是让万物适性而动,自任自为。贷:施。化贷万物而民弗恃:指教化施及万物,而天下百姓(适性而动,自任自为)仿佛并不依赖这种教化。 ⑥ 有莫举名:指“明王”使万物自适其性,自任自为,将治理天下的功劳归于万物自身,因此,他自身仿佛没有什么功劳可以称说。使物自喜:指“明王”治理天下,令万物顺性而动,自得其功而欢喜雀跃。 ⑦ 不测:变化无端,指道。无有:虚空无物,指道。立乎不

测：与“游于无有”义同。

【导读】

这是《应帝王》的三、四两段，一借无名人答天根问论“为天下”之道，一借老聃答阳子居问谈“明王”之治。

前段文字中的天根、无名人，都是庄子寓言中的假托人物，由名观实，其中已暗含妙言奥旨。因为这段文字的关键词是“为天下”，天根所为是此，无名所答亦此，但是文章之妙，就妙在无名人对“为天下”之问却怒斥“鄙人”，然后急转词锋，宕开一笔，塑造了一个乘“莽眇之鸟”，出“六极之外”，游“无何有之乡”的自我形象，以喻示“为天下”的鄙陋。而当天根再次追问时，无名人才正面回答，即“游心于淡，合气于漠，顺物自然而无容私”，即不治天下而天下治的思想，是在视“为天下”为伪命题且于否定中答复了“为天下”的问题。如果说在老子的哲学思想中，常借词语以反彰正，如“大象无形”、“大方无隅”等，那么庄子则以寓言的形式，使故事情节常于否定中寄寓肯定，更加趣味地展示了正言若反的魅力。

后段文字讨论圣明君主的治政作为，这里从阳子居之问引出事由，托老聃的答词进行思想阐发。考述老聃所言，有两层意思：一是“明王”之治在“道”不在“技”，此间的道、技关系，是承接《养生主》中庖丁解牛“好者道也，进乎技”的说法，而将养生观转化于政治论罢了。为了形象地说明问题，作者又以虎豹花纹美而遭猎杀，猿猴肢体敏捷而被人玩弄作比喻，对治政者依恃“技巧”进行了辛辣的讽刺。二是“有为”与“无为”，文中假老聃之口说的“化贷万物而民弗恃”、“游于无有”，实质上就是老子“无为而无不为”思想的诠解，这也代表了老庄政治论共有的无为而治的观点。

以上两段文字虽有侧重点的不同，但其“顺应自然”而“治天下”的基本思想，则完全一致。

郑巫季咸

郑有神巫曰季咸，知人之死生存亡，祸福寿夭，期以岁月旬日，若神。[①]郑人见之，皆弃而走。[②]列子见之而心醉，归，以告壶子，曰：“始吾以夫子之道为至矣，则又有至焉者矣。”[3]

壶子曰：“吾与汝既其文，未既其实，而固得道与？[4]众雌而无雄，而又奚卵焉！[5]而以道与世亢，必信，夫故使人得而相汝。[6]尝试与来，以予示之。”

明日，列子与之见壶子。出而谓列子曰：“嘻！子之先生死矣！弗活矣！不以旬数矣！吾见怪焉，见湿灰焉。”[7]

列子入，泣涕沾襟以告壶子。壶子曰：“乡吾示之以地文，萌乎不震不正。[8]是殆见吾杜德机也。尝又与来。”[9]

明日，又与之见壶子。出而谓列子曰：“幸矣子之先生遇我也！有瘳矣，全然有生矣！吾见其杜权矣。”[10]

列子入，以告壶子。壶子曰：“乡吾示之以天壤，名实不入，而机发于踵。[11]是殆见吾善者机也。[12]尝又与来。”

明日，又与之见壶子。出而谓列子曰：“子之先生不齐，吾无得而相焉。[13]试齐，且复相之。”

列子入，以告壶子。壶子曰：“吾乡示之以太冲莫胜。[14]是殆见吾衡气机也。[15]鲵桓之审为渊，止水之审为渊，流水之审为渊。[16]渊有九名，此处三焉。[17]尝又与来。”

明日，又与之见壶子。立未定，自失而走。[18]壶子曰：“追之！”

列子追之不及。反，以报壶子曰：“已灭矣，已失矣，吾弗及已。”[19]

壶子曰：“乡吾示之以未始出吾宗。[20]吾与之虚而委蛇，不知其谁何，因以为弟靡，因以为波流，故逃也。”[21]

【注释】

① 神巫：神通广大的巫人。季咸：人名，姓季，名咸。期：约定，这里含有推定的意思。此句言季咸能够占卜出别人生死、祸福的日子，或在某年，或在某月，或在某旬，或在某日，无不灵验。按，这一故事又见于《列子·黄帝篇》。 ② 此句言郑人害怕季咸推算出他们的凶日，因此都尽量避开他。 ③ 壶子：名林，郑国人，列子的老师。至：极致，高明。 ④ 与：授予。既：尽。而：与“尔”同，你。此句言我授予你的还只是道的皮毛，还没有授予你道的实质，你哪里得道呢？ ⑤ 此句用来比喻有文

无实不是真正的道。 ⑥ 而：与“尔”通，你。道：指有文无实的道。亢：与“抗”同，对峙，争，“以道与世亢”则容易露出处世形迹，因此后文称“必信”。信：验证，征兆，引申为露出形迹。相：察看。 ⑦ 数：计算。湿灰：湿灰不能再燃烧，比喻毫无生气。 ⑧ 乡：与“向”通，从前。文：象。地文：大地以不动为象，因此，“地文”即指不动。萌乎：茫然。不震：不动。不正：当作“不止”。 ⑨ 是：此，指季咸。殆：大概。杜：闭塞。机：征兆。德机：生机，生气。尝：试。 ⑩ 有瘳(chōu)：指病有所好转。全：与“痊”同。杜权：闭塞中有变动。 ⑪ 壤：地。天壤：指天地之间的生气。名实不入：指名实不入于心。踵：脚跟，引申为根本。此句言刚才我显露出了一股天地间的生气以应接外物，但外界的名实并没有进入我的内心，因为这股生气是从根本中发出来的。 ⑫ 善：指生意。善者机：即生机。⑬ 不齐：指壶子的精神状态变化不定。 ⑭ 吾乡：根据上下文例，当作“乡吾”。太冲：太虚。莫：无。胜：读为“朕”，征兆。太冲莫胜：指太虚无征兆可见。 ⑮ 衡：平。衡气机：指心气平稳的征兆。 ⑯ 鲵(ní)：鲸鱼。桓：盘旋。审：与“潘”同，深水处，一说当作“潘”，大波浪，一说当作“蟠”，聚集。 ⑰ 渊有九名：见《列子·黄帝篇》，除本文所载三渊以外，其他六渊为：滥水之审为渊，沃水之审为渊，氿水之审为渊，雍水之审为渊，汧水之审为渊，肥水之审为渊。 ⑱ 自失：惊慌失措的样子。走：逃。⑲ 灭：消失不见。已：与“矣”同。 ⑳ 宗：指道的根本。 ㉑ 虚而委蛇：指顺从变化而不露形迹。弟：读为“颓”，一说与“稊”同，茅草。弟靡：指变化无穷。波流：当作“波随”，顺从变化。

【导读】

这是《应帝王》的第五段，写郑国神巫季咸替壶子看相的故事，以“虚”“藏”变化之妙用，寄寓了己“安化”而民“自安”的政治理想。

本文构设了三个人物形象，一个是中介列子，两个是主角，即为人看相的神巫季咸与变幻无常的高人壶子。有关神巫见壶子的故事，在《列子·黄帝》篇中也有记载，可知这在当时是为人熟悉的寓言。从文章的结构及思想内容来看，全篇通过季咸为壶子四次相面的情节编织而成，而又以三个人物，构成三条复合叠陈的线索。

第一条线索是季咸：他因善于看相且“知人生死存亡”无不灵验，郑人畏之，列子敬之，并由列子牵线而为壶子看相。其一看而谓之将死（湿灰），二看则又全然生机（杜权），三看而精神恍惚且莫明其妙（不齐），四看则慌忙逃跑（自失而走）。

第二条线索是壶子：他应对季咸的四次相面，第一次呈示的是“地文”，即如大地般静寂不动之状态；第二次呈示的是“天壤”，即如天行不息的生气；第三次呈示的是“太冲莫胜”，即如无征兆的太虚；第四次呈示的则是“未始出吾宗”，即尚未展现根本之大道。

第三条线索是列子：他初见季咸惊为天人（心醉），以致怀疑老师壶子的道行；经历了季咸为壶子看相的过程，虽为传语之中介，却情感起伏，形象生动；最终见季咸狼狈而逃，于是反躬自省，愧疚难当，回家后烧饭、喂猪，归真返朴，终身不移。

文章的精彩之处在第三、第四次相面的有关描写。如第三次相面，壶子的城府之深，季咸的恍惚不定，列子的疑虑重重，而壶子解答的“水有九渊”，而他仅示其三，这给季咸带来的惊讶，给列子带来的震撼，是十分强烈的。又如第四次相面，壶子解答列子的疑问是他给季咸看到的是“未始出吾宗”，而对应此句的则是“吾与之虚而委蛇”，即如神龙起伏，随顺应变，这绝非看相者“著相”的眼光所能勘破。

壶子说“道”，亦庄子论“政”，《应帝王》的法术，就在“同于大通”之道。

混沌之死

南海之帝为儵，北海之帝为忽，中央之帝为混沌。① 儵与忽时相与遇于混沌之地，混沌待之甚善。② 儵与忽谋报混沌之德，③ 曰：“人皆有七窍以视听食息，此独无有，尝试凿之。”④ 日凿一窍，七日而混沌死。

【注释】

① 儵（shū）：比喻有形。忽：比喻无形。混沌：比喻自然。一说“儵”“忽”有神速的意思，比喻有为，“混沌”以合和为面貌，比喻无为。 ② 此句比喻有、无各处一偏，自然以非有非无调和二者，因此称“待之甚善”。

③ 谋:商量。报:报答。 ④ 七窍:七孔,指一口、两眼、两耳、两鼻孔。息:呼吸。

【导读】

这是《应帝王》的末段,以描写"混沌"之死为喻,说明有为之政对社会与人民带来的巨大伤害,以倡导醇朴之政、醇厚之民与醇真之道。

儵、忽、混沌均是寓言,儵为南海之帝,忽为北海之帝,一南一北,而混沌居中,为中央之帝,听凭儵、忽所为,自己则无所为,这就是"善待"儵与忽的道理。据钱澄之《庄屈合诂》的诠解:"太极即在阴阳中,离阴阳无太极也。儵、忽时相遇于混沌之地,舍儵、忽无混沌也。"也正因此,儵、忽报恩为混沌凿窍,实自伤其身,因此七窍成而混沌死。

关于混沌之解,或以为指"至神逍遥"的境界,或以为指真朴敦厚的人民。从庄子的整体思想分析,两种解释都符合庄子本义,但就《应帝王》中更偏重政治思想而言,后者更为适合。况且儵、忽、混沌皆称为"帝",不仅点破"应帝王"的宗旨,也喻示了帝王之治。陈深说:"三者称帝,谓帝王之道,以纯朴未散自然之为贵也。"(《庄子品节》)所以合观整个《庄子》内篇,突出顺适自然之性,既是他的养生、体道旨趣,也是其政治论的思想核心。

外　篇

骈　拇

骈拇枝指出乎性

骈拇枝指，出乎性哉！而侈于德。① 附赘县疣，出乎形哉！而侈于性。② 多方乎仁义而用之者，列于五脏哉！而非道德之正也。③ 是故骈于足者，连无用之肉也；枝于手者，树无用之指也；④ 多方骈枝于五藏之情者，淫僻于仁义之行，而多方于聪明之用也。⑤

是故骈于明者，乱五色，淫文章，青黄黼黻之煌煌非乎？而离朱是已。⑥ 多于聪者，乱五声，淫六律，金石丝竹黄钟大吕之声非乎？而师旷是已。⑦ 枝于仁者，擢德塞性以收名声，使天下簧鼓以奉不及之法非乎？而曾史是已。⑧ 骈于辩者，累瓦结绳窜句，游心于坚白同异之间，而敝跬誉无用之言非乎？而杨墨是已。⑨ 故此皆多骈旁枝之道，非天下之至正也。⑩

【注 释】

① 骈：合，并。拇：脚上最大的趾头。枝：旁生。骈拇：指大脚趾与第二脚趾连在一起。枝指：指一只手有六根手指。性：与“生”同。出乎性：指生来便如此。侈：多，剩余。德：与“得”同。侈于德：指与普通人得到的形体相比，这些都显得多余。　② 附赘县疣：注见《大宗师》。出乎形：指形体长成以后才出现的。侈于性：指“附赘县疣”不是生来就有的。③ 仁义：包括礼、智、信。多方：多端，多事。列于五脏：指以五性比同于人的五脏，即以仁比肝，义比肺，礼比心，智比肾，信比脾。正：真正的本然状态。　④ 此句言骈拇、枝指的产生只是天生如此而已，并不是因为它们有用。　⑤ 前一“多方”当为衍文，应删。情：实。淫：过多。僻：不正。⑥ 是故：因此。五色：青黄红白黑。文章：青与红为文，红与白为章。煌煌：灿烂炫目的样子。而：则，一说与“如”通。离朱：黄帝时人，视力极好，

传说能看清百步之外秋毫的末端，一作离娄。是已：是矣。此句言视觉过分明察的人，就会为五色所迷乱。 ⑦ 五声：宫商角徵羽。六律：包六吕而言，六律指黄钟、太簇、姑洗、蕤宾、夷则、无射，六吕指大吕、夹钟、中吕、林钟、南吕、应钟。金石丝竹：与匏土革木共同组成“八音”，这里指各种乐器上弹奏出来的曲调。黄钟、大吕：指各种曲调。 ⑧ 擢：拔，取。塞：闭，一说当作“搴”，取。擢德塞性：拔高仁义之德，闭塞自然之性。簧鼓：笙簧鼓动，借指喧闹。不及之法：不可企及的法式，指仁义礼智信等德行。曾史：指曾参、史鳅，曾参字子舆，是孔子的弟子，史鳅字子鱼，是卫灵公的臣子，二人都以仁孝著称。 ⑨ 累瓦结绳：将瓦块一层层叠起，将绳子一段段接好，比喻辩者的语言只是辞藻的堆积，没有实际的意义和作用，一说“瓦”当作“丸”。窜句：穿凿文句，按，“窜句”下当有“棰辞”二字，“棰辞”即“锤辞”，指锤炼词句。敝跬：即《马蹄篇》“蹩躠”，用力的样子，一说“敝”训疲敝，“跬”当与“誉”连读，指一时的名声。敝跬誉无用之言：竭力用无用的辩论求得名声。杨墨：指杨朱、墨翟，二人在当时以善辩著称。 ⑩ 骈旁枝之道：指无用之道，一已小道。至：极。正：正道，自然之道。

彼正正者，不失其性命之情。[①]故合者不为骈，而枝者不为跂；长者不为有余，短者不为不足。[②]是故凫胫虽短，续之则忧；鹤胫虽长，断之则悲。[③]故性长非所断，性短非所续，无所去忧也。[④]意仁义其非人情乎！彼仁人何其多忧也？[⑤]

且夫骈于拇者，决之则泣；枝于手者，龁之则啼。[⑥]二者，或有余于数，或不足于数，其于忧一也。[⑦]今世之仁人，蒿目而忧世之患；不仁之人，决性命之情而饕贵富。[⑧]故意仁义非人情乎！[⑨]自三代以下者，天下何其嚣嚣也？[⑩]

【注释】

① 正正：当作“至正”。情：实。性命之情：指从自然中实际禀受到的性分。 ② 跂：当作“歧”，分开。 ③ 凫（fú）：野鸭。胫：小腿。 ④ 非所：无所。此句言鹤胫长却不能将它切短，这是因为它禀性长，凫胫短却不能将它续长，这是因为它禀性短，如果二者能够各安其长短的天性，那

就没有什么可忧虑的了。 ⑤ 意：与“抑”同，表不确定或怀疑的语气，一说与“噫”同，叹词。此句言难道仁义并不是人天生具有的性情！那些仁人为什么那么多忧虑呢？ ⑥ 决：剖开。龁(hē)：咬断。 ⑦ 此句言这两种做法(决之、龁之)都是不安于性分的行为，一个认为枝指是多了一个指头，一个认为骈拇是少了一个趾头，虽然多、少的看法不一样，但因多或少带来的苦恼却是一样的。 ⑧ 蒿目：眼睛半闭半睁，眼神迷离。不仁之人：指所受性分中，没有包含“仁”这一品格的人。决性命之情：即违背自己所受的性分。饕(tāo)：贪求。 ⑨ 意：当作“曰”。 ⑩ 自：从。三代：夏、商、周。嚣嚣：喧闹，嘈杂。

【导读】

本文选自《骈拇》篇，以“骈拇”与“枝指”为喻，深刻地批判了社会上那些滥用智慧、矫饰仁义的行为，而倡扬一种“不失其性命之情”的自然正道。

阅读这篇文章，应当关注两点，一是“兴起”，作者以人体的“骈枝”(多余的赘肉)兴起人事的“骈枝”(多余的行为)，为行文展开了阔大的空间。二是首尾呼应，开篇以“骈枝”引发相关议论，戟指仁义之徒滥用一己之聪明，反而伤害了性命之情、道德之正的虚矫行径。由此宕开文势，作者批评的是“多骈旁枝之道”，而收束处复论“骈枝”，则转为“骈于拇者，决之则泣；枝于手者，龁之则啼”，所谓或多余，或不足，都是自然而生的应有之数(状)，更深入地说明了无论是身体之“骈枝”，抑或人世之仁义，都是自然属性，而无故为之用的道理。

由此“骈枝”引发的批判，在本文中又突出表现在两方面：一方面是对“物欲”的奢求。对此，《老子》第十二章有段愤激之词：“五色令人目盲，五音令人耳聋，五味令人口爽，驰骋田猎令人心发狂，难得之货令人行妨。”其悦“目”之五色至于“盲”，悦“耳”之五音至于“聋”，悦“口”之五味至于“爽”(败)，强“身”之田猎至于“心发狂”，珍美之“货”(物)至于“行妨”，这是老子否定中的疑问。而庄子在这里转换其义，以“离朱”之明为“乱五色，淫文章”，以“师旷”之聪为“乱五声，淫六律”，以“曾、史”之仁为“擢德塞性”，以“杨、墨”之辩为“无用之言”，此皆非天下“至正”，均在摒弃之列。

另一方面是专就“仁义”发论，反复强调“意仁义其非人情乎”，“故曰仁义非人情乎”。因为在庄子看来，造作仁义并将其用于个人的修养和国家的治理，企图用仁义礼智信比同于人的五脏，是不懂仁义礼智信根本就不是道德的本然状态。换言之，骈拇、枝指是某些人天生具有，没有任何用处，亦非人体之正、不能等同五脏看待，仁义礼智信如同骈枝，也只是为某些人天生具有，而不是道德的本身，不可片面地强调它们，并用以教化别人，治理国家，否则，会导致淫僻不正的风气。所谓“凫胫虽短，续之则忧；鹤胫虽长，断之则悲”，顺适自然，有“骈枝”亦如无“骈枝”，“仁义”必符“人情”，“人情”本于“自然”，这才是庄子强调的“性命之情”与“至正”之道。唐文治《国文大义》认为：“有辩学而后有辩才，纵横机变，虽以无理之辞而若有至理寓乎其中，是谓辩才，如《庄子·骈拇篇》是也。”对照此文之辩才，可见庄子之辩在纵横机变的战国时代，允当自为一格。

大惑乱性

夫小惑易方，大惑易性。① 何以知其然邪？自虞氏招仁义以挠天下也，天下莫不奔命于仁义，是非以仁义易其性与？② 故尝试论之，自三代以下者，天下莫不以物易其性矣。③ 小人则以身殉利，士则以身殉名，大夫则以身殉家，圣人则以身殉天下。④ 故此数子者，事业不同，名声异号，其于伤性以身为殉，一也。⑤ 臧与谷，二人相与牧羊而俱亡其羊。⑥ 问臧奚事，则挟筴读书；问縠奚事，则博塞以游。⑦ 二人者，事业不同，其于亡羊均也。伯夷死名于首阳之下，盗跖死利于东陵之上，二人者，所死不同，其于残生伤性均也，奚必伯夷之是而盗跖之非乎！⑧ 天下尽殉也。彼其所殉仁义也，则俗谓之君子；其所殉货财也，则俗谓之小人。其殉一也，则有君子焉，有小人焉；⑨ 若其残生损性，则盗跖亦伯夷已，又恶取君子小人于其间哉！⑩

【注释】

① 易：变更。方：四方，方向。性：天性，自然的性分。 ② 自：从，一说当作“有”，与下文“虞氏”连读。招：取，举。挠：扰乱。是：这种做法。

与:同“欤”。 ③ 以物易其性:以外物变更其性分中具有的东西,即后文所谓以身殉利、名、家、天下。 ④ 小人:指普通的老百姓。身:身躯,这里含有生命、天性的意思。殉:营求,一说当解作“杀身从之”。圣人:指世俗所谓的圣明君主。 ⑤ 事业不同:指为名、为利、为家、为天下的不同。名声异号:指小人、士、大夫、圣人的称号不同。伤性:伤害天性,与“以身为殉”同义。 ⑥ 臧:好学的人,一说娶婢女的男子称为“臧”。穀:与“毂”同,小孩。 ⑦ 筴:与“策”同,古代用来书写的竹简,这里指代书籍。博塞:一种博弈游戏。 ⑧ 首阳:首阳山,在今山西永济境内。盗跖:春秋时候的大盗,传说为柳下惠的从弟。东陵:泰山,一说是陵名。所死不同:指伯夷是为名而死,盗跖是为利而死。 ⑨ 则:而。⑩ 残生损性:残害生命,损伤天性。已:与“矣”同。

【导读】

本文选自《骈拇》篇,承接前文“自三代以下者,天下何其嚣嚣”发论,批评其“奔命于仁义”之途以致“残生损性”的危害,并举例明事,再阐性命之正与自然之道。

作者首以“小惑易方,大惑易性”开启笔锋,突出一“惑”字,引出下文。追根寻源,庄子以为其“惑”首在有虞氏“招仁义以挠天下,天下莫不奔命于仁义”,故而三代以下,皆以“物”易“性”。至此,作者以四排句徒起文势,即“小人殉利”、“士殉名”、“大夫殉家”、“圣人殉天下”,一“惑”承一“殉”,点破了“伤性”的根源。由此,作者再以“两扇法”行文,先以“臧与谷”二人行为说事,一则读书而亡羊,一则博塞而亡羊,所谓“事业不同,亡羊均也”。再以“伯夷”与“盗跖”对比,前者殉名于首阳,后者殉利于东陵,所谓“所死不同”,而“残生伤性均也”。所以从名利的层面看,有清浊是非之分,如果从自然性命的层面看,其“惑”其“殉”,其“残生损性”是一样的,何来清浊是非之分呢?

这一段文字,是庄子以齐物的视域探究性命之说,文简意赅,析理明辨。

马　蹄

伯乐治马

马，蹄可以践霜雪，毛可以御风寒，龁草饮水，翘足而陆，此马之真性也。[1]虽有义台路寝，无所用之。[2]及至伯乐，曰："我善治马。"[3]烧之，剔之，刻之，雒之，连之以羁馽，编之以皂栈，马之死者十二三矣；[4]饥之，渴之，驰之，骤之，整之，齐之，前有橛饰之患，而后有鞭筴之威，而马之死者已过半矣。[5]陶者曰："我善治埴，圆者中规，方者中矩。"[6]匠人曰："我善治木，曲者中钩，直者应绳。"夫埴木之性，岂欲中规矩钩绳哉？然且世世称之曰"伯乐善治马而陶匠善治埴木"，此亦治天下者之过也。[7]

【注释】

① 足：一说当作"尾"。陆：跳跃。真性：自然的本性。　② 义：借为"巍"，高大，一说与"仪"同。路寝：大殿。　③ 伯乐：秦穆公时人，善相马，姓孙，名阳，字伯乐。　④ 烧：打烙印。剔：剪马毛。刻：削马蹄。雒(luò)：上笼头，一说当解作"打烙印"。羁馽(zhí)：絷，绊绳。皂栈：槽枥，马床。　⑤ 整、齐：指排布行列。橛(jué)：马口中的衔勒。饰：马镳上的装饰物。鞭筴：即"鞭策"，赶马用的鞭子。　⑥ 陶者：制作陶器的工匠。埴(zhí)：粘土。中：合。　⑦ 治天下者：即后文的"圣人"，指世俗所谓的圣明君主。

吾意善治天下者不然。彼民有常性，织而衣，耕而食，是谓同德；[1]一而不党，命曰天放。[2]故至德之世，其行填填，其视颠颠。[3]当是时也，山无蹊隧，泽无舟梁；[4]万物群生，连属其乡；[5]禽兽成群，草木遂长。是故禽兽可系羁而游，乌鹊之巢可攀援而窥。

夫至德之世，同与禽兽居，族与万物并，恶乎知君子小人哉！[6]同乎无知，其德不离；[7]同乎无欲，是谓素朴；[8]素朴而民性得矣。及至圣人，蹩躠为仁，踶跂为义，而天下始疑矣；[9]澶漫为乐，摘僻为礼，而天下始分矣。[10]

故纯朴不残，孰为牺尊！[11]白玉不毁，孰为珪璋！[12]道德不废，安取仁义！[13]性情不离，安用礼乐！[14]五色不乱，孰为文采！五声不乱，孰应六律！夫残朴以为器，工匠之罪也；毁道德以为仁义，圣人之过也。

【注释】

① 德：道，指自然的天性，一说与“得”同。同德：指万物顺性而行，都在自己的性分之内得到满足。 ② 一：浑然一体。党：偏。命：名。天：自然。天放：指顺应自然天性而自由自在的一种状态。 ③ 至德之世：指大道没有遭到破坏的纯朴时代。填填：稳重安和的样子。颠颠：专一的样子。 ④ 蹊：小径。隧：隧道。 ⑤ 连属其乡：指万物居住的地方，如同连在一起，形容万物适性自然，融洽而没有分别的样子。 ⑥ 同与禽兽居：即“与禽兽同居”的倒装，“同居”即共同相处的意思。族与万物并：即“与万物并族”的倒装，“并族”即同类的意思。 ⑦ 此句言大家都不用智巧，本性就不会远离。 ⑧ 素朴：纯真朴实，指天性没有受到损伤。此句言大家心中都没有贪欲，这就叫做纯真朴实。 ⑨ 蹩躠(bié xiè)、踶(zhì)跂：都指用心为仁义的样子。 ⑩ 澶(dàn)漫：放纵安逸的样子。摘僻：当作“摘擗”，烦碎的样子。 ⑪ 纯朴：指树木的自然状态。残：指雕刻。牺尊：即“牺樽”，指装饰有牺牛形象的酒杯。 ⑫ 珪璋：上尖下方的玉器叫“珪”，“珪”的一半就叫“璋”。 ⑬ 道德：指自然天道。 ⑭ 性情：指万物所禀受的性分。

【导读】

本文选自《马蹄》篇，以“伯乐治马”说事，进而讨论“善治天下”的道理。

自先秦史著记载秦穆公时人“伯乐”善“相马”，此故事流传人口，耳熟能详，皆以赏识人才者为“伯乐”，以致韩愈感叹：“世有伯乐然后有千里马，千里马常有而伯乐不常有。”(《杂说》)而庄子则不然，他开篇先明“马”之“真性”，即蹄践霜雪，毛御风寒，龁草饮水，翘足而陆的性状，而伯乐反以“烧之，剔之，刻之，雒之”，“饥之，渴之，驰之，骤之，齐之”诸法，致使马死过半，而自谓“善治马”。同样的道理，陶者使“圆者中规，方者中矩”以为“善治埴”，匠人使“曲者中钩，直者应绳”以为“善治木”，皆戕害土、木之本性而适于己，一如伯乐戕害马的真性而为人所役使，都是人为的过错。

读《庄子》文章，常有缩笔法，所谓“难说之理能一笔达之，难达之意能一语明之”（章廷华《论文琐言》）。在这里，作者由伯乐治马、陶匠治埴木一笔跳过，直接承以“亦治天下之过”的感喟，以引起有关善治天下的讨论。而其“吾意善治天下者不然”一句，是承上启下，“不然”二字为转折，以扬弃伯乐治马之法，论治天下法。庄子所谓的善治天下，突出在“同德”之性与“至德”之世。这段文字又分为两层，一言因“同德”之民性观“至德”之世道的自然状态，一言破坏了“至德”之世对“同德”之性的损伤。文中对“蹩躠为仁，踶跂为义”、“澶漫为乐，摘僻为礼”之圣人行为的提撕，对“道德不废，安用仁义；性情不离，安用礼乐”的质疑，如同老子说的“大道废，有仁义；智慧出，有大伪”（《老子》十八章），是由愤世意识而讨论治世思想的反映。

文章最后以“残朴以为器，工匠之罪也；毁道德以为仁义，圣人之过也”的对排句收束，又将前面两段文字的“治马”与“治世”之论绾合一体，章法井然，而文旨明豁。

胠　箧

胠箧与窃国

将为胠箧探囊发匮之盗而为守备，则必摄缄縢，固扃鐍，此世俗之所谓知也。[①] 然而巨盗至，则负匮揭箧担囊而趋，唯恐缄縢扃鐍之不固也。[②] 然则乡之所谓知者，不乃为大盗积者也？[③]

故尝试论之，世俗之所谓知者，有不为大盗积者乎？所谓圣者，有不为大盗守者乎？何以知其然邪？昔者齐国邻邑相望，鸡狗之音相闻，罔罟之所布，耒耨之所刺，方二千余里。[④] 阖四竟之内，所以立宗庙社稷，治邑屋州闾乡曲者，曷尝不法圣人哉！[⑤] 然而田成子一旦杀齐君而盗其国。[⑥] 所盗者岂独其国邪？并与其圣知之法而盗之。故田成子有乎盗贼之名，而身处尧舜之安；小国不敢非，大国不敢诛，十二世有齐国。[⑦] 则是不乃窃齐国，并与其圣知之法以守其盗贼之身乎？

【注释】

① 胠(qū)：从旁边打开。箧(qiè)：箱子。探：掏。囊：布袋。发：打开。匮：与"柜"同。摄：缠结，捆绑。缄縢(téng)：绳子。扃鐍(jiōng jué)：锁钥。 ② 揭：举，负，担。趋：疾走。 ③ 乡：与"向"通，从前。不乃：非是，难道不是。积：资，用，一说当解作"积聚"。 ④ 罔：与"网"同。罟：网的总称。罔罟之所布：指水上的面积。耒(lěi)：犁。耨(nòu)：锄头。刺：指翻地耕种。耒耨之所刺：指耕地面积。 ⑤ 阖：合。竟：与"境"通。宗庙：祭祀祖宗的地方。社：土地神。稷：五谷神。邑、屋、州、闾、乡：指各级行政单位，六尺为步，百步为亩，百亩为夫，三夫为屋，三屋为井，四井为邑，五家为比，五比为闾，五闾为族，五族为党，五党为州，五州为乡。曷：何。 ⑥ 田成子：田恒，又称田常，齐国大夫，他的先祖陈敬仲原来是陈国的公族，后来逃难到齐国，受封于田，从此，陈氏一族便以田为姓。齐君：指齐简公。 ⑦ 非：非议。诛：讨伐。十二世：从陈敬仲到齐威王，恰好经历了十二世，一说"十二世"当作"世世"，一说当作"专有"。

尝试论之，世俗之所谓至知者，有不为大盗积者乎？所谓至圣者，有不为大盗守者乎？何以知其然邪？昔者龙逢斩，比干剖，苌弘胣，子胥靡，故四子之贤而身不免乎戮。[①]故跖之徒问于跖曰："盗亦有道乎？"[②]跖曰："何适而无有道邪！[③]夫妄意室中之藏，圣也；入先，勇也；出后，义也；知可否，知也；分均，仁也。[④]五者不备而能成大盗者，天下未之有也。"[⑤]由是观之，善人不得圣人之道不立，跖不得圣人之道不行；天下之善人少而不善人多，则圣人之利天下也少而害天下也多。故曰，唇竭则齿寒，鲁酒薄而邯郸围，圣人生而大盗起。[⑥]掊击圣人，纵舍盗贼，而天下始治矣。[⑦]夫川竭而谷虚，丘夷而渊实。[⑧]圣人已死，则大盗不起，天下平而无故矣。[⑨]

圣人不死，大盗不止。虽重圣人而治天下，则是重利盗跖也。[⑩]为之斗斛以量之，则并与斗斛而窃之；为之权衡以称之，则并与权衡而窃之；为之符玺以信之，则并与符玺而窃之；为之仁义以矫之，则并与仁义而窃之。[⑪]何以知其然邪？彼窃钩者诛，窃国者为诸侯，诸侯之门而仁义存焉，则是非窃仁义圣知邪？[12]故逐于大盗，揭诸侯，窃仁义并斗斛权衡符玺之利者，虽有轩冕之赏弗能劝，斧钺之威弗能禁。[13]此重利盗跖而使不可禁者，是乃圣人之过也。

【注释】

① 苌弘：周景王、敬王时的贤臣，鲁哀公三年，为周人所杀。胣(tuō)：车裂，一说是刳肠之刑。子胥：姓伍，名员，吴王夫差的贤臣，后被赐死，抛尸江上。靡：糜烂。 ② 徒：党羽。道：指遵守的道德准则。 ③ 适：至，到，一说“适”与“啻”同，止。何适而无有道：一说当作“何适其有道”。 ④ 妄意：猜测。藏：指财宝。知可否：指知道能偷还是不能偷。分均：指分赃平均。 ⑤ 五者：指圣、勇、义、知、仁。 ⑥ 竭：指唇向上反举，一说与“亡”同义。鲁酒薄而邯郸围：鲁国的酒淡而无味，赵国的邯郸却遭到围攻，许慎注《淮南子》曰：“楚会诸侯，鲁赵俱献酒于楚王。鲁酒薄而赵酒厚，楚之主酒吏求酒于赵，赵不与。吏怒，乃以赵厚酒易鲁薄酒，奏之。楚王以赵酒薄，故围邯郸也。”鲁国的酒淡本不是为了让赵国邯郸遭受围攻，然而却在客观上造成了这一后果，比喻圣人制定仁义礼法，本是为了治理盗贼而不是让大盗借以窃国，但在客观上却成了大盗窃国的凭借。 ⑦ 掊：击打。纵舍：释放。 ⑧ 川竭而谷虚：川水干涸，山谷自然空旷，一说当作“谷虚而川竭”。丘夷而渊实：山丘被夷平，深渊自然就会被填满。这两句都是用来比喻圣人之法不兴，则大盗自然就不会出现。 ⑨ 死：亡，一说当解作“息”。平：太平。无故：无事。 ⑩ 重：增益，增加。 ⑪ 斗斛：量器。权：秤锤。衡：秤梁。符玺：印章。矫：正。 ⑫ 钩：腰带上的环扣。存焉：一说当作“焉存”，于是存。 ⑬ 逐于大盗：追随大盗。揭诸侯：夺取诸侯的名位。轩冕：华贵的车辆与衣冠。劝：劝阻。斧钺：借指刑罚，钺，斧的一种。

故曰：“鱼不可脱于渊，国之利器不可以示人。”[1]彼圣人者，天下之利器也，非所以明天下也。[2]故绝圣弃智，大盗乃止；擿玉毁珠，小盗不起；焚符破玺，而民朴鄙；掊斗折衡，而民不争；殚残天下之圣法，而民始可与论议。[3]擢乱六律，铄绝竽瑟，塞瞽旷之耳，而天下始人含其聪矣；[4]灭文章，散五采，胶离朱之目，而天下始人含其明矣；[5]毁绝钩绳而弃规矩，攦工倕之指，而天下始人有其巧矣。[6]故曰“大巧若拙”。[7]削曾史之行，钳杨墨之口，攘弃仁义，而天下之德始玄同矣。[8]彼人含其明，则天下不铄矣；人含其聪，则天下不累矣；人含其知，则天下不惑矣；人含其德，则天下不僻矣。[9]彼曾、史、杨、墨、师旷、工倕、离朱，皆外立其德而以爚乱天下者也，法之所无用也。[10]

【注释】

① 利器：指圣人的智慧。此句见《老子》三十六章，言鱼不能离开水，否则会被捕捉，圣人的智慧不可随便展现给人看，否则会被大盗利用。② 圣人：当作“圣智”。明：明示。 ③ 绝圣弃智：语见《老子》十九章。擿(zhì)：投掷，抛弃。朴鄙：形容民性纯朴。殚：尽，全部。残：毁弃。④ 擢(zhuó)：拔掉，一说借为“搅”，搅乱。铄：与“烁”同，烧断。竽：与笙相似的一种管乐器。瑟：琴的一种，器身长八尺一寸，宽一尺八寸，共二十七弦。瞽旷：当作“师旷”。人：人人。含：包含，内蕴。 ⑤ 胶：胶合。⑥ 攦(lī)：折断。工倕：古代的巧工匠。有：一说当作“含”。 ⑦ 一说此句为衍文。 ⑧ 削：除去。攘弃：抛弃。玄同：指各人顺性而行，冥合于自然素朴的大道。 ⑨ 铄：消散败坏，一说当解作“炫耀”。累：忧患。知：一说当作“巧”。僻：邪僻。 ⑩ 外立其德：指将个人所禀受的德性显露于外。爚(yuè)：火光明亮的样子，引申为炫耀。法：这里指背离物性，强加在万物身上的圣知之法。

至德之世

子独不知至德之世乎？昔者容成氏、大庭氏、伯皇氏、中央氏、栗陆氏、骊畜氏、轩辕氏、赫胥氏、尊卢氏、祝融氏、伏牺氏、神农氏，[1]当是时也，民结绳而用之，甘其食，美其服，乐其俗，安其居，邻国相望，鸡狗之音相闻，民至老死而不相往来。[2]若此之时，则至治已。[3]今遂至使民延颈举踵曰，“某所有贤者”，赢粮而趣之，则内弃其亲而外去其主之事，足迹接乎诸侯之境，车轨结乎千里之外。[4]则是上好知之过也。[5]

【注释】

① 容成氏、大庭氏、伯皇氏、中央氏、栗陆氏、骊畜氏、轩辕氏、赫胥氏、尊卢氏、祝融氏、伏牺氏、神农氏：十二人是传说中的上古帝王。 ② 甘：满意。美：喜爱。此段文字又见于《老子》八十章，略有小异，言淳朴之世的人民适性自足，无求于外，他们逍遥自在，优游卒岁，既没有人事的牵绊，也没有名利纠结的苦恼。 ③ 至：极致。已：与"矣"通。 ④ 延颈：引颈，伸长脖子。举踵：抬脚，指疾走。赢粮：裹粮。趣：趋。亲：指父母双亲。内弃其亲：指不奉养双亲。外去其主之事：指不替主上办事情。车轨：车辙。结：纵横交错。 ⑤ 上：指好知的国君。过：过错。

【导读】

这两段文字选自《胠箧》篇，前文论"盗国"与"盗圣智"之法，深刻地揭露"窃钩者诛，窃国者为诸侯"的社会黑暗，呼喊出"圣人不死，大盗不止"的怨愤、悲哀；后文追述上古的"至德之世"，进而揭示破坏至德是圣人之为与"上之所过"的现实。因此，绾合两段文字，其中描述的"盗国"现实与"至德"理想，是有着相互承系的关联。

本文由"小盗"（胠箧探囊）写到"大盗"（窃国盗名），前者为人所共晓，而后者则难为人所知。所以作者不吝词章，分两节"尝试论之"。一论"知者"、"圣者"，或为"大盗积"，或为"大盗守"，并举田成子盗取齐国政权为例，其有"盗贼之名"，却"身处尧舜之安"，究其原因，在于他盗国之时，将"圣知之法"也盗为己有，形成了一种知与圣的蒙蔽。二论"至知者"与"至圣者"，同样为"大盗积"，为"大盗守"，并以龙逢、比干、苌弘、子胥"四子之贤"不免于被杀戮为例，复以盗跖之口说出"盗亦有道"的名言。在这里，庄子以讥讽的口吻假盗跖之言将儒门"五德"纳入"盗"的修行范围，即"妄意室中之藏，圣也；入先，勇也；出后，义也；知可否，知也；分均，仁也"。圣、勇、义、知、仁，作为"圣人之道"，成了为盗者的必备之利器。由此辛辣的讽刺，又逗引出"圣人不死，大盗不止"的一段畅快淋漓的议论。

文中"故曰"一节，可与《骈拇篇》之"乱五色，淫文章……离朱是也"一段文字对读，一重追究破坏天下"至正"的根源，一重解决祸乱的方法，就是本文中的"灭文章，散五采，胶离朱之目，而天下始人含其明矣"的论说，即恢复“聪”、“明”、“巧”、“玄同”，要在“绝圣弃知，大盗乃止”。

继此有关“至德之世”的描绘，是庄子取法老子“归真返朴”哲学思想，他在文中排列的“容成氏”、“大庭氏”等等，也只是假托的理想境界，即《老子》中“小国寡民”的“守真”社会的构想。只是庄子于此文中将古之淳朴之世与今之巧伪之世加以比较，再次点明现实社会的弊端与诈伪，都是“上好知之过”的道理。

在这段文字中，有很多名言而表现出语言的魅力，如“盗亦有道”、“圣人不死，大盗不止”、“窃钩者诛，窃国者侯”、“绝圣弃智，大盗乃止”、“掊斗折衡，而民不争”等，均被后人反复使用，生机勃郁，具有极强的生命力。

在宥

老聃答崔瞿问

崔瞿问于老聃曰：“不治天下，安藏人心？”[①]

老聃曰：“女慎无撄人心。[②]人心排下而进上，上下囚杀，淖约柔乎刚强。[③]廉刿彫琢，其热焦火，其寒凝冰。[④]其疾俛仰之间而再抚四海之外，其居也渊而静，其动也县而天。[⑤]偾骄而不可系者，其唯人心乎！[⑥]

“昔者黄帝始以仁义撄人之心，尧舜于是乎股无胈，胫无毛，以养天下之形，愁其五藏以为仁义，矜其血气以规法度。[⑦]然犹有不胜也，尧于是放讙兜于崇山，投三苗于三峗，流共工于幽都，此不胜天下也。[⑧]夫施及三王而天下大骇矣。[⑨]下有桀跖，上有曾史，而儒墨毕起。于是乎喜怒相疑，愚知相欺，善否相非，诞信相讥，而天下衰矣；[⑩]大德不同，而性命烂漫矣；[⑪]天下好知，而百姓求竭矣。[⑫]于是乎釿锯制焉，绳墨杀焉，椎凿决焉。[⑬]天下脊脊大乱，罪在撄人心。[⑭]故贤者伏处大山嵁岩之下，而万乘之君忧慄乎庙堂之上。[⑮]

“今世殊死者相枕也，桁杨者相推也，刑戮者相望也，而儒墨乃始离跂攘臂乎桎梏之间。[⑯]意，甚矣哉！其无愧而不知耻也甚矣！[⑰]吾未知圣知之不为桁杨椄槢也，仁义之不为桎梏凿枘也，焉知曾史之不为桀跖嚆矢也！[⑱]故曰‘绝圣弃智而天下大治。’”

【注释】

① 崔瞿：庄子假托的人物。藏：当作“臧”，善。安藏人心：如何使人心变善。 ② 撄：扰乱。 ③ 人心排下而进上：指人们遭到排挤、压制的时候，情绪会变得很低落，而当他们受到重用、鼓舞的时候，就会变得很亢奋。上下囚杀：指情绪一上一下，内心喜惧交战，如同敌我双方在互相杀戮一样。淖约柔乎刚强：指柔弱能使刚强变得柔弱，即柔弱胜刚强之意。④ 廉：锐利。刿(guì)：割伤。彫琢：刻削。廉刿彫琢：指身上的棱角已被外界磨平。其热焦火：指欢喜的时候，内心躁动不安。其寒凝冰：指发怒的时候，内心冷酷无比。 ⑤ 疾：迅速。俛：与“俯”同。渊而静、县而天：言其忽而安静，忽而躁动，县，与“悬”同。 ⑥ 偾(fèn)骄：不可阻挡的势头。 ⑦ 胈(bá)：白肉。愁其五藏：指费精劳神。矜：苦。矜其血气：使其心志、血气为之愁苦。规：制作。 ⑧ 放、投、流：均是流放之意。讙(huān)兜：尧的臣子，又称浑沌，因与共工结盟反对尧，被尧流放崇山。崇山：在湖南大庸县西南。三苗：即饕餮，是尧时的诸侯。三峗：山名，在甘肃敦煌县南。共工：即穷奇，为尧时的水官。幽都：幽州，在河北密云县一带。 ⑨ 施：延及。骇：惊动，指人们不再安居在性分之内。 ⑩ 喜怒相疑：自喜于我而加怒于人。愚知相欺：以我为知而以人为愚。善否相非：以我为善而以人为不善。诞信相讥：以我为忠信而以人为虚诞。⑪ 大德不同：指不同于大道之中，即不安于各自的性分。性命：自然的天性。烂漫：散乱。 ⑫ 竭：指穷尽知识。一说“求竭”当作“纠葛”，淆乱之意。 ⑬ 斤(jīn)锯、绳墨、椎凿：都是刑具。一说“杀”当作“设”。⑭ 脊脊：互相践踏。一说当解作“纷纷”。 ⑮ 伏处：隐居。嵁(kān)岩：深岩。 ⑯ 殊死：死刑。枕：藉，堆积。桁(héng)杨：带在脚上和脖子上的刑具。离跂：踮着脚尖，形容用力的样子。攘臂：捋袖伸臂，形容高谈阔论的样子。 ⑰ 意：与“噫”同。 ⑱ 椄槢(jié xí)：械楔，枷锁中的横木。凿枘(ruì)：指固定刑具的孔眼和榫头。嚆(hāo)矢：响箭，力道非常强劲。

【导读】

本文选自《在宥》篇，借老聃答崔瞿问，批判了刑具礼教之产生与刑戮杀人之惨烈，以及由此带来的对人心的桎梏，再度提出“绝圣弃知”的口号，以戟指现实社会的虚伪。

文章开篇由崔瞿提出问题，就是从治天下才能治人心的思路，提出不治天下如何安定人心的疑问。而全文的主旨，则由老聃的答词分三节展开：第一节可谓“解心”，即通过人心之上下刚柔、寒热疾徐、俯仰动静等现象，归于“不可系者其唯人心”的道理。既然人心不可治，而偏要治人心，正是这一悖论，引出第二节文字，即“以仁义撄人心”的祸害。在这里，文中假借老聃之口列举了自黄帝“以仁义撄人之心”、尧舜“养天下之形……以规法度”，再到三王时代求治天下，结果是“喜怒相疑，愚知相欺，善否相非，诞信相讥”，以致“斤锯制焉，绳墨杀焉，椎凿决焉”，其罪过就在于“撄人心”。由历史看现实，第三节批判为治人心而来的刑戮。在这一节的描写中，作者的深刻思考不在刑戮之惨烈，而在如儒者倡导仁义、墨家倡导兼爱于刑戮之间，表面相左，内在实一，都是治天下与治人心之害，庄子所感愤于“吾未知圣知之不为桁杨椄槢也，仁义之不为桎梏凿枘也，焉知曾史之不为桀跖嚆矢也”，是具有深刻的社会批判意识与内省价值的。只有在此批判意识下，我们才能理解庄子秉承老子反复强调的“绝圣弃知”以不治为大治的现实意义。

广成子

黄帝立为天子十九年，令行天下，闻广成子在于空同之山，故往见之，① 曰：“我闻吾子达于至道，敢问至道之精。② 吾欲取天地之精，以佐五谷，以养民人，吾又欲官阴阳，以遂群生，为之奈何？”③

广成子曰：“而所欲问者，物之质也；而所欲官者，物之残也。④ 自而治天下，云气不待族而雨，草木不待黄而落，日月之光益以荒矣。⑤ 而佞人之心翦翦者，有奚足以语至道！”⑥

黄帝退，捐天下，筑特室，席白茅，闲居三月，复往邀之。⑦

广成子南首而卧，黄帝顺下风膝行而进，再拜稽首而问曰：⑧“闻吾子达于至道，敢问，治身奈何而可以长久？”⑨ 广成子蹶然而起，⑩ 曰：“善哉问乎！来！吾语女至道。至道之精，窈窈冥冥；至道之极，昏昏默默。⑪ 无视无听，抱神以静，形将自正。必静必清，无劳女形，无摇女精，乃可以长生。[12]目无所见，耳无所闻，心无所知，女神将守形，形乃长生。慎女内，闭女外，多知为败。[13]我为女遂于大明之上矣，至彼至阳之原也；为女入于窈冥之门矣，至彼至阴之原也。[14]天地有官，阴阳有藏，慎守女身，物将自壮。[15]我守其一以处其和，故我修身千二百岁矣，吾形未常衰。”[16]

黄帝再拜稽首曰：“广成子之谓天矣！”[17]

广成子曰：“来！余语女。彼其物无穷，而人皆以为有终；彼其物无测，而人皆以为有极。[18]得吾道者，上为皇而下为王；失吾道者，上见光而下为土。[19]今夫百昌皆生于土而反于土，故余将去女，入无穷之门，以游无极之野。[20]吾与日月参光，吾与天地为常。[21]当我，缗乎！远我，昏乎！[22]人其尽死，而我独存乎！”[23]

【注释】

① 广成子：庄子假托的得道之人，一说为老子。空同之山：庄子假托的山名，“空”含有空虚、空明的意思，“同”含有混同、冥同的意思。② 至道之精：至道的精要。 ③ 天地之精：天地阴阳的精气。佐：助。五谷：黍、稷、菽、麻、麦。官：主宰。遂：顺。 ④ 而：你。物之质：万物的本质，即前文所说的“至道之精”。残：指损伤万物的本性。物之残：指残缺不全的物体。 ⑤ 族：聚集。荒：指隐晦不明。此句言黄帝以圣知治理天下，导致万物残生伤性，丧失真我。 ⑥ 翦翦：狭小浅薄的样子。有：与“又”通。一说“有奚足以语至道”下有一“哉”字。 ⑦ 捐：抛弃。特：独。邀：会，遇。 ⑧ 南首：头朝南。风：与“方”通。再拜：拜两次。稽首：古代一种非常隆重的礼节，施礼人双膝下跪，两手着地，以额头触地。 ⑨ 奈何：如何。 ⑩ 蹶然：快速的样子。 ⑪ 窈窈冥冥：深远幽昧。昏昏默默：静默无声。二者都是用来形容道体“无”的特质。⑫ 清：无杂念。摇：动，打扰。 ⑬ 女：与“汝”同。慎女内：保全天性。闭女外：不为外物所动。 ⑭ 遂：出。大明：指道的光明处，一说指太阳。原：野，指自然朴素的道的境界。窈冥：指道的幽深处。 ⑮ 官：职，引申为作用。天地有官：指天地万物各有其职责。藏：府，居所。阴阳有藏：指阴阳两气各有其定所。壮：昌盛。 ⑯ 一：道，自然。和：指万物和谐的状态。未常：即“未尝”。衰：衰老，衰弱。 ⑰ 天：与天道相合。 ⑱ 无

测：无尽头。有极：有限度，有尽头。⑲ 上为皇而下为王：在上为皇，在下为王，皇、王相差不远，比喻所失天性少。上见光而下为土：在上能见日月之光，在下只能化为尘土，光、土悬隔，比喻所失天性多。⑳ 百昌：指万物。无穷之门、无极之野：均指代自然天道。㉑ 参：同。常：久。㉒ 当我：朝我而来。缗：与“昏”同，无心。远我：离我而去。㉓ 此句言世人往往将生死对立起来，因此，有生就必有死。我独齐同生死，以变化为体，因此，生死都是我，我不变而独存。

【导读】

本文选自《在宥》篇，其通过广成子和黄帝的对话，借寓言形式描写至道之精在于治身，治身之要在于应顺自然，适性而存。

如同前文所述“治天下”之弊，此文由黄帝自谓取天地之精以治天下开篇，所谓“佐五谷”，“官阴阳”，目的是“养民人”，“遂群生”，而尚有疑惑，故问广成子以“至道之精”。由此，文意以黄帝“三问”与广成子“三答”组成。黄帝一问“至道之精”，已暗含与自己所操持的“天地之精”有所不同，而广成子一答，关键在两字，即“欲”与“物”：其“欲问”、“欲官”乃“物之质”与“物之残”，因其物欲，就不能体认云行雨施，秋去春来，日月光耀的自然法则。而以“黄帝退，捐天下”一语为过渡，说明其去“天地之精”，引出二问，即“至道”如何“治身”？广成子的二答，突出“长久”或“长生”二字，先对“至道”作一形象化的描绘，就是“至道之精，窈窈冥冥”一段，将《老子》中的“道之为物，惟恍惟惚……窈兮冥兮，其中有精”（二十一章）作生动的再阐，进而言治身体道，重在“无见”、“无闻”、“无知”，凝神“守一”而“处和”。黄帝三问，已是感叹之语：“广成子之谓天矣。”而广成子的三答，则将“至道”转向“吾道”，描述以“入无穷之门，以游无极之野”，能与日月参光，天地为常，使“治身”之问中的“欲治其身”的欲念得以淡褪、扫除，真正达到顺适自然，无所谓存亡的境界。

纵观全篇，皆两人对问之词，然两者的形象却通过言对与状态，十分生动而充盈。如黄帝一问前用“令行天下”四字，见其治天下的气概；二问时已是“顺下风膝行而进”，变得极为恭敬；三问则是“再拜稽首”，已是形神俱伏。而反观广成子，虽无状态描写，却从其语气可窥视其人物形象：

一答启口即“而所欲问者”呈藐视状，二答曰“善哉问乎”呈可教状，三答则是“来，余语女”，已呈诲教状。章廷华《论文琐言》说：“文莫难于点睛，要如画家绘山，云根设色，方得神妙，庄文点睛处便得此诀。”此文于淡然应对中，已见浓墨重彩，同样表现了庄子驾驭语言艺术的能力，其间片言只语，堪称点睛之妙。

云将东游

云将东游，过扶摇之枝而适遭鸿蒙。①鸿蒙方将拊脾雀跃而游。②云将见之，倘然止，贽然立，曰：“叟何人邪？叟何为此？”③

鸿蒙拊脾雀跃不辍，对云将曰：“游！”

云将曰：“朕愿有问也。”

鸿蒙仰而视云将曰：“吁！”④

云将曰：“天气不和，地气郁结，六气不调，四时不节。⑤今我愿合六气之精以育群生，为之奈何？”⑥

鸿蒙拊脾雀跃掉头曰：“吾弗知！吾弗知！”

云将不得问。又三年，东游，过有宋之野而适遭鸿蒙。云将大喜，行趋而进曰：⑦“天忘朕邪？天忘朕邪？”⑧再拜稽首，愿闻于鸿蒙。

鸿蒙曰：“浮游，不知所求；猖狂，不知所往；游者鞅掌，以观无妄。⑨朕又何知！”

云将曰：“朕也自以为猖狂，而民随予所往；朕也不得已于民，今则民之放也。⑩愿闻一言。”

鸿蒙曰：“乱天之经，逆物之情，玄天弗成；解兽之群，而鸟皆夜鸣；灾及草木，祸及止虫。⑪意，治人之过也！”

云将曰：“然则吾奈何？”

鸿蒙曰：“意，毒哉！仙仙乎归矣。”⑫

云将曰：“吾遇天难，愿闻一言。”⑬

鸿蒙曰：“意！心养。⑭汝徒处无为，而物自化。堕尔形体，吐尔聪明，伦与物忘；大同乎涬溟，解心释神，莫然无魂。⑮万物云云，各复其根，各复其根而不知；浑浑沌沌，终身不离；若彼知之，乃是离之。⑯无问其名，无窥其情，物固自生。”

云将曰：“天降朕以德，示朕以默；躬身求之，乃今也得。”⑰再拜稽首，起辞而行。

【注释】

① 云将、鸿蒙：均是庄子假托的人物，云将，云之主将，鸿蒙，自然元气。扶摇：神木名。 ② 拊：拍打。脾：与“髀”同，大腿。雀跃：跳跃。 ③ 倘然：惊怪的样子。贽然：停止不动。叟：对长者的尊称。 ④ 吁：与“呼”同，发声辞。 ⑤ 郁结：不畅通。六气：阴、阳、风、雨、晦、明。不调：不和。不节：时节不按正常的顺序出现。 ⑥ 精：精华。 ⑦ 趋：疾走。 ⑧ 天：道，这里用来表示对得道之人的尊称。朕：我。 ⑨ 浮游：无心而游。猖狂：顺性而行，放任自由。鞅掌：众多。游者鞅掌：指在纷纭众多的万物中遨游。无妄：指万物的真性。 ⑩ 放：仿效。此句言我自以为我无心而动，放任自由，但是老百姓都跟随着我，仿效我的形迹，我也是不得已，我没法阻止他们(仿效我)。 ⑪ 经：常。情：指万物的天性。玄天：自然天道。解：驱散。 ⑫ 毒：指伤害很深。仙仙：轻轻飘举的样子。归：返回。 ⑬ 天难：自然灾害，指为民仿效而不得解脱。 ⑭ 心养：即养心，指无为而治，任物自然。 ⑮ 堕：毁弃。吐：当作“咄”，与“黜”通，废除不用，一说“吐”当作“杜”，闭塞。伦：同，一说当解作“理”，一说与“沦”同，沉没。伦与物忘：混同万物而与物相忘。涬(xìng)溟：自然元气。解、释：消散。莫然：与“漠然”同，寂泊无心的样子。魂：指心机智巧。 ⑯ 云云：与“芸芸”同，众多的样子。复：归返。根：大道的根本，这里指万物的天性。浑浑沌沌：朴素蒙昧的样子。离：背离。 ⑰ 降：赋予。德：天性，自然的性分。默：无心，无为。躬：亲自。

【导读】

本文选自《在宥》篇，借云将遇鸿蒙而问的寓言，重复“逍遥”主旨，提出抹去治迹，重在“心养”，强调以主体的精神掌握宇宙法则，顺应万物变化，以获得精神的自由与超越。

分析这篇文章的主旨，仍在一“游”字，“游”即“逍遥”，观首句云将东

"游"以及鸿蒙对云将曰"游",二者皆游,然其间有所不同。从庄子假设的两个寓言人物的名称,已见差异:云将乃云彩之谓,飘浮于天际,多形游,堪称有待之逍遥,观其两度"东游",可窥其要;鸿蒙则元气之谓,自游于太虚之内,多神游,堪称无待之逍遥,观其两度对问之词,以及提出"心养"之法,可明其奥。庄子论逍遥,要在"乘天地之正……以游无穷",才能达到"三无"(至人无己,神人无功,圣人无名)境地。对此,梁启超解释《逍遥游》说:"常人执著现实境界,终身役役,向此讨生活,向此生间讨生活,卒为矛盾状态所缚扰,不能自拔,故庄子首破其迷……全篇关键在'小知不及大知,小年不及大年'二语,教人勿以小障大,但又非于常识所谓大小者比较,故又以'至人无己,圣人无名'二语微示真我端倪,使人向上寻求。"(《老孔墨以后学派概观》)读"云将东游"文字,不仅有小大之辨,尚有内外之别。云将之游,属外游,故仍多"物欲",如其言"我愿合六气之精以育群生",一如前文黄帝所说的"吾欲取天地之精,以佐五谷,以养民人",具有物欲之念,而当云将二度东游,再次"适逢鸿蒙"时,高兴地大喊"天忘朕邪"(你忘记我了吗),是"我欲"的表现。所以鸿蒙对其"物欲",仅以"吾弗知"搪塞,而对其"我欲",鸿蒙的回答是"浮游,不知所求……朕又何知",是一种无己的境界。而针对云将因"我欲"而来的"物欲"(治民与治天下),鸿蒙的回答要在三点,即"治人之过"、"心养"与"物自化"。

只有融自我于自然大化,才能真正的逍遥(游),这是鸿蒙答云将之词给人们的启示,也是庄子"逍遥"的真谛。

天　地

夫子论道

夫子曰:①"夫道,覆载万物者也,洋洋乎大哉!君子不可以不刳心焉。②无为为之之谓天,无为言之之谓德,爱人利物之谓仁,不同同之之谓大,行不崖异之谓宽,有万不同之谓富。③故执德之谓纪,德成之谓立,循于道之谓备,不以物挫志之谓完。④君子明于此十者,则韬乎其事心之大也,沛乎其为万物逝也。⑤若然者,藏金于山,藏珠于渊,不利货财,不近贵富；[6]不乐寿，不哀夭，不荣通，不丑穷；[7]不拘一世之利以为己私分，不以王天下为己处显。[8]显则明，万物一府，死生同状。”[9]

【注释】

① 夫子：一说为庄子，一说为老子，一说为孔子，考虑到此段文字的内容与庄子思想一贯，且此篇或为庄子后学所作，“夫子”可能指庄子。② 刳(kū)心：剔除私心，以保持自然的天性。 ③ 天：自然，道。德：自然的天性。不同：指万物所受性分不同。同之：指从顺性而行、适性自得这一角度来看，万物是相同的。崖：有崖岸。行不崖异：指和光同尘，不过于清高，以显示自己与他人的不同。宽：宽容。 ④ 执德之谓纪：持守自然的天性就叫做有条贯。德成之谓立：保全自然的天性就叫做能立身。循：顺。挫：挫伤，败坏。不以物挫志：指不以外物挫伤自己的心志。⑤ 韬：包容，引申为宽大。事：与“倳”同，立。沛：盛大。逝：往，归附。⑥ 藏珠于渊：一说“藏”当作“沉”。 ⑦ 丑：感到耻辱。此句言顺性而行，齐同万物，不将寿、夭、穷、通放在心上。 ⑧ 拘：与“钩”同，取。私分：私有。处显：荣耀。 ⑨ 显则明：显示自己的名位、功绩就是夸耀。万物一府：万物同归于大道之中。死生同状：生与死没有任何不同。

夫子曰：“夫道，渊乎其居也，漻乎其清也。[1]金石不得，无以鸣。[2]故金石有声，不考不鸣。[3]万物孰能定之！[4]夫王德之人，素逝而耻通于事，立之本原而知通于神。[5]故其德广，其心之出，有物采之。[6]故形非道不生，生非德不明。[7]存形穷生，立德明道，非王德者邪！荡荡乎！忽然出，勃然动，而万物从之乎！此谓王德之人。视乎冥冥，听乎无声。[8]冥冥之中，独见晓焉；无声之中，独闻和焉。[9]故深之又深而能物焉，神之又神而能精焉；[10]故其与万物接也，至无而供其求，时骋而要其宿，大小，长短，修远。”[11]

【注释】

① 渊：深沉安静的样子。漻(liáo)：动而不浑浊的样子。 ② 金石：指钟磬一类的敲打乐器。不得：指不得道。 ③ 考：敲击。此句言金石本身蕴含有五声宫调，但如果不敲打它们，它们就不会发出乐音。比喻得

道之人，内心圣德充沛，但如果没有物体感应它们，它们就不会显示出来。④ 此句言得道之人能够应接万物，变化无穷，而不会偏爱于一物，滞止于一隅。 ⑤ 王：大。德：道。王德：盛德，大道。素：自然的天性。素逝而耻通于事：归依自然的天性而不屑于应接外界的琐事。本原：指各人所受的性分。神：指变化莫测的一种境界。 ⑥ 采：求，感应。 ⑦ 生非德不明：不借助于大道，人的自然天性就不会显露，生，与“性”同，德：道。⑧ 冥冥：昏昧不清，即无见。 ⑨ 晓：指光明。和：指谐和的乐音。⑩ 深之又深：指返回自然的本性，深入到大道的根源处。能物：指能生万物、能应万物、能用万物。神之又神：指无穷的变化。能精：能体会到大道的精要。一说“能物”“能精”的“能”当作“有”。 ⑪ 至无：至虚，指无心、无为、无欲到了极点。骋：指精神放纵自由地遨游。要：与“邀”同。宿：归宿。时骋而要其宿：时常遨游天地之间而又能返回其归宿之地。大小：或大或小。长短：或长或短。修远：抵达遥远的地方。一说“大小长短修远”六字为郭象注参入正文。

【导读】

本文选自《天地》篇，借“夫子”的两段言论，强调去除贪欲智巧，讴歌盛德之人。

解读这篇文章，关键有二：一在“刳心”，一在“王德”，二者又有逻辑联系。所谓“刳心”，类似人们说的“洗心”，即去除心中的尘垢或欲念，才能体悟“洋洋乎大哉”的道。在这段描述中，作者罗列出一串“德目”，包括“天”、“德”、“仁”、“大”、“宽”、“富”等等，多以“无”字打头，形成以否定为肯定的语言策略，如“无为为之之谓天，无为言之之谓德”。其中仅“爱人利物之谓仁”句式不同，完全是儒家“仁德”思想，这里也表明了《庄子》外篇杂糅诸家学说的可能性，宜为明辨。但总体来说，文中主旨，仍是道家思想，这从继诸“德目”后所言的“不利货财”到“死生同状”一段，显然是以无为用的思维方式。

所谓“王德”，即“德旺”，也就是盛德的意思。在这里，作者为了形象地展示“王德”，将其人格化，其中诸端品行，其结穴在“素逝而耻通于事”的“素逝”一词。“素逝”，就是抱朴而行，因循自然本性来应对万事万物。

因为老子论“道”说过“恍兮忽兮，其中有物”，道不离物，方见其真，所以老庄哲学并不摒弃“物”的概念，只是反对贪恋外物，增其巧伪，庄子一则说“其心之出，有物采之”，一则说“听乎无声……独闻和焉”，就是这个道理。

玄　珠

黄帝游乎赤水之北，登乎昆仑之丘而南望，还归，遗其玄珠。[1]使知索之而不得，使离朱索之而不得，使吃诟索之而不得也。[2]乃使象罔，象罔得之。[3]黄帝曰：“异哉！象罔乃可以得之乎？”

【注释】

① 赤水：假托的地名。遗：丢失。玄珠：比喻道。　② 知：假托的人名，指依恃智慧的人。吃诟：假托的人名，指依恃辩才的人。　③ 象罔：假托的人名，指不露形迹，无心而动的人。

【导读】

本文选自《天地》篇，以象罔得玄珠的寓言，说明探寻“道”的真谛。

在庄子编撰的诸多寓言中，此文最为短小，意趣却极为深远。文中故事围绕“玄珠”(道)并以一关键字“索”字展开，“道”不可见，却偏要寻找，首先就给人以光怪陆离的感觉。而“索”玄珠之人又假托三人，一曰“知”，喻指智慧，索而不可得；二曰“吃诟”，喻指言辩，索之不可得；三曰“象罔”，亦作“罔象”，如李白《大猎赋》“使罔象掇玄珠于赤水”、白居易《求玄珠赋》“与罔象而同归”，皆是，喻指无心之状，而结果是“象罔得之”，增加了文章的悬念与深意。

由此可见，作者之意是“道”不可“索”(求)，而无心得之，这类似儒家所讲的“道不远人，人自远耳”，所以宋代理学家周敦颐就曾专门教授二程子“寻孔颜乐处”(寻找孔子、颜回安贫乐道的缘由)。传说宋代(一说唐代)某尼有《悟道诗》写道：“尽日寻春不见春，芒鞋踏破陇头云。归来却捻梅花笑，春在枝头已十分。”以“寻春”喻“索道”，显然受到庄子这一寓言的影响。杜浚《杜氏文谱》卷三论文章境界，认为“作世外文字，须换过境界，

《庄子》寓言之类，是空境界文字”。文法通于义理，观此象罔之喻，可见“道”的空灵恢阔，才是庄子为文之神妙的根柢。

许由戒尧

尧之师曰许由，许由之师曰齧缺，齧缺之师曰王倪，王倪之师曰被衣。

尧问之于许由曰：“齧缺可以配天乎？吾藉王倪以要之。”①

许由曰：“殆哉圾乎天下！②齧缺之为人也，聪明睿知，给数以敏，其性过人，而又乃以人受天。③彼审乎禁过，而不知过之所由生。④与之配天乎？彼且乘人而无天，方且本身而异形，方且尊知而火驰，方且为绪使，方且为物絯，方且四顾而物应，方且应众宜，方且与物化而未始有恒。⑤夫何足以配天乎？虽然，有族，有祖，可以为众父，而不可以为众父父。⑥治，乱之率也，北面之祸也，南面之贼也。”⑦

【注释】

① 配天：指做天子。藉：因，依靠，凭借。要：与“邀”同。 ② 殆、圾：危险。 ③ 给：便捷。数：频繁。敏：敏捷。给数以敏：反应很快，才智过人。乃：能。以人受天：依靠人的智慧寻求自然的天性。 ④ 此句言他明于禁止过错的行为，却并不知道过错是从哪里产生。 ⑤ 乘人而无天：运用人的智慧而不理会人的自然天性。方且：将要。本身而异形：以自己为标准，将万物分成不同的种类。尊知：重用智慧。火驰：指忙于处理各种琐事。绪：琐细的事情。使：役使。絯(gāi)：束缚。四顾而物应：环顾四周，使万物听应我的安排。应众宜：运用智慧应接外物。与物化而未始有恒：指齧缺运用心知治理天下，虽然能够在短时间内教化万物，与万物融洽相处，但由于他没有顺应万物的天性行事，没有与万物冥合在大道之中，因此，这种融洽的状态是不长久的。 ⑥ 族：类。祖：主。此句言人类群聚而居，必须要有一个主管事情的人，齧缺可以做这样一个主管众人的长官，而不可以做无为而治的天子。 ⑦ 治：指运用圣知、仁义等“有为”手段治理国家。率：主。贼：祸害。

华封人喻尧

尧观乎华，华封人曰："嘻，圣人！请祝圣人。"①

"使圣人寿。"尧曰："辞。""使圣人富。"尧曰："辞。""使圣人多男子。"②尧曰："辞。"

封人曰："寿，富，多男子，人之所欲也。女独不欲，何邪？"

尧曰："多男子则多惧，富则多事，寿则多辱。③是三者，非所以养德也，故辞。"

封人曰："始也我以女为圣人邪，今然君子也。④天生万民，必授之职。⑤多男子而授之职，则何惧之有！富而使人分之，则何事之有！夫圣人，鹑居而鷇食，鸟行而无彰；⑥天下有道，则与物皆昌；⑦天下无道，则修德就闲；⑧千岁厌世，去而上仙；⑨乘彼白云，至于帝乡；⑩三患莫至，身常无殃；⑪则何辱之有！"

封人去之，尧随之，曰："请问。"

封人曰："退已！"

【注释】

① 观：游览。华：地名，今陕西省华县。封人：地方长官。 ② 多男子：指多子嗣。 ③ 事：从事，经营。 ④ 然：借为"乃"。 ⑤ 职：职责，义务。 ⑥ 鹑居：如鹌鹑一样居住在野外而没有固定的处所。鷇食：如幼鸟一样由母亲喂养而无心于食。鸟行而无彰：如鸟雀飞过而没有痕迹，彰，显露形迹。 ⑦ 昌：昌盛。 ⑧ 就：靠近。闲：悠闲自在。 ⑨ 厌：满足。 ⑩ 帝乡：指大道所在的地方。 ⑪ 三患：指多惧、多事、多辱。殃：灾害。

【导读】

此两段写帝尧的文字均选自《天地》篇，一以许由答尧问说明治理政事依"人为"而弃"自然"的害处，一以华封人与尧的对话，阐发顺适自然的好处，是庄子无为政治论的形象表述。

前段文字围绕尧提议让许由的老师齧缺为天子展开，许由回答的要点在于“以人受天”与“何足以配天”两句。许由认为：齧缺聪明睿智，好以人事来应对天然，虽然可能会大有作为，但是结果只能是“乘人而无天”，而违天不祥，因为只知其然而不知所以然的行为，是具有极大的危害性的。推扩而言，所谓“配天”（为天子）而“无天”，这样的“治”也就是“乱”的祸端了。

后段文字围绕华封人对尧的祝词展开。华封人的祝词是“多寿”、“多富”、“多子”，而尧皆对应一“辞”，即拒绝。尧的理由是“多男子则多惧，富则多事，寿则多辱”，均非“养德”之道。华封人的答词是：多男子则授之以“职”（事），多富则“分”之于众，多寿则“顺”之于天，或“与物皆昌”，或“修德就闲”，或“乘彼白云，至于帝乡”，因“游”而至逍遥之境。华封人的见解，是批评尧对前“三多”（多寿等）著了相，所以避之惟恐不及，而将其顺适于自然，又何有后“三多”（多辱等）。对于作者假托华封人的见解，可举儒家学者的一个案例作为佐证。宋代以后，儒、释互参，儒者思想常遭释累，王阳明于是辨别二者说：“佛怕父子累，却逃了父子；怕君臣累，却逃了君臣；怕夫妇累，却逃了夫妇。都是为个君臣父子夫妇著了相，便须逃避。如吾儒有个父子，还他以仁；有个君臣，还他以义；有个夫妇，还他以别。何曾著父子君臣夫妇的相？”（《传习录》卷二）由此对应华封人对尧之说，诚如印与模，亦可见后者受庄学的影响。

许由反对“以人受天”，华封人的“三多”不著相之论，都是庄子适性逍遥思想的体现。

汉阴丈人

子贡南游于楚，反于晋，过汉阴，见一丈人方将为圃畦，凿隧而入井，抱瓮而出灌，搰搰然用力甚多而见功寡。[①]子贡曰：“有械于此，一日浸百畦，用力甚寡而见功多，夫子不欲乎？”[②]

为圃者卬而视之曰：“奈何？”[③]曰：“凿木为机，后重前轻，挈水若抽，数如泆汤，其名为槔。”[④]为圃者忿然作色而笑曰：“吾闻之吾师，有机械者必有机事，有机事者必有机心。[⑤]机心存于胸中，则纯白不备；[⑥]纯白不备，则神生不定；[⑦]神生不定者，道之所不载也。吾非不知，羞而不为也。”

子贡瞒然惭，俯而不对。⑧

有间，为圃者曰：“子奚为者邪？”

曰：“孔丘之徒也。”

为圃者曰：“子非夫博学以拟圣，於于以盖众，独弦哀歌以卖名声于天下者乎？⑨汝方将忘汝神气，堕汝形骸，而庶几乎！⑩而身之不能治，而何暇治天下乎！⑪子往矣，无乏吾事！”⑫

子贡卑陬失色，顼顼然不自得，行三十里而后愈。⑬

其弟子曰：“向之人何为者邪？夫子何故见之变容失色，终日不自反邪？”

曰：“始吾以为天下一人耳，不知复有夫人也。⑭吾闻之夫子，事求可，功求成。⑮用力少，见功多者，圣人之道。今徒不然。⑯执道者德全，德全者形全，形全者神全。⑰神全者，圣人之道也。托生与民并行而不知其所之，汒乎淳备哉！⑱功利机巧必忘夫人之心。⑲若夫人者，非其志不之，非其心不为。⑳虽以天下誉之，得其所谓，謷然不顾；以天下非之，失其所谓，傥然不受。㉑天下之非誉，无益损焉，是谓全德之人哉！我之谓风波之民。”㉒

反于鲁，以告孔子。孔子曰：“彼假修浑沌氏之术者也；识其一，不知其二；治其内，而不治其外。㉓夫明白入素，无为复朴，体性抱神，以游世俗之间者，汝将固惊邪？㉔且浑沌氏之术，予与汝何足以识之哉！”

【注释】

① 汉阴：汉水之南，水南曰阴。丈人：对长者的尊称。圃：菜园。畦：稻田。为圃畦：指种菜、种稻。遂：地道。搰搰（hú）然：用力的样子。② 械：机械。浸：灌溉。 ③ 卬：与“仰”同，抬头看。奈何：怎么做。④ 挈：提举。数：与“速”同，迅速。泆（yì）汤：沸腾的热水。槔（gāo）：桔槔，一种抽水的工具。 ⑤ 忿然作色：生气的样子。机事：需要仔细谋虑的事务。机心：算计的心。 ⑥ 纯白：指道体光明洁白。 ⑦ 生：与“性”同，自然的天性。神生：精神和天性。 ⑧ 瞒然：羞愧的样子。 ⑨ 於于：施行仁义恩惠的样子，一说当解作“夸诞的样子”，一说当解作“谄媚的样子”。 ⑩ 堕：毁坏。庶几：差不多。 ⑪ 前一“而”与“尔”通，你，后一“而”作转折连词用。 ⑫ 乏：废，阻碍。 ⑬ 卑陬（zōu）：惭愧不安的样

子。项项(xù)然：恍然自失的样子。愈：复原。 ⑭ 一人：指孔子。夫人：指"为圃者"。一说"以"下当有"夫子"二字。 ⑮ 事求可：对于各种事情，要追求它们的可行性。功求成：对于功业，要尽力去成就。 ⑯ 徒：与"独"通，一说当解作"乃"。 ⑰ 执道者：持守道的人。德全：自然的天性会保全。 ⑱ 之：至。托生与民并行而不知其所之：和光同尘，托迹人间，与百姓共处一世而不知要走向何处。汒乎：茫然无知的样子。淳：淳朴的天性。备：具备。 ⑲ 功利机巧必忘夫人之心：即"夫人之心必忘功利机巧"的倒装。 ⑳ 此句言像这个人，不符合他的意愿，他就不去，他心里不认同的，他就不做。 ㉑ 得其所谓：指天下对他的赞誉符合实际。謷然：与"傲然"同，高傲的样子。失其所谓：指天下对他的非议不符合实际。傥然：无心的样子。 ㉒ 风波：指到处奔走，内心不安定。 ㉓ 假：与"真"相对，一说解作"借"。浑沌氏：指道。识其一：知道保守内心。不知其二：不知道和光同尘，与时变通。 ㉔ 明白入素：保持明净纯白的天性就能进入素朴的大道，一说"入"当作"太"。复朴：回复到纯朴的大道中。固：与"故"同，胡。

【导读】

本文选自《天地》篇，借汉阴丈人"为圃畦"(种菜种稻)的寓言，申说为政者当摒弃"机心"而保持真朴之理。

全文由三段组成，第一段写子贡南游遇汉阴丈人灌园圃而生发的问对，第二段写子贡归对弟子问，第三段写子贡返回鲁国，以告孔子，引出孔子的言说。而合观三段，文旨核心却在首段。这段文字又分三个层次：第一个层次是子贡见汉阴丈人为圃畦，因其"凿隧而入井，抱瓮而出灌"，"用力甚多而见功寡"的情形，建议采用机械之法，引起了丈人的质疑。第二个层次是子贡解说机械之功用与效果，并由为圃者的答复，将文旨点破，也将文势推致高潮。这就是丈人所言"有机械者必有机事，有机事者必有机心"。"机心"二字，乃全篇结穴。于是再由丈人论"机心"的恶果引出第三个层次，就是对儒者以圣人之用事为已任的反讽，意谓有"机心"何能修身，身不修又何以侈谈治天下？至于文章的第二段子贡以汉阴丈人为例对"全德"之人的赞美，第三段孔子对汉阴丈人"治其内，而不治其外"，"无为复朴，体性抱神”的解读，都是延承首段“机心”之论而来，以印证庄子所倡导的全德忘机的理念而已。

古人谈内圣之学，重在治心，儒家言“诚”，道家谈“忘”，所谓“鸥鹭忘机”作为历代文人追奉的隐士风范，是与此庄学破除“机心”思想息息相关的。

谆芒东之大壑

谆芒将东之大壑，适遇苑风于东海之滨。①苑风曰：“子将奚之？”

曰：“将之大壑。”

曰：“奚为焉？”

曰：“夫大壑之为物也，注焉而不满，酌焉而不竭；吾将游焉。”

苑风曰：“夫子无意于横目之民乎？②愿闻圣治。”

谆芒曰：“圣治乎？官施而不失其宜，拔举而不失其能，毕见其情事而行其所为，行言自为而天下化，手挠顾指，四方之民莫不俱至，此之谓圣治。”③

“愿闻德人。”

曰：“德人者，居无思，行无虑，不藏是非美恶。④四海之内共利之之谓悦，共给之之为安；⑤怊乎若婴儿之失其母也，傥乎若行而失其道也。⑥财用有余而不知其所自来，饮食取足而不知其所从，此谓德人之容。”⑦

“愿闻神人。”

曰：“上神乘光，与形灭亡，此谓照旷。⑧致命尽情，天地乐而万事销亡，万物复情，此之谓混冥。”⑨

【注释】

① 谆芒：雾气，这里假托为人名。大壑：东海。苑风：小风，假托为人名。 ② 横目：指人，因人的双目横生于脸上，故称。 ③ 毕见其情事而行其所为：洞见事实的真相然后采取一定的应对措施。行言自为而天下化：语言、行为听任百姓自己发出，这样，天下就会受到感化而大治。手挠：用手指挥。顾指：用眼睛示意。 ④ 不藏是非美恶：心中没有是非、

美恶的观念。 ⑤ 共利之：与万物同利。谓：与“为”同。给：足。共给之：与万物同足。 ⑥ 怊（chāo）乎：惆怅自失的样子。倘然：无心的样子。 ⑦ 容：貌。此句言德人无心求财用、饮食而财用、饮食自然充足。 ⑧ 乘：因，凭借。光：指道。与形灭亡：指不露形迹。照旷：指神人与道合为一体，泯灭形迹，内心虚静空明，可以照射万物，包容宇宙。 ⑨ 命、情：指自然的天性。致命：与“尽情”同义，均指保守天性，按自然的性分行事。天地乐而万事销亡：与天地同乐，心中没有牵挂，因此，人间的万事万物如同不存在一样。万物复情：万物都回归到它们的天性。混冥：混同于玄冥之中，即同归于大道。

【导读】

本文选自《天地》篇，以谆芒与苑风相遇的寓言，描写了“圣治”、“德人”与“神人”，而归于“混冥”之境。

这则寓言与《庄子》其它寓言相类，都是假托二、三人物用对话形式构篇，以阐发其思想哲理。文中谆芒将到东海，适遇苑风，苑风询其何往，答谓往“大壑”（东海），再问做什么，对曰观海之性状而“游”，这是文章的小引。文章的正题，是苑风的三问与谆芒的三答。苑风一问“圣治”，谆芒回答是“官施而不失其宜，拔举而不失其能”云云，指德治天下，属“外王”的思想范畴。苑风二问“德人”，谆芒回答是“居无思，行无虑”云云，指谨身守质，属“内圣”的思想范畴。苑风三问“神人”，谆芒回答是“上神乘光，与形灭亡……万事销亡，万物复情”云云，指既驾驭物事，又守住真神，属兼得“外王内圣”之道，即由“照旷”（照彻空明）而“混冥”（混同玄冥）的境界。

在《庄子》书中，类似“混冥”的词语很多，如《大宗师》的“中央之帝为混沌”就具有相近的意象，而徐复观在《中国艺术精神》中认为《寓言》篇中阳子居遇老聃，所谓“舍者与之争席”就是“混冥”，是说阳子居“由过去的一往之超越而融混于世俗之中，这是超越以后的混冥”。对读庄子的《齐物论》诸篇，可以说是在泯合是非中发现各类人物的本质的存在意义，其超越的虚静之心，也兼有着“寓诸庸”的性质。也就是说，“混冥”不是一味超越的阳春白雪，也不是世俗的下里巴人，而是以超越之心态融入世俗的一种状态。这种解释，也许对我们解读这则寓言，是有启发意义的。

天 道

天道运而无所积，故万物成；[①]帝道运而无所积，故天下归；[②]圣道运而无所积，故海内服。[③]明于天，通于圣，六通四辟于帝王之德者，其自为也，昧然无不静者矣。[④]圣人之静也，非曰静也善，故静也；万物无足以铙心者，故静也。[⑤]水静则明烛须眉，平中准，大匠取法焉。[⑥]水静犹明，而况精神！圣人之心静乎！天地之鉴也，万物之镜也。[⑦]夫虚静恬淡寂漠无为者，天地之平而道德之至，故帝王圣人休焉。[⑧]休则虚，虚则实，实者伦矣。[⑨]虚则静，静则动，动则得矣。静则无为，无为也则任事者责矣。[⑩]无为则俞俞，俞俞者忧患不能处，年寿长矣。[⑪]夫虚静恬淡寂漠无为者，万物之本也。明此以南乡，尧之为君也；明此以北面，舜之为臣也。[⑫]以此处上，帝王天子之德也；以此处下，玄圣素王之道也。[⑬]以此退居而闲游，江海山林之士服；以此进为而抚世，则功大名显而天下一也。[⑭]静而圣，动而王，无为也而尊，朴素而天下莫能与之争美。

【注释】

① 积：停滞。天道运而无所积：天道运行而不停滞。成：生成。 ② 帝道：帝王之道。归：归附。 ③ 圣道：圣人之道。 ④ 明于天：明白天道无为的道理。通于圣：与圣人虚静恬淡的心境相通。六通：六合通达。四辟：四时顺畅。昧然：昏昧无心、没有知觉的样子。 ⑤ 铙：与"挠"同，扰乱。 ⑥ 烛：照。须眉：胡须与眉毛。平中准：水的平面合乎准线规定的"平"。 ⑦ 此句言圣人心静而平，就像一面能够照出天地万物的镜子。 ⑧ 虚静、恬淡、寂漠、无为：都是无为的意思。天地之平："平"当作"本"，天地之本指天地的根本。道德之至：道德的实质，至，与"质"通，实。休：停止。帝王圣人休焉：帝王圣人停止在这里，指帝王圣人止于无为。 ⑨ 伦：当作"备"，具备。此句言帝王圣人止于无为，内心便会变得虚静空明，内心虚静空明便会无所不包，无所不包便能具备大道。

⑩ 任事者：办理实事的人，指臣子、百姓。责：职责。 ⑪ 俞俞：和乐安逸的样子。处：居。忧患不能处：指忧患不系于心。 ⑫ 南乡：南面，“乡”与“向”同，面向。“南乡”为君位，“北面”为臣位。 ⑬ 此：指无为。玄圣素王：指有圣、王的素养而没有圣、王的爵位的人，一说指老子与孔子。⑭ 退居：隐居不仕。进为：出仕。

天 乐

夫明白于天地之德者，此之谓大本大宗，与天和者也；[①]所以均调天下，与人和者也。[②]与人和者，谓之人乐；与天和者，谓之天乐。[③]

庄子曰：“吾师乎！吾师乎！[④]䪠万物而不为戾，泽及万世而不为仁，长于上古而不为寿，覆载天地刻彫众形而不为巧，此之谓天乐。[⑤]故曰：‘知天乐者，其生也天行，其死也物化。[⑥]静而与阴同德，动而与阳同波。’[⑦]故知天乐者，无天怨，无人非，无物累，无鬼责。[⑧]故曰：‘其动也天，其静也地，一心定而王天下；[⑨]其鬼不祟，其魂不疲，一心定而万物服。’[⑩]言以虚静推于天地，通于万物，此之谓天乐。[⑪]天乐者，圣人之心，以畜天下也。”[⑫]

【注释】

① 天地之德：指虚静无为。大本大宗：最大的根本，最大的宗主。和：和谐。 ② 均调：协调，调和。 ③ 人乐：与人同乐。天乐：与天同乐。 ④ 师：指道。 ⑤ 䪠(jī)：粉碎。戾：暴虐，凶狠，一说当作“义”。仁：指偏爱。 ⑥ 天：道，自然。天行：与道同行，按自然的规律运行。物化：与万物化为一体。 ⑦ 同波：同流。 ⑧ 无天怨：不会招来天的怨恨。无人非：不会招来人的非议。无物累：没有外物的牵累。无鬼责：没有鬼神的指责。 ⑨ 一心定而王天下：内心虚静无为，就能统驭天下，一说“王天下”当作“天地正”。 ⑩ 祟：怪，这里指病患。其鬼不祟：他的精神就不会有毛病，一说“鬼”当作“魄”。 ⑪ 推于天地：推及于天地。通于万物：与万物相交通。 ⑫ 畜：养育。

【导读】

这两段文字选自《天道》篇，一论“天道”，一论“天乐”，其主张法自然而动，顺自然而行，与万化同流，为其思想主旨。

在战国时代，宇宙生成与天人关系，是诸家争鸣的两大课题，而对天人关系的认识，突出表现于诸子书中以“天”名论的篇章中，《庄子》中的《天道》《天地》《天运》诸章，均与此相关。考察诸家论述，或倡制天而动，或倡顺天而行，在顺天而行的思想中，又有重“有为”与倡“无为”之别，庄子的思想可以说是顺天而行中的无为论的代表。在有关“天道”的文中，庄子并列“天道”、“帝道”与“圣道”，以“无所积”阐发无心而动则自化的道理，并由此分别得到“万物成”、“天下归”与“海内服”的效果。考察该文核心，其论“圣人之心”即“天地之本”、“道德之至”，落实于政治论的层面，也就是“虚静恬淡寂漠无为”。而在有关“天乐”的文中，庄子提出“人和”与“天和”，亦“人乐”与“天乐”相对相契的概念，其要在人乐顺天乐，人和应天和，方能同于“天德”。在老庄哲学中，“道”与“德”虽或有自然与人事的偏重，但更多是互为的，“天德”亦“天道”。所以论其宗本，“天乐”也是“虚静推于天地，通于万物”之“和”，与前述“天道”是同构关系。

由于本文以论说为主，作者多采取排比与顶真的修辞方法，以强化义理。排比如“天道”一段开篇的“天道运”、“帝道运”、“圣道运”，“天乐”一段中的“与天和”、“与人和”，“不为仁”、“不为寿”、“不为巧”等，顶真如其“虚则静，静则动，动则得”，皆有一气灌注，不容置辩的艺术效果。

舜问于尧

昔者舜问于尧曰：“天王之用心何如？”①

尧曰：“吾不敖无告，不废穷民，苦死者，嘉孺子而哀妇人。② 此吾所以用心已。”③

舜曰：“美则美矣，而未大也。”

尧曰：“然则何如？”

舜曰：“天德而出宁，日月照而四时行，若昼夜之有经，云行而雨施矣。”④

尧曰："胶胶扰扰乎！[5]子，天之合也；我，人之合也。"[6]

夫天地者，古之所大也，而黄帝尧舜之所共美也。故古之王天下者，奚为哉？天地而已矣。[7]

【注释】

① 天王：指尧。 ② 敖：与"傲"同，轻视，傲慢。无告：指顽固愚蠢的人，一说当解作"有苦而无所告诉的人"。废：抛弃。穷民：穷困的百姓。苦：悲苦，哀痛。嘉：喜爱。孺子：小孩。哀：怜悯。 ③ 已：与"矣"同，一说当解作"停止"。 ④ 天德：与天同德。出：发出政令，一说当作"土"。宁：安静。出宁：以虚静无为的方式治国。经：常。 ⑤ 胶胶、扰扰：烦扰不安的样子。 ⑥ 天之合：指道德修养与自然相合。人之合：指用心与人事相符。 ⑦ 天地而已：指效法天地的"无为"，任万物自治而已。

【导读】

本文选自《天道》篇，借尧与舜的对话，阐明治天下当循天地而法自然的道理。

《老子》二十五章云："人法地，地法天，天法道，道法自然。"庄子的这段文字，基本上是这一自然论思想在政治意义上的解读。文中关键词是"人之合"与"天之合"，即以人体天与以天体天的差异。前者如尧之治国，所谓"不敖无告，不废穷民"等等，皆人治之善德，因局限于人为，所以"未大"；后者如舜之治国，重在顺应自然规律"天德"，如"日月照"、"四时行"、"昼夜有经"、"云行雨施"，意思是与天同德，以虚静无为的方式治国，就像日月照耀万物，四个季节按时运行，昼夜有常，云行雨施一样出于无心却自然而然达到目的。文章最后一句是作者的感慨之词，再次强调"天地"之"大"，而结合前面舜批评尧治国"美则美矣，而未大也"，则又体现了庄子倡导"大美"的自然美学观念。

士成绮见老子

士成绮见老子而问曰：[1]"吾闻夫子圣人也，吾固不辞远道而来愿见，百舍重趼而不敢息。[2]今吾观子，非圣人也。鼠壤有余蔬，而弃妹之者，不仁也，生熟不尽于前，而积敛无崖。”[3]

老子漠然不应。[4]

士成绮明日复见，曰：“昔者吾有刺于子，今吾心正郤矣，何故也？”[5]

老子曰：“夫巧知神圣之人，吾自以为脱焉。[6]昔者子呼我牛也而谓之牛，呼我马也而谓之马。[7]苟有其实，人与之名而弗受，再受其殃。[8]吾服也恒服，吾非以服有服。”[9]

士成绮雁行避影，履行遂进而问：[10]“修身若何？”

老子曰：“而容崖然，而目冲然，而颡頯然，而口阚然，而状义然，似系马而止也。[11]动而持，发也机，察而审，知巧而睹于泰，凡以为不信。[12]边竟有人焉，其名为窃。”[13]

【注 释】

① 士成绮：假托的人物。 ② 百舍：百日的路程。趼(jiǎn)：与“茧”同，脚茧。 ③ 鼠壤：鼠穴。蔬：与“糈”同，谷粒。妹：与“昧”同，不爱惜。生熟：生食和熟食。不尽：取之不尽，即有余。积敛：聚积财物。崖：边。④ 漠然：无动于衷，不放在心上的样子。 ⑤ 刺：讥讽。郤：与“却”同，退让，一说与“隙”同。 ⑥ 脱：摆脱，离开。此句言我自以为我已经摆脱了对“巧知神圣”这类人格的追求。 ⑦ 谓：为。此句言过去你称呼我为“牛”，我就是牛，你称呼我为“马”，我就是马。 ⑧ 此句言假如确有其事，别人给你一个名号，你却不接受，这就叫做两次遭殃。 ⑨ 服：服从，接受。恒：常。此句言我接受别人的称呼乃是出于无心，并不是因为它值得服从而接受。 ⑩ 雁行避影：侧身行走，非常恭敬的样子。履行遂进：跟着脚步往前走，亦步亦趋的样子，行，指足迹。 ⑪ 而：你。崖然：高傲的样子。冲然：两眼突出的样子。頯然：宽大高亢的样子。阚(kàn)然：张口争辩的样子。义然：与“峨然”同，魁梧伟岸。系马而止：将奔跑的马拴住，使它停止不动，比喻士成绮内心驰动不已，却假装出端庄严肃的样子。⑫ 持：矜持，拘谨。机：机弩，比喻迅速。审：详细，审慎。睹：表现出。知巧而睹于泰：指有智巧而表现出骄泰的神色。信：实。凡以为不信：大凡这些表现，都不是真实本性的反映。 ⑬ 竟：与“境”同。窃：盗贼。此句

言你的这些行为，与边境的盗贼一样。

【导读】

本文选自《天道》篇，借士成绮与老子的对话，批评了人事的智巧与奢泰，赞美的是无心任化的自然本性。

文章以士成绮三种态度面对老子构篇：

其一是初见面怀着希望而来（闻其为圣人），却失望而去（见食物众多），且留下批评老子“不仁”、“积敛”（贪财）言论，而老子的回应是“漠然不应”。

其二是再见老子，自称觉悟，对先前的讽刺表示歉意，而老子的回应是一段颇具哲理意味的论述。这里包括两重含义：第一，名实的虚拟性：即你给我的名，我或无其实，或有其实，如有其实而不接受其名，则是双重错误；第二，名实的虚伪性：你给我的名，我未必有其实（巧知神圣之人，吾自以为脱焉），包括一些盗取“仁义”名号者，而“仁义”却并不属于他的自然天性，所以接受的名，也常是顺其自然的接受，并非有心地接受。

其三是士成绮改变态度，“雁行避影，履行遂进”而请教“修身”之道，老子这次的回应是直面痛斥，借题发挥，由士成绮的自命不凡的容态，引申到对一切人为智巧而呈示的骄泰之色均属“虚骄”而非自然本性（凡以为不信），并予批判与扬弃。

在这段文字中，颇受评注家关注的是“吾服也恒服，吾非以服有服”一语，林希逸以为“如此下四个服字，皆是奇笔处”，是兼取义理与句法的。

世贵道者书

世之所贵道者书也，书不过语，语有贵也。[①] 语之所贵者意也，意有所随。[②] 意之所随者，不可以言传也，而世因贵言传书。[③] 世虽贵之，我犹不足贵也，为其贵非其贵也。故视而可见者，形与色也；听而可闻者，名与声也。悲夫，世人以形色名声为足以得彼之情！[④] 夫形色名声果不足以得彼之情，则知者不言，言者不知，而世岂识之哉！[⑤]

【注释】

① 道：言说。此句言世人言谈中看重的是书籍，书籍不过是语言文字的记载，语言有值得重视的地方。 ② 随：从。此句言语言的可贵之处在于它能表达意义，而意义又有它自己的出处。 ③ 不可以言传：不可以用语言表达出来，指道。贵言传书：看重语言而将它记载在书籍中。 ④ 彼：指道。情：实。 ⑤ 果：必定。知者不言，言者不知：见《老子》五十六章，言懂得天道的人不言说，言说的人不懂天道。

轮扁答桓公问

桓公读书于堂上。[①]轮扁斲轮于堂下，释椎凿而上，[②]问桓公曰："敢问，公之所读者何言邪？"

公曰："圣人之言也。"

曰："圣人在乎？"

公曰："已死矣。"

曰："然则君之所读者，古人之糟魄已夫！"[③]

桓公曰："寡人读书，轮人安得议乎！有说则可，无说则死。"[④]

轮扁曰："臣也以臣之事观之。斲轮，徐则甘而不固，疾则苦而不入。[⑤]不徐不疾，得之于手而应于心，口不能言，有数存焉于其间。[⑥]臣不能以喻臣之子，臣之子亦不能受之于臣，是以行年七十而老斲轮。[⑦]古之人与其不可传也死矣，然则君之所读者，古人之糟魄已夫！"[⑧]

【注释】

① 桓公：齐桓公，春秋五霸之一，名小白。 ② 轮扁：制作车轮的工人，名扁。斲轮：斫轮，砍削木头以制作车轮。释：放。椎凿：木工工具。 ③ 糟魄：即糟粕，糟是酒糟，粕是碎烂的食物。 ④ 此句言能说出个道理来就赦免你，说不出个理当杀头。 ⑤ 徐：宽，大。甘：滑动。徐则甘而不固：轮孔太大就容易滑动而不固定。疾：紧，小。苦：滞涩。疾则苦而不入：轮孔太小就会滞涩不入。 ⑥ 数：术，这里指一种无法言传的道。 ⑦ 喻：使明白。 ⑧ 古之人与其不可传也死：古代的人与他们不可言传

的道都已经消亡了。已：同“矣”。

【导读】

这两段文字选自《天道》篇，前者从理论上探讨书不过语，语贵者意，不能拘其形迹而丢失本根的道理，后者以“轮扁斲轮”的寓言，具体而形象地说明书不尽言，得意忘言的趣味，其间有着逻辑的联系。

前段文字以义理见长，充分发挥老子“知者不言，言者不知”之说，赞“大知”而弃“小巧”。在这里，作者采用了双重批评：一是社会批评，讽刺那些眼见“形色”而耳闻“名声”就以为“足以得彼之情”的世俗行为；二是逻辑批评，其中最重要的是书、语（言）、意的关系，即世人贵书，书传语，语贵意，意不可传；而世人“贵言传书”则必“失意”，所以说“贵非其贵”。这一理念在紧接其后的文字中得到形象地发挥。

“轮扁斲轮”与“桓公读书”是两件完全不同的事，却在作者笔下糅合为一，生发名言高论。文章由轮扁发问，桓公作答，桓公质疑，轮扁说轮而形成异质同构的关联。其中最关键的是两句话，一句是“君之所读书，古人之糟魄”，短短篇章，重复两次，起前后呼应之效；另一句是轮扁论“斲轮”的话：“得之于手而应于心，口不能言，有数存焉于其间。”至于桓公轻蔑的质疑，轮扁“释椎凿而上”的坦然应对，皆围绕此义理展开，而形象情态，栩栩如生。合观前段文字，诚如林希逸的解说：“此段只前段之意，谓道不可以言传，而设喻如此，极为精妙。”

天　运

大宰荡问仁于庄子

商大宰荡问仁于庄子。[①]庄子曰：“虎狼，仁也。”[②]

曰：“何谓也？”

庄子曰：“父子相亲，何为不仁？”[③]

曰：“请问至仁。”

庄子曰：“至仁无亲。”[④]

大宰曰："荡闻之，无亲则不爱，不爱则不孝。谓至仁不孝，可乎？"

庄子曰："不然，夫至仁尚矣，孝固不足以言之。[5]此非过孝之言也，不及孝之言也。[6]夫南行者至于郢，北面而不见冥山，是何也？则去之远也。[7]故曰：以敬孝易，以爱孝难；以爱孝易，以忘亲难；忘亲易，使亲忘我难；使亲忘我易，兼忘天下难；兼忘天下易，使天下兼忘我难。[8]夫德遗尧舜而不为也，利泽施于万世，天下莫知也，岂直大息而言仁孝乎哉！[9]夫孝悌仁义，忠信贞廉，此皆自勉以役其德者也，不足多也。[10]故曰，至贵，国爵并焉；至富，国财并焉；至愿，名誉并焉。[11]是以道不渝。"[12]

【注释】

① 商：指宋国，宋国始封祖先为微子，微子是商纣王的叔叔，为商的后裔，故称"宋"为"商"。大宰荡：太宰，官名，荡，人名。 ② 此句言"仁"体现在虎狼身上。 ③ 此句言虎狼虽然凶残，但父子相爱，这难道不就是"仁"的体现吗？ ④ 无亲：不偏爱。 ⑤ 尚：指境界很高。固：本来。⑥ 过：责备，贬低。不及：不涉及，无关。此句言"至仁无亲"这句话不是贬损孝道，而是说"至仁"与孝道无关。一说当解作，你所谈论的内容并没有超过"孝"的真义，而是还没达到"孝"的真义。 ⑦ 郢（yǐng）：楚国国都，在湖北江陵县。北面：北向，向北看。冥山：假托的山名，在北边。⑧ 以敬孝易：用外表的尊敬来孝顺父母比较容易。以爱孝难：内心真正爱恋父母并以此孝顺父母就较难。亲：指父母。兼忘天下：指虚静无为，不以治理天下为意。使天下兼忘我：万物适性自然，自治自足，而不知天下有国君。 ⑨ 遗：抛弃。德遗尧舜而不为：遗弃尧舜的德行，认为它不足为。岂直：岂止。大息：与"太息"同，赞叹。 ⑩ 悌（tì）：顺。勉：努力施行的样子。役：役使，驾驭，这里含有"损害"的意思。德：指自然的天性。自勉以役其德者：勉力修行"孝悌仁义"、"忠信贞廉"的品德，而使自然的天性受到伤害。不足多：不值得赞美。 ⑪ 并：与"屏"同，摒弃。至愿：心中最想要的东西，指适性自得，一说"愿"当作"显"。 ⑫ 不渝：不变。

【导读】

本文选自《天运》篇，通过大宰荡与庄子谈"仁"，申述天道自然而"至人无亲”之义，对儒家所推崇的“孝”义也作出了新的阐释。

《吕氏春秋·不二》说“孔子贵仁”，极明晰地点破“仁”不仅是孔子学术的思想核心，也是原始儒家由旧文化的神秘宗教性质转化为理性哲学的重要观念。而对“仁”的解释，孔子及其儒家学者论述多多，究其根本，则与孝悌诚敬相维，是儒家的人性论，所以樊迟问“仁”，孔子答以“爱人”二字(见《论语·颜渊》)。而庄子这段言论，正由“仁”字着眼，分两层递进展开：首先是大宰荡问“仁”，庄子以“虎狼，仁也”，即“父子相亲”为仁作答，将仁泛化为一种动物情感的自然属性；其次是大宰荡更深入一层，询问“至仁”，庄子回答以“至仁无亲”，点明了这次讨论的主旨。以下文字，也都由“至仁”二字生发。这里再由大宰荡将“亲”与“爱”、“爱”与“孝”进行逻辑链接，提出“至仁不孝”的质疑，犹如犁庭捣穴，直入儒家思想的核心。于是庄子又采用以反彰正、以破为立的惯用手法，以“孝”不足言“至仁”入题，构建起一个貌似逻辑的体系，即“以敬孝易，以爱孝难；以爱孝易，以忘亲难；忘亲易，使亲忘我难；使亲忘我易，兼忘天下难；兼忘天下易，使天下兼忘我难”，以“孝”、“亲”、“我”、“天下”与“敬”、“爱”、“忘”形成交错的逻辑结构，其本质则是以体悟的方式将“至仁”与“至德”、“坐忘”联结，幻构出那种极主观的超现实的精神境界。而其中庄子对浑噩之世的虚伪之仁的提撕与鞭笞，则是具有现实意义的。

文章以对话形式构篇，却显出两大特色：一是突兀而起，即“虎狼”为“仁”开讲，给读者以当头棒喝的效果；二是排比逞势，即由“以敬孝易”到“使天下兼忘我难”，既双重复叠，又一气灌注，极能展示庄子逞气尤其是驰骋奇气的特色。

黄帝论乐

北门成问于黄帝曰：[①]“帝张咸池之乐于洞庭之野，吾始闻之惧，复闻之怠，卒闻之而惑；[②]荡荡默默，乃不自得。”[③]

帝曰：“汝殆其然哉！[④]吾奏之以人，征之以天，行之以礼义，建之以大清。[⑤]夫至乐者，先应之以人事，顺之以天理，行之以五德，应之以自然，然后调理四时，太和万物。[⑥]四时迭起，万物循生；[⑦]一盛一衰，文武伦经；[⑧]一清一浊，阴阳调和，流光其声；[9]蛰虫始作，吾惊之以雷霆；[10]其卒无尾，其始无首；[11]一死一生，一偾一起；[12]所常无穷，而一不可待。[13]汝故惧也。

“吾又奏之以阴阳之和，烛之以日月之明；[14]其声能短能长，能柔能刚；变化齐一，不主故常；[15]在谷满谷，在坑满坑；途郤守神，以物为量。[16]其声挥绰，其名高明。[17]是故鬼神守其幽，日月星辰行其纪。[18]吾止之于有穷，流之于无止。[19]予欲虑之而不能知也，望之而不能见也，逐之而不能及也；[20]傥然立于四虚之道，倚于槁梧而吟。[21]目知穷乎所欲见，力屈乎所欲逐，吾既不及已夫！[22]形充空虚，乃至委蛇。[23]汝委蛇，故怠。

【注释】

① 北门成：姓北门，名成，黄帝的臣子。 ② 张：施设，这里指演奏。咸池：相传为黄帝时候的音乐，一说为尧时音乐。洞庭之野：空旷虚静的地方，与《逍遥游》中“广莫之野”、“无何有之乡”同义。怠：退却，这里指惊怕的情绪消除。卒：终，最后。惑：昏昧无知，这里指听了“天乐”之后达到的忘我境界。 ③ 荡荡：精神涣散，无知无虑。默默：虚静无言。不自得：忘我，与物冥合。 ④ 殆：接近。然：如此，指音乐演奏过程中的几个阶段的差别。 ⑤ 奏：应。奏之以人：应之以人事。征：参验，参合，一说当作“徽”，训挥。征之以天：合之以天道。建：立。大清：即“太清”，自然。⑥ 五德：指仁、义、礼、智、信。太和：与“调理”同义，调和。按，“夫至乐者，先应之以人事，顺之以天理，行之以五德，应之以自然，然后调理四时，太和万物”一段文字，马叙伦、刘文典、于省吾、王叔岷等以为是郭象注掺入，当是。 ⑦ 循：顺。此句言乐音如同四时更替，万物顺时而生一样自然、和畅。 ⑧ 文武：借指为生杀，即乐音的细弱与洪大。伦经：与“经纶”同，次序。条理。此句言乐音有高低、洪细的变化。 ⑨ 流光其声：指乐音流动和畅，仿佛有光彩流泻出来。 ⑩ 蛰(zhé)虫：潜伏不动的昆虫。作：兴起。此句言乐音突然变得洪大，使人惊怕。 ⑪ 指乐音结束的时候听不到尾声，开始的时候找不到源头。 ⑫ 偾：扑倒。此句言在音乐的演奏过程中，动寂相接，高低相继。 ⑬ 常：借为“向”。所常无穷：指乐音的趋向、变化无穷无尽。一：皆，全部。一不可待：指乐音忽然高亢，忽然低落，忽然洪大，忽然微弱，忽然停止，忽然升起，辗转无穷，无

法固定，无法预测。⑭烛：照。⑮变化齐一：即齐一于变化，即以变化为体。不主故常：不坚守固定的常法，即翻新出奇。⑯途：与“涂”同，堵塞。郤：与“隙”同，小孔，这里指人的七窍。量：标准。此句言闭塞七窍与心智的作用，静守神明。顺应万物的精神气度(而演奏音乐)。⑰挥绰：指音乐悠扬流动。名：指节奏而言。高明：高亢而明朗。⑱幽：指鬼神所居的地方。纪：轨道。⑲止之于有穷：音乐停止的时候，仿佛到了尽头。流之于无止：音乐响起，任其自然流动，仿佛毫无止境。⑳予：当作“子”，你。及：追上。㉑傥然：没有依靠的样子。四虚之道：四面虚空的地方。倚于槁梧而吟：倚靠着枯死的梧桐而叹息。此句描写北门成用心智、感官捕捉音乐而不能得之后的神态。㉒目知穷乎所欲见：此句据马叙伦解，当作“心穷乎所欲知，目穷乎所与见”。屈：与“穷”同义，穷尽。吾：模拟北门成的语气。不及：指无法用心智、感官把握住音乐。已：与“矣”同。㉓形充空虚：无思无虑，内心由躁动变得安静。委蛇：柔顺的样子。

“吾又奏之以无怠之声，调之以自然之命，故若混逐丛生，林乐而无形；[①]布挥而不曳，幽昏而无声。[②]动于无方，居于窈冥；[③]或谓之死，或谓之生；或谓之实，或谓之荣；行流散徙，不主常声。[④]世疑之，稽于圣人。[⑤]圣也者，达于情而遂于命也。[⑥]天机不张而五官皆备，此之谓天乐，无言而心说。[⑦]故有焱氏为之颂曰：[⑧]‘听之不闻其声，视之不见其形，充满天地，苞裹六极。’[⑨]汝欲听之而无接焉，而故惑也。[⑩]

“乐也者，始于惧，惧故祟；吾又次之以怠，怠故遁；卒之于惑，惑故愚；愚故道，道可载而与之俱也。”[⑪]

【注释】

①调：和调。命：与“名”同，指节奏而言。自然之命：自然的节奏。混逐：互相追逐。丛生：杂然并生。林乐：比喻众多的音乐一起演奏。②布挥：与“挥绰”义同，指音乐的悠扬流动。曳：拉，牵。③窈冥：指幽暗深远的地方。④行流散徙：形容音乐的自然流动。⑤稽：询问，稽考。⑥达于情而遂于命：通达于人情而顺于自然的天性。⑦天机不

张：不扰乱自然的天性。天机不张而五官皆备：虽然具备五官，但不用它们扰乱自然的天性。无言而心说：当在“此之谓天乐”前，说，与“悦”通。⑧ 有焱氏：神农。 ⑨ 苞：与“包”同。六极：六合。 ⑩ 无接：无法用感官捕捉到。 ⑪ 祟：指不正常的迹象，这里指使北门成惊骇的音乐意象。遁：消失。愚：无知，指内心空明的境界。

【导读】

本文选自《天运》篇，通过北门成问乐与黄帝论乐，写出奏乐时心境的变化，逐层递进，终入道家所倡导的自然“大乐”的至高境界。

文章由北门成听乐（《咸池》乐章）的感受写起，用“惧”（惊恐）、“怠”（松弛）、“惑”（迷惑）三字明其闻乐心境，既引出话题，也通贯全篇。黄帝论“乐”，均围绕这三个字展开：一解“惧”，要在“奏之以人，征之以天”，于是四时盛衰、阴阳清浊、死生偾起皆充斥其间，此实庄子（托名黄帝）论乐“以人体天”之境；二解“怠”，要在“奏之以阴阳之和，烛之以日月之明”，于是谷坑形神、日月星辰、实虚行止，皆顺应外物，不可捉摸，此实庄子论乐“以天体天”之境；三解“惑”，要在“奏之以无怠之声，调之以自然之命”，于是或生或死，或荣或衰，混逐无形，幽昏无声，达情遂命，无言心悦，此实庄子论乐自我超越后的“混冥”之境。庄子在文末，复于“惧”、“怠”、“惑”后承以“祟”、“遁”、“愚”三字，终归于“天乐”之“道”，既是点题，也是表明与老子“大音希声”、“大智若愚”的思想应契。

庄子论乐，与儒家学者相左，一重人事，一重自然。重人事者为“人乐”，所谓“治世之音安，以乐其政和；乱世之音怨，以怒其政乖；亡国之音哀，以思其民困”（《礼记·乐记》）。重自然者为“天乐”，诚如庄子此文所论，且对魏晋以后的自然乐论观如嵇康《声无哀乐论》有着深远的影响。此外，该文从艺术鉴赏的角度看，也极具价值，其中假托黄帝论乐的三节文字，真可谓奇情恣肆，然主旨坚确。人谓庄子文“如镜花水月，虚幻当前，海市蜃楼，空蒙一望，而其旨则有所在”（徐昂《文谈》）。读此文，信而有征。

师金言礼

孔子西游于卫。颜渊问师金曰:①"以夫子之行为奚如?"

师金曰:"惜乎,而夫子其穷哉!"②

颜渊曰:"何也?"

师金曰:"夫刍狗之未陈也,盛以箧衍,巾以文绣,尸祝齐戒以将之。③及其已陈也,行者践其首脊,苏者取而爨之而已;④将复取而盛以箧衍,巾以文绣,游居寝卧其下,彼不得梦,必且数眯焉。⑤今而夫子,亦取先王已陈刍狗,聚弟子游居寝卧其下。⑥故伐树于宋,削迹于卫,穷于商周,是非其梦邪?⑦围于陈蔡之间,七日不火食,死生相与邻,是非其眯邪?⑧

"夫水行莫如用舟,而陆行莫如用车。以舟之可行于水也而求推之于陆,则没世不行寻常。⑨古今非水陆与?周鲁非舟车与?⑩今蕲行周于鲁,是犹推舟于陆也,劳而无功,身必有殃。⑪彼未知夫无方之传,应物而不穷者也。⑫

"且子独不见夫桔槔者乎?引之则俯,舍之则仰。⑬彼,人之所引,非引人也,故俯仰而不得罪于人。故夫三皇五帝之礼义法度,不矜于同而矜于治。⑭故譬三皇五帝之礼义法度,其犹柤梨橘柚邪!其味相反而皆可于口。⑮

"故礼义法度者,应时而变者也。今取猨狙而衣以周公之服,彼必龁齧挽裂,尽去而后慊。⑯观古今之异,犹猨狙之异乎周公也。故西施病心而矉其里,其里之丑人见之而美之,归亦捧心而矉其里。⑰其里之富人见之,坚闭门而不出,贫人见之,挈妻子而去走。彼知矉美而不知矉之所以美。⑱惜乎,而夫子其穷哉!"

【注释】

① 师金:鲁国的太师,名金。 ② 穷:指不得志。 ③ 刍狗:用草扎成的狗,用于祓除灾害。衍:笥,筐子。巾:用丝巾覆盖。文绣:指绣有花纹的丝巾。齐:与"斋"同。将:送。 ④ 践其首脊:践踏它的头和背。苏者:打草的人。 ⑤ 彼不得梦:他不做恶梦。眯:魇,妖祥。必且数眯:必定有其他的不祥遭遇。 ⑥ 而:你。先王已陈刍狗:指前代圣明君主实

行的仁义道德。 ⑦ 伐树于宋：孔子曾批评宋国的司马桓魋太奢侈，由此招来了桓魋的嫉恨，后来，孔子周游列国，在宋国做了短暂的逗留，一天，他正在一棵大树下给学生们讲课，桓魋突然带着一帮人马冲了过来，他们把树砍倒，并且想要杀孔子，孔子急忙带着学生离开宋国。削迹于卫：孔子离开鲁国，前往卫国，想在那里实现他的政治理想，但卫灵公并不信任孔子，他专门派了一个人去监视孔子，最后，孔子只得离开卫国。商：指宋。周：东周。穷于商周：泛指孔子不遇于当时的各个诸侯国。 ⑧ 围于陈蔡之间：孔子应楚昭王之邀前往楚国，走到陈蔡交界的地方，被两国军队围住，七日七夜不得脱身，粮食都快吃完了，孔子只好派子贡前往楚国求救，直到楚国的军队来临，才算解了围。火食：指熟食。 ⑨ 推：前行。没世：终身。寻常：八尺为寻，一丈六尺为常，这里指非常短的距离。 ⑩ 此句将古代比作水路，将现代比作陆路。将周比作舟，将鲁比作车。周道在古代可行，犹如舟船适合在水路上行驶。现代的鲁国不可以用古代的周道来治理，犹如舟船不能行驶在陆地上。 ⑪ 蕲：求。 ⑫ 无方：指没有固定的方向，即不顽固坚守一个道理。传：与“转”。应物而不穷：指虚静无为，任物自治，以不变应万变。 ⑬ 桔槔：汲水器具。引：提举。舍：释放。 ⑭ 三皇：燧人氏、伏羲氏、神农氏，一说为天皇、地皇、人皇。五帝：黄帝、颛顼、帝喾、尧、舜，一说为少昊、颛顼、高辛、尧、舜。矜：美。不矜于同而矜于治：不以与古代相同为美，而是以适合治理天下的需要为美。 ⑮ 此句言柤梨橘柚的味道不一样，但都很可口，比喻三皇五帝治理天下的礼义法度不一样，但都适合当时的形势。 ⑯ 猨狙：猕猴。龁齧：用牙齿咬破。挽裂：用手撕裂。慊：满意。 ⑰ 西施：春秋时代越国的美女。病心：有心痛病。矉：与“颦”同，皱眉。 ⑱ 彼知矉美而不知矉之所以美：她知道皱眉很好看，却不知道这是因为有西施的美才显出它的好看。比喻孔子知道先王的礼义法度能够治理天下，却并不知道这是因为这些礼义法度适合了当时的形势才能治理天下。

【导读】

本文选自《天运》篇，借师金对颜渊评孔子所倡之“复礼”，认为其循古礼如“推舟于陆”，而主张“礼义法度”应时而变。

孔子主张“克己复礼”，所复之“礼”，是周朝的礼法制度，并落实于春秋末年包括鲁国在内的“礼崩乐坏”的现实，起拯救世道人心之用。对此，儒家学者大加宣扬，可谓千古一脉，视为不祧之宗。而处于战国乱世的庄子，已审时度势，对这一种复礼行为及思想进行了辛辣的讽刺与彻底的扬弃，这便是庄子于此假托师金言礼的理论前提。

文章开头的“孔子西游于卫”与颜渊问师金孔子是怎样的人，师金回答说“夫子其穷”，都是引子，正文是师金四节论礼的语言。概括师金的言说，分为四个部分：第一部分讨论“刍狗”（祭品）“尸祝”（祭礼）与“祭义”的关系，以讽刺孔子守礼是珍其祭品而忽其祭义，所谓“取先王已陈刍狗，聚弟子游居寝卧其下”，以致遭受“伐树于宋”等等人生困厄，这就是拘于旧礼而带来的梦魇与困扰（梦与眯）。第二部分讨论西周旧礼用于当时鲁国的困境，作者以水行舟、陆行车为喻，以为行“周”（譬如“舟”）于“鲁”（譬如“车”），犹如“推舟于陆”，讥讽那种照搬古礼以用于现实的可笑行径。第三部分再以“桔槔汲水”为喻，其上下引舍，决定于人的动作，所以三皇五帝的礼义法度，是因人而异的，犹如“柤梨橘柚”，味道不同却“可于口”，借此说明礼义必须适应当时的形势。第四部分先正面提出“礼义法度，应时而变”的思想主旨，然后再以猿猴穿周公的衣裳必然“龁挽裂齕”尽去之而后快，“里之丑人”效法西施“病心而矉”而遭人厌恶两则比喻，深刻而形象地揭示了孔子复礼是不通古今、不合时宜，这也就是师金所说“夫子其穷”的原因。在最后一部分中，“里之丑人”效仿西施的寓言，影响极大，是人们耳熟能详的“东施效颦”的重要“版本”。

这篇文章最大的特点，应该是比喻丰富而生动，可是说，师金的四节议论，是处处比喻，因喻而见义。观其比喻方法，又有两点，一是两扇对喻，引起联想效应，如一、三、四节的比喻皆是（如以“桔槔与人”喻“三皇五帝与礼法”）；二是三层叠喻，增加逻辑效果，如第二节的比喻，以舟行水、车行陆为一层，以周如舟、鲁如车为一层，再以用周礼于鲁国，如“推舟于陆”又为一层。何家琪《古文方》说“先秦文多喻，《庄》《骚》皆然，喻愈多，义愈显”，是有道理的。

孔子见老聃

孔子行年五十有一而不闻道，乃南之沛见老聃。①

老聃曰：“子来乎？吾闻子，北方之贤者也，子亦得道乎？”

孔子曰：“未得也。”

老子曰：“子恶乎求之哉？”

曰：“吾求之于度数，五年而未得也。”②

老子曰：“子又恶乎求之哉？”

曰：“吾求之于阴阳，十有二年而未得。”

老子曰：“然。使道而可献，则人莫不献之于其君；使道而可进，则人莫不进之于其亲；使道而可以告人，则人莫不告其兄弟；使道而可以与人，则人莫不与其子孙。然而不可者，无佗也，中无主而不止，外无正而不行。③由中出者，不受于外，圣人不出；由外入者，无主于中，圣人不隐。④名，公器也，不可多取。⑤仁义，先王之蘧庐也，止可以一宿而不可久处，觏而多责。⑥

“古之至人，假道于仁，托宿于义，以游逍遥之虚，食于苟简之田，立于不货之圃。⑦逍遥，无为也；苟简，易养也；不贷，无出也。古者谓是采真之游。⑧

“以富为是者，不能让禄；⑨以显为是者，不能让名；⑩亲权者，不能与人柄。⑪操之则慄，舍之则悲，而一无所鉴，以窥其所不休者，是天之戮民也。⑫怨恩取与谏教生杀，八者，正之器也，唯循大变无所湮者为能用之。⑬故曰，正者，正也。⑭其心以为不然者，天门弗开矣。”⑮

【注释】

① 有：与“又”同，下文“十有二年”之“有”与此同。沛：今江苏沛县。南之沛：往南走，到达沛县。 ② 度数：法度术数。 ③ 无佗：即无他。中无主而不止：内心没有体道的自然禀赋，道就不会停留下来。正：与“征”同，验证，迹象，一说当作“匹”。外无正而不行：外界没有接受大道的迹象，大道就不会通行。 ④ 隐：藏，这里指将道传授给人。此句言大道从内心发出，如果不被外物接受，圣人就不会将它显示出来以传授予人；

大道从外界进入人的内心，如果没有体悟大道的禀赋，圣人就不会勉强将大道传授予人。⑤名：名号，名声。⑥蘧庐：旅舍。止可以一宿而不可久处：只可以稍作停留而不可以滞留久处，比喻对先王的仁义之德，只能看到它们适时而用的特点，而不能固守不变，用来治理当今的天下。觏：看见。觏而多责：指（先王的仁义之德）被当今的人们看到并用来治理天下，必然会带来很多的过失。⑦逍遥之虚：指大道。苟：苟且。简：简略。苟简：指自足，不过于求多。不货：指不把自己具有的东西借给（或加于）别人。⑧采：与“採”同，採撷，採取。真：道。采真：修道。⑨是：认为正确。此句言追求富贵的人，就不会舍弃利禄。⑩显：声名显赫。⑪亲：爱。柄：权柄。⑫鉴：照，引申为洞见。一无所鉴：指毫无洞察力。窥：探视，这里有觊觎的意思。所不休者：指利禄、声名与权柄。天之戮民：指遭受自然处罚的人。⑬正：与“政”同，正之器：指治理国家的工具。循：顺。湮：滞留。⑭前一“正”与“政”同，后一“正”训为“正道”，指采取以天道为体，顺应变化的态度。此句言治理国家，要顺应正道而行。⑮天门：心。

孔子见老聃而语仁义。老聃曰：“夫播穅眯目，则天地四方易位矣；①蚊虻噆肤，则通昔不寐矣。②夫仁义憯然乃愤吾心，乱莫大焉。③吾子使天下无失其朴，吾子亦放风而动，总德而立矣，又奚杰然若负建鼓而求亡子者邪？④夫鹄不日浴而白，乌不日黔而黑。⑤黑白之朴，不足以为辩；⑥名誉之观，不足以为广。⑦泉涸，鱼相与处于陆，相呴以湿，相濡以沫，不若相忘于江湖！”⑧

孔子见老聃归，三日不谈。弟子问曰：“夫子见老聃，亦将何规哉？”⑨

孔子曰：“吾乃今于是乎见龙！龙，合而成体，散而成章，乘云气而养乎阴阳。⑩予口张而不能嗋，予又何规老聃哉！”⑪

子贡曰：“然则人固有尸居而龙见，雷声而渊默，发动如天地者乎？⑫赐亦可得而观乎？”遂以孔子声见老聃。⑬

【注释】

①播：扬。眯目：指物体进入眼睛。天地四方易位：指无法辨识方

向。 ② 噆(zàn):叮咬。昔:与“夕”同。通昔:通宵。 ③ 憯(cǎn):与“惨”同。愦:当作“愦”,扰乱。 ④ 朴:纯朴自然的天性。放:依。放风而动:顺应天下的风俗而动。总:秉持。德:指自然的天性。杰然:用力的样子,一说“杰”当重叠。又谓“杰然”后当补“揭仁义”三字。建鼓:大鼓。亡子:逃亡的人。 ⑤ 浴:洗浴。黔:染黑。 ⑥ 此句言黑白的天性受之于自然,不须于中分辨优劣。 ⑦ 此句言名誉是夸耀于人的东西,不值得在天下推广。 ⑧ 语见《大宗师》篇。 ⑨ 规:规劝。 ⑩ 合而成体:聚合本性,以生成形体。散而成章:发露形迹,以生成五彩文章(比喻道的外在表现)。“合而成体”、“散而成章”比喻老子的变化莫测。养乎阴阳:吸嘘阴阳精气(比喻道)以自养,一说“养”借为“翔”。“乘云气而养乎阴阳”比喻老子虚静无为,与道合为一体。 ⑪ 噜(xié):闭合。 ⑫ 尸居而龙见,雷声而渊默:据《在宥》篇,“雷声而渊默”当作“渊默而雷声”。发动如天地:指一举一动如天地覆载一样无心自然。 ⑬ 声:称。以孔子声:以孔子门人的称号。

老聃方将倨堂而应,[①]微曰:“予年运而往矣,子将何以戒我乎?”[②]

子贡曰:“夫三王五帝之治天下不同,其系声名一也。[③]而先生独以为非圣人,如何哉?”

老聃曰:“小子少进!子何以谓不同?”

对曰:“尧授舜,舜授禹,禹用力而汤用兵,文王顺纣而不敢逆,武王逆纣而不肯顺,故曰不同。”[④]

老聃曰:“小子少进!余语汝三皇五帝之治天下。黄帝之治天下,使民心一,民有其亲死不哭而民不非也。[⑤]尧之治天下,使民心亲,民有为其亲杀其杀而民不非也。[⑥]舜之治天下,使民心兢,民孕妇十月生子,子生五月而能言,不至乎孩而始谁,则人始有夭矣。[⑦]禹之治天下,使民心变,人有心而兵有顺,杀盗非杀人,自为种而天下耳,是以天下大骇,儒墨皆起。[⑧]其作始有伦,而今乎妇,女何言哉![⑨]余语汝,三皇五帝之治天下,名曰治之,而乱莫甚焉。三皇之知,上悖日月之明,下睽山川之精,中堕四时之施。[⑩]其知憯于厉虿之尾,鲜规之兽,莫得安其性命之情者,而犹自以为圣人,不可耻乎,其无耻也?”[⑪]

的话题。例如蔡元培《中国伦理学史》说:“南方之思想,多好为形而上学之探究。盖其时北方儒者,以经验世界为其世界观之基础,繁其礼法,缛其仪文,而忽于养心之本旨。故南方学者反对之。北方学者之于宇宙,仅究现象变化之规则,而南方学者则进而阐明宇宙之实在。”南方道家以“玄化为本”,北方儒家以“德教为宗”,而观庄子此段文字,正是以“玄化”对“德教”,形成抗对的态势。其中所谓“道”的不“可献”,不“可进”,不“可告人”,不“可与人”,在于“由中出者,不受其外”,“由外入者,无主于中”,类似老子“道可道,非常道”之意。正是“道”的既实有,又不可知,庄子构想出一种于“逍遥之墟”的“采真之游”,也就是探求内真的方法。也只有采取这种方法,即“正之”,才能“循大变无”(顺应自然),于人世间的“八者”(怨、恩、取、与、谏、教、生、杀)行之而无碍。

第二段论“仁义”,进一步阐明仁义愦人心、仁治乱人性的思想。这段文字可分为三个层次:第一个层次是孔子见老聃而谈“仁义”,以老聃回答“仁义”之“愦吾心”为主旨,展开对仁义“失其朴”即败坏自然之大道的议论。在这里,作者以诸物象(鹄、乌、鱼)为喻,形象地再阐了老子“大道废,有仁义”的道理。第二个层次是孔子归谓弟子,发出“老子犹龙”的感喟,而此也正是司马迁写《老子韩非列传》时有关“孔子见老”一节的蓝本。而由孔子的感叹词又引起子贡见老聃的情节,进入第三个层次的描述。在这个层面中,作者使用了大量的排比句式,如论列黄帝、尧、舜、禹之“治天下”,相承以“使民心一”、“使民心亲”、“使民心竞”、“使民心变”;又如论列“三皇之知”,分别是“上悖”、“下睽”、“中堕”等等,归于“名曰治”而“乱莫甚”,骋气明理,理直气充,使文意由对“仁义”的批评转向“仁治”的扬弃,文词劲健,且不落痕迹。

第三段论“六经”,以“六经,先王之陈迹”为主旨,再次批评儒门倡导仁治的误区。这段文字从逻辑上看,是前两段论“道”与“仁义”文字的承续,但从本源意义上来看,又是前者赖以寄托的根本。因为儒家论“道”或“仁”,都本于“六经”,并建立起“六经致用”的学术传统。而如果我们对读庄子有关“轮扁”谈斲轮的一段文字,可以说这里的仁义依托六经与轮扁谓书为先王之糟粕道理一样,从根本上扬弃了儒者倡导思想的生存基础。作者在这里假托老聃之口,列举了如足迹、白鹢、虫等物象及自然的行为,再阐“性不可易……道不可壅”之理。而文章收尾，反以孔子自悟的行为(不出三月)与语言(不与化为人，安能化人)作结，以彰显庄子“坐忘”与“物化”的理论，最为高妙。林希逸评曰“此一段，文之极奇者”，也不是过度夸誉。

秋　水

秋水时至

秋水时至，百川灌河，泾流之大，两涘渚崖之间不辩牛马。[①]于是焉河伯欣然自喜，以天下之美为尽在己。[②]顺流而东行，至于北海，东面而视，不见水端，于是焉河伯始旋其面目，望洋向若而叹曰：[③]“野语有之曰，‘闻道百以为莫己若者’，我之谓也。[④]且夫我尝闻少仲尼之闻而轻伯夷之义者，始吾弗信；[⑤]今我睹子之难穷也，吾非至于子之门则殆矣，吾长见笑于大方之家。”[⑥]

北海若曰：“井鼃不可以语于海者，拘于虚也；[⑦]夏虫不可以语于冰者，笃于时也；[⑧]曲士不可以语于道者，束于教也。[⑨]今尔出于崖涘，观于大海，乃知尔丑，尔将可与语大理矣。[⑩]天下之水，莫大于海，万川归之，不知何时止而不盈；尾闾泄之，不知何时已而不虚；[⑪]春秋不变，水旱不知。[⑫]此其过江河之流，不可为量数。[⑬]而吾未尝以此自多者，自以比形于天地而受气于阴阳，吾在于天地之间，犹小石小木之在大山也，方存乎见少，又奚以自多！[⑭]计四海之在天地之间也，不似礨空之在大泽乎？[⑮]计中国之在海内，不似稊米之在大仓乎？[⑯]号物之数谓之万，人处一焉；[⑰]人卒九州，谷食之所生，舟车之所通，人处一焉；[⑱]此其比万物也，不似豪末之在于马体乎？五帝之所连，三王之所争，仁人之所忧，任士之所劳，尽此矣。[⑲]伯夷辞之以为名，仲尼语之以为博，此其自多也，不似尔向之自多于水乎？”[⑳]

【注释】

① 灌：流入。河：黄河。泾流：支流，水脉。两涘：两岸。渚：指河中的小洲。崖：边。辩：与“辨”通，辨别。不辩牛马：指秋水很大，注入河中，

使河水水位升高，河的两岸与河中的洲渚都显得遥远，隔水远望，都分辨不出对岸是牛是马。 ② 河伯：河神冯夷。 ③ 旋：回转。旋其面目：指改变（欣喜自得的）面目。望洋：仰视，一说当按字面意义解，即远望海洋。若：海神。 ④ 野语：谚语，俗语。百：形容多。 ⑤ 少仲尼之闻：以仲尼的见闻为寡陋，即认为孔子孤陋寡闻。 ⑥ 殆：危险。大方：大道。 ⑦ 井鼃：井中之蛙，“鼃”与“蛙”同，一说“鼃”当作“鱼”。虚：与“墟”同，训居。拘于虚：指受居住的环境限制。 ⑧ 夏虫：夏生秋死的昆虫。笃：固，限制，局限。 ⑨ 曲士：有偏见的人，一说当解作“乡曲之士”。 ⑩ 丑：指不足。大理：大道，这里指大小之辨的道理。 ⑪ 尾闾：又称沃焦，排放海水的地方。 ⑫ 此句言春秋不变其多少，水旱不知其增减。 ⑬ 量、数：计算。不可为量数：指无法计算。 ⑭ 比：与“庇”同，寄托。存：在。方存乎见少：正嫌其太少。 ⑮ 礨（lěi）空：蚁穴。 ⑯ 稊（tí）：一种农作物，与稗相似，结成的米粒非常小。 ⑰ 号：称呼。号物之数谓之万：称呼事物的名称有上万个。 ⑱ 人卒：人群，一说当作“大率”。 ⑲ 连：连接，一说当作“运”。任：能。任士：有才能的人。 ⑳ 自多：自我夸耀。

河伯曰：“然则吾大天地而小豪末，可乎？”①

北海若曰：“否。夫物，量无穷，时无止，分无常，终始无故。②是故大知观于远近，故小而不寡，大而不多，知量无穷；③证向今故，故遥而不闷，掇而不跂，知时无止；④察乎盈虚，故得而不喜，失而不忧，知分之无常也；明乎坦途，故生而不说，死而不祸，知终始之不可故也。⑤计人之所知，不若其所不知；⑥其生之时，不若未生之时；以其至小求穷其至大之域，是故迷乱而不能自得也。⑦由此观之，又何以知豪末之足以定至细之倪！⑧又何以知天地之足以穷至大之域！”

【注释】

① 豪末：即毫末。此句言如果我以天地为至大之物，以毫末为至小之物，可以吗？ ② 量无穷：指物体的形态千差万别，不可穷尽。时无止：指时间运转，一刻也不停止。分无常：指得失的际遇变化无常，按，

"分"在这里不当作"性分"解，因为庄子一派认为万物所受的性分是一定的。终始无故：指生命处于不断的变化中，一刻也不停驻，故，旧。③ 大知：有大智慧的人，指得道的圣人。④ 向：明。今故：即古今，"故"与"古"同。证向今故：以古今之事作为验证。遥而不闷：遥远而不觉得模糊。掇：拾取，比喻距离近。跂：求。掇而不跂：对于目前的事物不奋力求取。⑤ 坦途：平坦的大道。明乎坦途：指明白生与死如同平坦的大道一样相连，二者之间没有悬隔。说：与"悦"同。⑥ 计：推算，估测。人之所知，不若其所不知：人之所知有尽，而所不知无穷，故称"不若"。⑦ 至小：指人的智慧。穷：穷尽。至大：指宇宙间的一切事物。⑧ 定：确定。倪：界限。

河伯曰："世之议者皆曰：'至精无形，至大不可围。'①是信情乎？"②

北海若曰："夫自细视大者不尽，自大视细者不明。夫精，小之微也；垺，大之殷也；③故异便，此势之有也。④夫精粗者，期于有形者也；⑤无形者，数之所不能分也；不可围者，数之所不能穷也。⑥可以言论者，物之粗也；可以意致者，物之精也；⑦言之所不能论，意之所不能察致者，不期精粗焉。"⑧

【注释】

① 至精无形：极小的事物没有形体。至大不可围：极大的事物无法将它圈在一个有限的空间中。② 信：确实。情：实。③ 垺：指大的物体。殷：盛大。④ 此句当移至"自大视细者不明"下。言大小物体不同，所认为便利、适宜的事情也不同，(即看问题的角度不同)这是理所必然的道理。⑤ 期：会合，这里有限制的意思。⑥ 无形者：即"不可围者"，指大道。⑦ 致：抵达，这里指体悟。意致：用精神体悟到。⑧ 察：体察，一说为衍文。按：以下省略"是故大人之行"一段衍文。

河伯曰："若物之外，若物之内，恶至而倪贵贱？恶至而倪小大？"①

北海若曰："以道观之，物无贵贱；以物观之，自贵而相贱；②以俗观之，贵贱不在己。③以差观之，因其所大而大之，则万物莫不大；因其所小而小之，则万物莫不小；知天地之为稊米也，知豪末之为丘山也，则差数睹矣。[4]以功观之，因其所有而有之，则万物莫不有；因其所无而无之，则万物莫不无；知东西之相反而不可以相无，则功分定矣。[5]以趣观之，因其所然而然之，则万物莫不然；因其所非而非之，则万物莫不非；知尧桀之自然而相非，则趣操睹矣。[6]

"昔者尧、舜让而帝，之、哙让而绝；[7]汤、武争而王，白公争而灭。[8]由此观之，争让之礼，尧、桀之行，贵贱有时，未可以为常也。梁丽可以冲城，而不可以窒穴，言殊器也；[9]骐骥骅骝，一日而驰千里，捕鼠不如狸狌，言殊技也；[10]鸱鸺夜撮蚤，察毫末，昼出瞋目而不见丘山，言殊性也。[11]故曰，盖师是而无非，师治而无乱乎？[12]是未明天地之理，万物之情者也。是犹师天而无地，师阴而无阳，其不可行明矣。然且语而不舍，非愚则诬也。[13]帝王殊禅，三代殊继。[14]差其时，逆其俗者，谓之篡夫；当其时，顺其俗者，谓之义之徒。[15]默默乎河伯！女恶知贵贱之门，小大之家！"[16]

【注 释】

①恶：何。倪：分别。此句言万物有内外之分，那么，在哪里分别贵贱、大小呢？ ②自贵而相贱：认为自己高贵，别人低贱。 ③此句言从世俗的角度来看，贵贱不在己身，(而系于外物)。如世俗认为荣华权势可贵，而荣华权势完全是外在的东西。 ④差：差异，指不同等级。所大：指性分充足。所小：指性分没有剩余。因其所大而大之，则万物莫不大：指从万物都具备充足的性分来看，天地间没有一件事物不是大的。知天地之为稊米也，知豪末之为丘山也：指从适性自足的角度看，天地、丘山与稊米、毫末没有什么不同。睹，看见。 ⑤以功观之：指从万物各具有一定的功能来看。东西之相反而不可以相无：指东、西方向相反，但不能互相说对方不存在。功分定：指功用和性分有一定。 ⑥以趣观之：从万物各自具有的旨趣上来看。然：是，认可。尧桀之自然而相非：尧桀都认为自己正确而对方错误。趣操：旨趣与节操。 ⑦之：燕国的宰相子之。哙(kuài)：燕王。之哙让而绝：苏代曾劝说燕王效法尧让天下于许由的故事，将王位禅让给宰相子之，燕王哙照做，于是，子之当上了燕王，但由于国人不服子之，于是，燕国大乱，齐宣王趁机攻打燕国，并斩杀了燕王哙和

子之。⑧ 白公：楚国白县的长官，名胜，楚平王之孙，太子建之子。白公争而灭：白公胜的父亲太子建避乱于郑国，后遭到杀害，白公为了报仇，屡次请求楚王发兵攻打郑国，但都遭到拒绝，于是，白公起兵攻打楚王，楚王派遣叶公子高诛灭白公。 ⑨ 梁丽：房屋的栋梁。冲城：撞击城墙，指攻城。窒穴：堵塞鼠洞。殊器：功用不同。 ⑩ 骐骥骅骝：古代的良马。狸狌：见《逍遥游》。 ⑪ 鸱鸺（chī xiū）：猫头鹰，一说"鸺"为衍文。蚤：虱子。瞋：张大眼睛。 ⑫ 盖：与"盍"同，何不。师是而无非：效法正确的而抛弃错误的。师治而无乱：效法治国有条理的而抛弃混乱的。 ⑬ 语而不舍：指一再谈论"盖师是而无非，师治而无乱"这句话而不放弃。诬：说假话，欺骗人。 ⑭ 帝王：一说当作"五帝"。殊禅：指帝位或者在本族中相传，或者让与他族。殊继：指或者父子、兄弟相继，或者由他姓兴兵篡位。 ⑮ 差：与"当"义反。当：恰好遇上。 ⑯ 门、家：比喻出处。此句言你哪里知道贵贱、大小从何而来呢？

河伯曰："然则我何为乎，何不为乎？[①] 吾辞受趣舍，吾终奈何？"[②]

北海若曰："以道观之，何贵何贱，是谓反衍；[③] 无拘而志，与道大蹇。[④] 何少何多，是谓谢施；[⑤] 无一而行，与道参差。[⑥] 严乎若国之有君，其无私德；繇繇乎若祭之有社，其无私福；泛泛乎其若四方之无穷，其无所畛域。[⑦] 兼怀万物，其孰承翼？[⑧] 是谓无方。[⑨] 万物一齐，孰短孰长？[⑩] 道无终始，物有死生，不恃其成；[⑪] 一虚一满，不位乎其形。[⑫] 年不可举，时不可止；消息盈虚，终则有始。[⑬] 是所以语大义之方，论万物之理也。[⑭] 物之生也，若骤若驰，无动而不变，无时而不移。[⑮] 何为乎，何不为乎？夫固将自化。"

【注释】

① 此句言我应该做什么，又不该做什么？ ② 辞受：辞让与接收。趣舍：与"取舍"同，收取与舍弃。奈何：如何，怎么做。 ③ 反衍：当作"叛衍"，指曼衍而合为一体，即消除贵贱的分别。 ④ 志：情志，这里指天性。无拘而志：不要使你的天性受到束缚。蹇（jiǎn）：窒塞不通。 ⑤ 谢：代谢。施：用。谢施：交替使用，即遇小则用小，遇大则用大，心中不要存有大小的区别。 ⑥ 一：固定不变。参差：不齐的样子。此句言

不要使你的行为固定不变，而与大道不合。 ⑦ 严乎：当作“严严乎”，庄严肃穆的样子。繇繇(yóu)乎：悠闲自得的样子。泛泛乎：广泛普遍的样子。畛(zhěn)域：指划分界限。 ⑧ 怀：藏，有生养的意思。承：承受。翼：扶助。承翼：指有偏爱，有私助。 ⑨ 无方：没有偏向。 ⑩ 此句言万物齐一(于适性自足)，没有长短之分。 ⑪ 物有死生：指万物有形体上的生灭。不恃其成：指万物有生灭，与它相关的成就也有生灭，因此，这种成就是不能依恃的。 ⑫ 满：一说当作“盈”。不位乎其形：指形体没有定相。 ⑬ 举：指捉拿，把握，引申为挽留。年不可举：年龄不可以停留。消息：消长。 ⑭ 大义：大道。方：道理。 ⑮ 若骤若驰：如快速奔跑一样，比喻万物时时刻刻都在变化。

河伯曰：“然则何贵于道邪？”

北海若曰：“知道者必达于理，达于理者必明于权，明于权者不以物害已。①至德者，火弗能热，水弗能溺，寒暑弗能害，禽兽弗能贼。②非谓其薄之也，言察乎安危，宁于祸福，谨于去就，莫之能害也。③故曰，天在内，人在外，德在乎天。④知天人之行，本乎天，位乎得；⑤蹢躅而屈伸，反要而语极。”⑥

【注释】

① 权：变化。此句言体悟到天道的人一定通达物理，通达物理的人一定明于权变，明于权变的人不会滞止于一物以伤害自己。 ② 贼：伤害。火弗能热，水弗能溺：与《逍遥游》“大浸稽天而不溺，大旱金石流、土山焦而不热”，《大宗师》“入水不濡，入火不热”意思相同。 ③ 薄：迫近。④ 天在内：天性保持在内心。人在外：人事显露在外界。德在乎天：道存在于自然的天性中。 ⑤ 知天人之行：了解天道与人事的区别，一说“天”当作“乎”。本乎天：以天道为本。位乎得：居处适宜，位，居住，得，适宜，自得。 ⑥ 蹢躅(zhí zhú)：进退不定的样子。蹢躅而屈伸：指以变化为体，不滞止于一时、一物。反要：返回大道的关键之处。语极：谈论大道的极致。

曰：[①]“何谓天？何谓人？”

北海若曰：“牛马四足，是谓天；落马首，穿牛鼻，是谓人。[②]故曰，无以人灭天，无以故灭命，无以得殉名。[③]谨守而勿失，是谓反其真。”[④]

【注释】

① 一说“曰”前有“河伯”二字。 ② 落：与“络”同，套上马笼头。此句言牛马生有四只脚，这叫自然的天性；将马套上笼头，将牛穿上鼻绳，这叫人为的造作。 ③ 故：机巧。无以故灭命：不要用机巧毁灭自然的天性。殉：与“徇”同，求。无以得殉名：不要以适性自得去换求外在的名声。 ④ 真：道，自然的天性。反其真：归返自然的天性。

【导读】

本文选自《秋水》篇，通过河伯与北海若的七问七答，广泛地讨论有关宇宙、自然以及对事物及人生之态度等多方面的问题，是了解庄子哲学中以适性自然为贵思想的重要文字。

文章结构自然，由河伯的“七问”与北海若的“七答”组成，也算庄子书中不太多见的宏篇巨制。这篇文章的起势最为浩瀚，既是全篇的引言，也是文中第一问的肇端，即河伯所见的“天地之大美”。这第一番问答的结穴不在“大美”本身，而在河伯见黄河之浩渺，秋水之浑茫，自以为“大美”尽属于己（天下之美为尽在己）。在这里，作者开篇即有调侃意味，即河伯初不信人轻视“仲尼之闻”与“伯夷之义”，今见浩荡秋水，始知仲尼之小，自谓得其“大道”，而从北海若的回答来看，河伯如“井鼃不可以语于海”，于调笑河伯时，也兼带调侃了仲尼之徒。所以北海若的第一次回答“天下之水，莫大于海”，河伯的“自多”，也如伯夷之“名”、仲尼之“博”，皆为不通大道的“自多”罢了。继此，第二番问答围绕“大天地而小毫末”展开，讨论的是时空的无穷性与事物的变化，可与《逍遥游》篇中的“小大之辩”合观。第三番问答主旨是“至精无形，至大不可围”，北海若的答词则包含事物的不确定性与模糊性。第四番问答是如何从万物的表面和内涵，分辨其大小贵贱，这里申论的是其大小与贵贱的无常性。第五番问答是讨论人对外在事物如何“辞受趣（取）舍”，兼含出处进退之意，再次申论了庄子破

"我执"而顺"自然"的思想。第六番问答由河伯问"道"有何可贵引起，北海若认为不以外物撄乱己心，因为"道"即"自然"，本于自然，就体道而达到极致，也就无所谓贵贱。第七番问答是"天人"，实"天然"与"人为"之论，在这里，庄子提出了"无以人灭天"的著名论断，他所言的"反真"，也就是老子的"归真返朴"的意思。

纵观全文，由秋水之景到天人之论，视域开阔，议论风发，充分展现了庄子自然人性论的思想。有人说"不读《庄子·秋水篇》，见识终不宏阔"(李涂《文章精义》)，"宏阔"二字，十分形象而精到。

埳井之鼃

公孙龙问于魏牟曰：[①]"龙少学先王之道，长而明仁义之行；合同异，离坚白；[②]然不然，可不可；[③]困百家之知，穷众口之辩；吾自以为至达已。今吾闻庄子之言，汒焉异之。[④]不知论之不及与，知之弗若与？[⑤]今吾无所开吾喙，敢问其方。"[⑥]

公子牟隐机大息，仰天而笑曰：[⑦]"子独不闻夫埳井之鼃乎？[⑧]谓东海之鳖曰：'吾乐与！出跳梁乎井干之上，入休乎缺甃之崖；[⑨]赴水则接腋持颐，蹶泥则没足灭跗；[⑩]还虷蟹与科斗，莫吾能若也。[⑪]且夫擅一壑之水，而跨跱埳井之乐，此亦至矣，夫子奚不时来入观乎！'[⑫]东海之鳖左足未入，而右膝已絷矣。[⑬]于是逡巡而却，告之海曰：[⑭]'夫千里之远，不足以举其大；千仞之高，不足以极其深。禹之时十年九潦，而水弗为加益；汤之时八年七旱，而崖不为加损。[⑮]夫不为顷久推移，不以多少进退者，此亦东海之大乐也。'[⑯]于是埳井之鼃闻之，适适然惊，规规然自失也。[⑰]

"且夫知不知是非之竟，而犹欲观于庄子之言，是犹使蚊负山，商蚷驰河也，必不胜任矣。[⑱]且夫知不知论极妙之言而自适一时之利者，是非埳井之鼃与？[⑲]且彼方跐黄泉而登大皇，无南无北，奭然四解，沦于不测；[⑳]无东无西，始于玄冥，反于大通。[㉑]子乃规规然而求之以察，索之以辩，是直用管窥天，用锥指地也，不亦小乎！[㉒]子往矣！且子独不闻夫寿陵余子之学行于邯郸与？[㉓]未得国能，又失其故行矣，直匍匐而归耳。[㉔]今子不去，将忘子之故，失子之业。"

公孙龙口呿而不合，舌举而不下，乃逸而走。[25]

【注 释】

① 公孙龙：姓公孙，名龙，赵国人，以倡导“坚白论”著称，今有《公孙龙子》一书，存《迹府》《白马论》《指物论》《通变论》《坚白论》《名实论》六篇，代表他的主要思想。魏牟：魏国的公子，封于中山，即今河北定县。 ② 合同异：能将同和异的区别合而为一，即认为万物“毕同毕异”，从某个角度、某个层次看，万物都是相同的，从另一角度、另一层次看，即使是同一物体，在不同的瞬间，状态也完全不同。离坚白：认为坚硬和白色不属于同一个物体(石头)，即认为，对于同一块石头而言，用手触摸它，只能感觉到硬度，而不能感觉到白色，相反，用眼睛观看它，只能看到白色，而看不到硬度，因此，白色和坚硬不可能同时属于石头的特性。 ③ 然不然：以不然为然。可不可：以不可为可。 ④ 汒焉：茫然。 ⑤ 此句言不知道是辩论不如他，还是智力不如他？ ⑥ 喙：嘴。方：道。 ⑦ 隐机：凭几而坐。大息：与“太息”同，叹息。 ⑧ 埳(kǎn)井：坏井，废井，一说指浅井。 ⑨ 跳梁：跳跃。井干：井四周的栏杆。甃(zhòu)：用砖垒起来的井壁。崖：边。 ⑩ 颐：下巴。接腋持颐：指水与下巴或腋下齐平。蹶泥：在泥水中跳跃。跗(fū)：与“趺”同，脚背。 ⑪ 还：回头看，一说“还”下有“视”字。虷(hán)：即孑孓，蚊子的幼虫。科斗：即“蝌蚪”。 ⑫ 擅：专有。跨跱(zhì)：盘踞。奚不：何不。 ⑬ 絷(zhí)：拘束，牵绊。 ⑭ 逡巡：退却。之：指埳井之鼃。 ⑮ 潦：洪水。 ⑯ 顷：时间短。久：时间长。推移：变化。多：增加。少：减少。进退：指海岸变宽或变窄。 ⑰ 适适然：惊惶不定的样子。规规然：恍然若失的样子。 ⑱ 知不知是非之竟：指智慧不足以知道是非的所在，竟，与“境”同。使蚊负山：一说“蚊”下有“虻”字。商蚷(jù)：马蛟虫，百节虫。 ⑲ 知不知论极妙之言而自适一时之利：智慧不足以知道玄妙的道理，只知道谋取一时的名利。 ⑳ 方：将。跐(cǐ)：蹈，踏。黄泉：指地。大皇：指天。奭(shì)然：不受拘束，没有负担的样子。奭然四解：指精神自由驰骋，形体仿佛消释分解了一样。沦：隐没。沦于不测：进入神妙莫测的境界。 ㉑ 玄冥：玄远幽深，指道。大通：无所不通，指道。 ㉒ 规规然：认真寻找的样子。用锥

指地：用锥子的尖端测量地的大小。“用管窥天”“用锥指地”都是用来形容见识少。 ㉓ 寿陵：燕国的都邑。余子：少年。 ㉔ 未得国能：没有学到邯郸人走路的仪态，一说“国”当作“其”。 ㉕ 呿(qū)：张开。逸：逃走。

【导读】

本文选自《秋水》篇，通过公孙龙与公子牟的对话，批评当时诡辩学派“合同异，离坚白”的思想方法，宣扬了庄子顺化自然的大道观念。

在战国年间，诡辩学派以惠施与公孙龙为代表。据冯友兰《中国哲学史》的考述，当时辩者当分二派：“一派为‘合同异’，一派为‘离坚白’。前者以惠施为首领，后者以公孙龙为首领。”虽然本文将二者混一，即笼统言之，不过在《庄子》一书中，与辩者的论争主要是在庄、惠间展开，且多以两人的对面争锋出现，因为庄子以惠施为畏友，而这里假托寓言借魏公子的口吻批评公孙龙，显然更多的轻蔑与贬斥。所以该文是借批评公孙龙，用旁渲法突出庄子。例如开篇就写公孙龙自恃辩才，所向无敌，可是听了庄子的言论，以致“无所开吾喙”，首先就将庄子置于辩者之上。接着以公子牟的言说拓展议论，共分两节，一节是以婉曲而形象化的比喻，批评公孙龙的浅陋；一节是直接而明确地申述“庄子之言”之不可及，所谓“道不同不相与谋”，以斥退公孙龙而结束全篇。

在这篇文章中，最突出的是比喻生动。在公子牟言说的第一节中，虚构了“埳井之鼃”的故事，以讽刺辩者的浅陋与自得；后一节又连用了“用管窥天”、“邯郸学步”两成语，都是存活于后代文章中的生动喻词。此外，作者构思精巧，前后呼应，更增添了为文的形象性。如文章开篇描写公孙龙“无所开吾喙”，但却“敢问其方”，尚有所期待，而听完公子牟解说，则是“口呿而不合，舌举而不下，乃逸而走”，其论理之文，杂以嘲戏，寓庄于谐，所以形象生动，无疑增添了阅读的趣味性，而且回味无穷。

钓于濮水

庄子钓于濮水，楚王使大夫二人往先焉，曰：“愿以境内累矣！”①

庄子持竿不顾，曰："吾闻楚有神龟，死已三千岁矣，王巾笥而藏之庙堂之上。[2]此龟者，宁其死为留骨而贵乎？宁其生而曳尾于涂中乎？"[3]

二大夫曰："宁生而曳尾涂中。"

庄子曰："往矣！吾将曳尾于涂中。"

【注释】

① 濮水：水名，在今山东濮县。先：指先行以宣达其旨意。愿以境内累：指将国事托付给庄子。② 巾：丝巾，这里指用丝巾盖住。笥：竹箱，这里指装在竹箱中。 ③ 曳尾：摇尾。涂中：泥水中。曳尾于涂中：比喻自由自在的生活。

惠子相梁

惠子相梁，庄子往见之。[1]或谓惠子曰："庄子来，欲代子相。"于是惠子恐，搜于国中三日三夜。

庄子往见之，曰："南方有鸟，其名为鹓鶵，子知之乎？[2]夫鹓鶵，发于南海而飞于北海，非梧桐不止，非练实不食，非醴泉不饮。[3]于是鸱得腐鼠，鹓鶵过之，仰而视之曰：'吓！'今子欲以子之梁国而吓我邪？"[4]

【注释】

① 梁：指魏国，魏国迁都于大梁，故以"梁"代称魏国。 ② 鹓鶵(yuān chú)：凤凰一类的鸟。 ③ 练实：竹实。醴泉：甘美的泉水。④ 吓：发怒或恫吓的声音。

【导读】

这两段文字选自《秋水》篇，表达出庄子珍惜生命、追求自由而淡泊名利的精神。

第一则故事是写楚王要委国政给庄子，庄子以"神龟"为喻，提出两种选择：一是为死龟而享受极高的地位和荣耀，一是为活龟拖着尾巴在泥中爬行。庄子的选择显然是自由的"活龟"，而不是被政事捆束而死的官爵与地位。

第二则故事是写惠子怕庄子夺其相位，以致有“搜于国中三日三夜”的愚蠢举动。而对惠子的行为与态度，庄子用“鹓鸰”、“鸱”、“腐鼠”为喻，以“腐鼠”为相位，以“鸱”为惠子，用“鹓鸰”以自比，不仅表达了自己对官声富贵的鄙弃与厌恶，也深刻地揭露了贪婪于权位者的自私与顽劣。

这两则故事虽各有偏重，但表现庄子顺适自然，而反对“物欲”羁缚的心境，是完全一致的。庄子的讥刺与旷达，常为后人情感的寄托，李商隐的“不知腐鼠成滋味，猜意鹓鸰竟未休”(《安定城楼》)，也是心志高洁的失意人的千古一叹。

游于濠梁

庄子与惠子游于濠梁之上。① 庄子曰：“鯈鱼出游从容，是鱼之乐也。”②

惠子曰：“子非鱼，安知鱼之乐？”

庄子曰：“子非我，安知我不知鱼之乐？”

惠子曰：“我非子，固不知子矣；子固非鱼也，子之不知鱼之乐，全矣。”③

庄子曰：“请循其本。④ 子曰‘汝安知鱼乐’云者，既已知吾知之而问我，我知之濠上也。”⑤

【注释】

① 濠：濠水，在今安徽凤阳境内。梁：桥。成玄英疏：“石绝水为梁。” ② 鯈(tiáo)鱼：白鱼。 ③ 全：指“子之不知鱼之乐”的道理很明显。 ④ 循：寻。循其本：探寻最初的论点。 ⑤ 既已知吾知之而问我：惠子质问庄子“你怎么知道鱼儿快乐”，意味着惠子虽然不是庄子，却知道庄子不知道鱼儿快乐，与此相比照，庄子虽然不是鱼儿，却并不妨碍他知道鱼儿的快乐。

【导读】

本文选自《秋水》篇，以庄子与惠施濠梁观鱼的寓言，突显庄子思想与名辩学派的差异，形象地展示了庄子艺术生命中的“物化”精神。

观此文章，场景是濠梁“观鱼”，而主旨却在“鱼乐”二字，并以“知”与“非”为议论，展开此文词简短而意趣丰盈的话语。就其文本身而论，看似简单，由庄子言“鱼乐”引端，以惠子论“非鱼”故不知其“乐”形成否定式，继由庄子“非我”之说，形成否定之否定，再由惠子“非子”与“非鱼”之辩，完成“不知鱼乐”的理论建构。而文末以庄子荡开话题，以“请循其本”与“知之濠上”结束，意味深长，使此简单之文成为解析庄子思想的深远而神秘的一大公案。

读此文章，也就必须落实于庄、惠“观物”的不同，惠子是“遍为万物说”，以“善辩为名”的名辩学派人物，力主理智精神，所以他认为事物是分离于人之外的客观存在，任何人都要遵循共同的认知方法，因而可以交流对事物的认知内容；庄子则不然，他主张的是适性自然，同气观化，力主逍遥精神，偏重趣味判断，所以认为事物是主体的感受与投射，每个人的认知方法是独特的，不可能交流认知的内容。基于这样的考虑，我们可以看出，惠子用分析的方法获得知识，这就是“非子”、“非鱼”之论的依据；庄子是用审美的方法获得知识，这就是“是鱼之乐”与“知之濠上”的原因。

至　乐

庄子妻死

庄子妻死，惠子吊之，庄子则方箕踞鼓盆而歌。①

惠子曰：“与人居，长子、老身，死不哭亦足矣，又鼓盆而歌，不亦甚乎！”②

庄子曰：“不然。是其始死也，我独何能无概然！③察其始而本无生，非徒无生也而本无形，非徒无形也而本无气。杂乎芒芴之间，变而有气，气变而有形，形变而有生，今又变而之死，是相与为春秋冬夏四时行也。④人且偃然寝于巨室，而我噭噭然随而哭之，自以为不通乎命，故止也。”⑤

【注释】

① 箕踞：两脚往前伸直而坐，身体如簸箕形，故称“箕”。 ② 人：指庄子妻。长子老身：将儿女抚育成人，而自己却衰老死亡。 ③ 概然：感慨悲伤的情绪。 ④ 杂：混合。芒芴：茫昧恍惚的混沌状态，指“无”。之死：至死。是相与为春秋冬夏四时行：指人的生死变化如春夏秋冬四时交替一样自然。 ⑤ 偃然：安息的样子。巨室：喻指自然，天地之间。噭噭（jiào）然：痛哭的样子。不通乎命：不通于生命之理。

观　化

支离叔与滑介叔观于冥伯之丘，昆仑之虚，黄帝之所休。[①]俄而柳生其左肘，其意蹶蹶然恶之。[②]

支离叔曰：“子恶之乎？”

滑介叔曰：“亡，予何恶！生者，假借也；[③]假之而生生者，尘垢也。[④]死生为昼夜。且吾与子观化而化及我，我又何恶焉！”[⑤]

【注释】

① 支离叔、滑介叔：假托的人名，“支离”比喻忘形，“滑介”比喻忘智。冥伯之丘：假托的地名，比喻玄远幽深的地方。休：止。 ② 柳：与“瘤”同，肉瘤。蹶蹶然：惊动不安的样子。 ③ 此句言生，就是假借他物聚合而成一个形体。 ④ 此句言通过假借他物而生成的形体，不过是尘垢罢了。 ⑤ 观化：观照生命的生成变化而不牵扯自己的情感判断。

【导读】

这两段文字选自《至乐》篇，一写生死如气之聚散，忘却死亡之忧，一写“观化”之理，表明人当顺适变化而安于所化。

前一则故事是“庄子妻死”，也是假托寓言，明其义理。此文妙处，一在形象，一在理趣。就形象而言，重在“鼓盆而歌”一句，使文中的庄子怪异而散朗的形象，跃然纸上。因其怪异，故而引起惠子“不亦甚乎”的质疑；因其散朗，故产生以下庄子的议论。考察庄子的议论，即对其怪异行为的解释，主要在两个层面，一是对生命本原的探究，指出生命只是气的聚散，故无生无死，也就不存在生之乐与死之悲。二是从时空意义来看生命的过程，人之来去（生死），如四时之交替，顺适自然，故无所悲喜；同样，气化成人，居于世间，如在小室之内，而人化为气，归返宇宙，如居大室，亦无所悲喜，这也是庄子所谓“噭噭然”而哭的“不智”。

后一则是讨论“观化”，就是观察自然的变化，其义理是承续前文而来。如果说前者说生死，此则谈病魔，即支离叔“柳（瘤）生于左肘”而感到痛苦，而滑介叔则开导以“观化”之理，以说明自己的身体就是外在物质假合而成，而对寄生于此假合之上的外在物质（假合之假合），又有什么厌恶的意义呢。其中滑介叔“死生为昼夜”之说，则将这一故事与“庄子妻死”中的思想衔接，忘却死亡之忧，也就是观化之理。

合观这两则寓言，可谓是庄子达生人性论的典型反映。

髑髅

庄子之楚，见空髑髅，髐然有形，撽以马捶，因而问之，① 曰：“夫子贪生失理，而为此乎？② 将子有亡国之事，斧钺之诛，而为此乎？将子有不善之行，愧遗父母妻子之丑，而为此乎？③ 将子有冻馁之患，而为此乎？将子之春秋故及此乎？”④

于是语卒，援髑髅，枕而卧。夜半，髑髅见梦曰：“子之谈者似辩士。视子所言，皆生人之累也，死则无此矣。子欲闻死之说乎？”

庄子曰：“然。”

髑髅曰：“死，无君于上，无臣于下；亦无四时之事，从然以天地为春秋，虽南面王乐，不能过也。”⑤

庄子不信，曰：“吾使司命复生子形，为子骨肉肌肤，反子父母妻子闾里知识，子欲之乎？”⑥

髑髅深矉蹙頞曰：⑦“吾安能弃南面王乐而复为人间之劳乎！”

【注释】

① 髑髅（dú lóu）：死人的头骨。髐（xiāo）然：空枯的样子。撽

(qiào):敲击。马捶:即马箠,马鞭。 ② 贪生失理:指贪生恶死,求生过度。 ③ 丑:耻辱。 ④ 春秋:指年龄。将子之春秋故及此:指终其天年而死。 ⑤ 从然:没有拘束,自由快乐的样子。南面王乐:指南面称王的快乐。 ⑥ 司命:掌管人类生命的鬼神。知识:指相识的朋友。 ⑦ 矉:与“颦”同。頞:与“额”同。深矉蹙(cù)頞:愁苦不安的样子。

【导读】

本文选自《至乐》篇,假托庄子与髑髅的对话,揭示出人生的种种累患,嘲弄了生者自以为是的愚蠢。

这也是一则寓言,其故事性很强,先交待庄子前往楚国而路见空髑髅的情节,其中写髑髅“髐然有形”与庄子“撽以马捶”而问之,髑髅的无辜与庄子的傲然骄色,已跃然纸上。继写庄子对髑髅之死因的询问,其形态也栩栩如生,这里排比了诸如“贪生失理”、“斧钺之诛”、“不善之行”、“冻馁之患”等原因,为后面的对话留下伏笔。文中以庄子“援髑髅,枕而卧”的动作为转折,进入故事中的“梦境”。在梦中,首先是髑髅对庄子关于其死亡原因的回答,髑髅所言最关键处在视庄子所言皆“生人之累”一语。由“生人之累”引发,髑髅接着谈死者之乐,无上下是非,四时昼夜,如“南面王乐”。而“庄子不信”再一转,油然而生欲拯救髑髅于地下的慷慨之举,使之复生而享人间天伦之乐。这将故事情节推向高潮,庄子救世主心态的自是与自得再次将傲然骄色加以渲染,而紧接着髑髅“深矉蹙頞”的表情与“安能弃南面王乐而复为人间之劳”的回答,既是对庄子行为的嘲讽,也是故事中庄子的自嘲,因为庄子也是寓言的假托人物,自嘲就是嘲世。

庄子在书中多次写“梦”,如《齐物论》中的“梦饮酒”、“梦哭泣”、“梦化蝶”,《大宗师》中的“梦为鸟”、“梦为鱼”等,虽不排除昼想夜梦,即心与梦的关联,但庄子之梦多是假托寓言,是以“梦”写“心”。该文髑髅托梦,即喻示泯合生死的意义,是庄子撰此寓言的心境。鲁迅《故事新编》曾演绎这则故事,讽喻世事,杂以嘲戏,可以参读。

鲁侯养鸟

颜渊东之齐,孔子有忧色。[①]子贡下席而问曰:“小子敢问,回东之齐,夫子有忧色,何邪?”

孔子曰:“善哉汝问!昔者管子有言,丘甚善之,曰:‘褚小者不可以怀大,绠短者不可以汲深。’[②]夫若是者,以为命有所成而形有所适也,夫不可损益。[③]吾恐回与齐侯言尧舜黄帝之道,而重以燧人神农之言。[④]彼将内求于己而不得,不得则惑,人惑则死。[⑤]

“且女独不闻邪?昔者海鸟止于鲁郊,鲁侯御而觞之于庙,奏九韶以为乐,具太牢以为膳。[⑥]鸟乃眩视忧悲,不敢食一脔,不敢饮一杯,三日而死。[⑦]此以己养养鸟也,非以鸟养养鸟也。[⑧]夫以鸟养养鸟者,宜栖之深林,游之坛陆,浮之江湖,食之鳝鲦,随行列而止,委蛇而处。[⑨]彼唯人言之恶闻,奚以夫譊譊为乎![⑩]咸池九韶之乐,张之洞庭之野,鸟闻之而飞,兽闻之而走,鱼闻之而下入,人卒闻之,相与还而观之。[⑪]鱼处水而生,人处水而死,彼必相与异,其好恶故异也。[⑫]故先圣不一其能,不同其事。[⑬]名止于实,义设于适,是之谓条达而福持。”[⑭]

【注释】

① 之:至。 ② 褚:布袋。怀:包藏。绠:绳索。 ③ 命有所成:性命由某种力量促成,即成于自然无为。形有所适:形体有它适宜的地方,即适于自然的天性。 ④ 重:重复,增加。 ⑤ 此句言颜回以三皇五帝之道游说齐侯,齐侯必定想从自身找出这种“道”,如果找不到,就会迷惑不解,迷惑不解就会认为颜回在欺骗自己,这样,颜回的生命就危险了。 ⑥ 御:迎接。觞之:给它酒水喝,指招待海鸟。九韶:舜时的音乐。太牢:祭祀时,以一牛一羊一豕作为祭品。 ⑦ 一脔(luán):一块肉。 ⑧ 此句言这是按照自己的生性爱好去养鸟,而不是根据鸟的生性爱好去养鸟。 ⑨ 坛陆:河流或湖泊两岸的平地。鳝:泥鳅。鲦:小白鱼。委蛇:与“委蛇”同,悠闲自得的样子。 ⑩ 譊譊(náo):喧闹嘈杂。 ⑪ 鸟闻之而飞,兽闻之而走,鱼闻之而下入:《齐物论》作“鱼见之深入,鸟见之高飞,麋鹿见之决骤”。人卒:众人。还:环绕。 ⑫ 彼必相与异,其好恶故异也:他

们(指人与鱼)的生性互不相同,因此,好恶也不同。 ⑬ 不一其能:对于万物的才能,不强求一致。不同其事:不迫使万物从事共同的工作。⑭ 义:与“宜”同。义设于适:以适性为宜。条达:指通达于事理。福持:指福乐不远离自己。

【导读】

本文选自《至乐》篇,借鲁侯养鸟的寓言,谈为政者之道。

作者先写颜回东去齐国,见孔子有“忧色”,询问原因,是该文的引绪,其中已包含了文章的焦点,即孔子的“忧色”是因颜回到齐国有关,乃行仁政问题。从文章主构即孔子的两则言论来看,前一则引管子话喻示颜回向齐侯谈尧舜黄帝之道、燧人神农之言,是无用的,又是议论的引绪,重点还在后一则言论中的“鲁侯养鸟”的故事。鲁侯得海鸟,迎于太庙,饮以美酒,娱以九韶之乐,享以牛羊之肉,不可谓不厚待了,可结果海鸟是“眩视忧悲”,不食不饮而死,究其原因,在于“以人养鸟”而不是“以鸟养鸟”。而人鸟之异,亦如人鱼之异,“鱼处水而生,人处水而死”,是质性的不同。由此来看,先王先圣的能力有不同,秉性有不同,又怎么能将其政治用于今天的齐国呢?鲁侯养鸟就是最显明的教训。

在文章的收束处,作者创造了两个词语,一是“条达”,指通达事理;一是“福持”,指乐在其中。理解这篇文章的主旨,可参照“钓于濮水”文中曳尾涂中之龟,视角不同,意义相近,都是倡导顺应自然,反对矫情肆志。这也是庄子对行仁政的反讽,对施政者的告诫。

达　生

痀偻承蜩

仲尼适楚,出于林中,见痀偻者承蜩,犹掇之也。①

仲尼曰:“子巧乎!有道邪?”

曰:“我有道也。五六月累丸二而不坠,则失者锱铢;② 累三而不坠,则失者十一;累五而不坠,犹掇之也。吾处身也,若厥株拘;吾执臂也,若槁木之枝；[3]虽天地之大，万物之多，而唯蜩翼之知。吾不反不侧，不以万物易蜩之翼，何为而不得！”[4]

孔子顾谓弟子曰：“用志不分，乃凝于神，其痀偻丈人之谓乎！”[5]

【注释】

① 出于林中：从森林中走出来。痀偻：与《大宗师》“曲偻”同，驼背。承：用竹竿接取。掇：俯身拾取。 ② 五六月：经过五六个月的练习。累丸二：（在竹竿上）叠放两个泥丸。锱铢（zī zhū）：古代的重量单位，六铢为一锱，四锱为一两，这里用来比喻失误的概率极小。 ③ 厥：与“橛”同，木桩。株拘：露在土外的树根，“拘”与“枸”同。执臂：运用胳臂。此句言取蝉的人形体如木桩、枯枝一样坚实不动，以喻其心无旁骛，精神凝定。④ 不反不侧：精神凝定而不动。 ⑤ 用志不分：用心专一，不分神。

【导读】

本文选自《达生》篇，写仲尼见驼背老人捕蝉的故事，阐发凝聚精神的超越境界。

读《达生》篇中的文字，可与《养生主》参照，其中多有探讨去形而达神的方法。在《达生》篇中，则强调“神全”（全神），既可视为人生处世的思维方法，也可说是人生实现自我超越的一种境界。该文以“痀偻者承蜩”立意，其痀偻者，是形畸之人，而成为全篇赞颂的对象，这也是庄子寓言中始终秉承的“不以形为是非”的思想宗旨，所以后人说司马迁撰“游侠”、“刺客”列传，是“传畸人于千秋”，正与庄子一脉相承。而对承蜩之法的描绘，文中借“承蜩者”之口论承蜩之道，近似“庖丁解牛”的“进乎技”，所谓执臂“若槁木之枝”，“不以万物易蜩之翼”的洗练技艺，归结于孔子的评价：“用志不分，乃凝于神。”这八个字，是全文的结穴，也堪称庄子对养生、达生者心志的要求。

没人操舟

颜渊问仲尼曰：“吾尝济乎觞深之渊，津人操舟若神。[1]吾问焉，曰：

‘操舟可学邪?’[②]曰:‘可。善游者数能。[③]若乃夫没人,则未尝见舟而便操之也。’[④]吾问焉而不吾告,敢问何谓也?”

仲尼曰:“善游者数能,忘水也。若乃夫没人之未尝见舟而便操之也,彼视渊若陵,视舟之覆犹其车却也。[⑤]覆却万方陈乎前而不得入其舍,恶往而不暇![⑥]以瓦注者巧,以钩注者惮,以黄金注者殙。[⑦]其巧一也,而有所矜,则重外也。凡外重者内拙。”[⑧]

【注释】

① 济:渡。觞深:渊名,在宋国境内。津人:摆渡的人。 ② 操舟:驾驶船只。 ③ 数:多次练习,一说与“速”通。 ④ 没人:能潜水的人。未尝见舟而便操之:指心中无舟而自然便能驾驶它。 ⑤ 视渊若陵:把水潭看成是陆地。却:退后。 ⑥ 舍:心。暇:闲适,安逸。万方:形容多次。覆却万方陈乎前而不得入其舍:指舟船在自己眼前多次沉没,而不把它们放在心上。 ⑦ 注:射。钩:腰带扣。惮:有所忌惮。殙(hūn):与“惛”同,内心迷惑昏乱。 ⑧ 巧:技巧。矜:爱惜,看重。重外:看重外物。内拙:内心变得昏乱愚拙。

【导读】

本文选自《达生》篇,通过颜回与仲尼有关“津人操舟若神”的对话,提倡一种超越形迹的专一神功。

为什么“津人操舟若神”,包括“没人未尝见舟”即能驾舟,这是颜回向操舟者的提问,也是问题未得解而转向仲尼的提问,更是庄子为探讨人生理趣故设之问。然而对此问题的解答,在文中最关键的就是仲尼所说的一个“忘”字。所谓“忘水”,就是人与水的对立消解了,一如庖丁解牛时人与牛之对立的消解。其“忘”又包含两重涵义,一是破除我执,忘水必先忘我,这也是舟人不告诉颜回其详的原因。二是破除物执,即外物对人的约制,这也是仲尼回答的善游者“忘水”与没人“视渊若陵”的原因。只有达到如此的“忘”境,才能专心而神暇。反之,受外物缠绕,如仲尼所言用“瓦”作赌注心生灵巧,用“钩”作赌注心生恐惧,用“黄金”作赌注则心智昏乱,都是因外物不同而对心志的制约。这也是仲尼结束话语时所说“外重者内拙”的道理。换言之，因为看重外物，所以内心变得昏乱愚笨，其借仲尼之口说出，实乃庄子针对人世间物欲贪婪情形提出的鉴戒，是具深意而富启迪意义的。

田开之对周威公问

田开之见周威公。① 威公曰：“吾闻祝肾学生，吾子与祝肾游，亦何闻焉？”②

田开之曰：“开之操拔篲以侍门庭，亦何闻于夫子！”③

威公曰：“田子无让，寡人愿闻之。”④

开之曰：“闻之夫子曰：‘善养生者，若牧羊然，视其后者而鞭之。’”⑤

威公曰：“何谓也？”

田开之曰：“鲁有单豹者，岩居而水饮，不与民共利，行年七十而犹有婴儿之色；不幸遇饿虎，饿虎杀而食之。⑥ 有张毅者，高门县薄，无不走也，行年四十而有内热之病以死。⑦ 豹养其内而虎食其外，毅养其外而病攻其内，此二子者，皆不鞭其后者也。”⑧

仲尼曰：“无入而藏，无出而阳，柴立其中央。⑨ 三者若得，其名必极。⑩ 夫畏涂者，十杀一人，则父子兄弟相戒也，必盛卒徒而后敢出焉，不亦知乎！⑪ 人之所取畏者，衽席之上，饮食之间；⑫ 而不知为之戒者，过也。”

【注释】

① 田开之：姓田，名开之，学道之人。周威公：战国时代西周的一个国君。 ② 祝肾：姓祝，名肾，得道之人。学生：学习养生之术。 ③ 拔篲(huì)：扫帚。 ④ 让：谦让。 ⑤ 此句言善于养生的人，(要内外兼顾)就像牧羊人善于管理羊群一样，要前后兼顾，不使羊落在后面。 ⑥ 单豹：姓单，名豹，鲁国的隐士。不与民共利：即清心寡欲，不与民争利。 ⑦ 张毅：姓张，名毅，鲁国人。高门：指富贵之家。县薄：即“悬薄”，悬挂帘布以遮蔽门户，指贫贱之家。走：往，至，一说当作“趋”，奔走。内热之病：指心火过盛而引起的疾病。 ⑧ 此二子者，皆不鞭其后者：指单豹、张毅养生，各偏于一方。“鞭其后”，郭象注：“去其不及。” ⑨ 无入

而藏：不要过分潜藏，“入”就是要藏入心中，“入”而又“藏”，则是敛藏过分，敛藏过分就会偏滞于内心。无出而阳：不要过分外露，“阳”就是要显露于外，“出”而又“阳”，则显露过分，显露过分就会偏滞于外物。柴：枯木。柴立其中央：要像枯木一样无心而站在适度的地方。 ⑩ 其名必极：必定能够通达养生的极理，名，指养生之名。 ⑪ 畏涂：有危险的道路，“涂”与“途”通。十杀一人：十人中有一人被杀。盛：使众多。卒徒：众人。 ⑫ 衽(rèn)席：卧席，指代色欲。饮食：指代食欲。

祝宗人说彘

祝宗人玄端以临牢筴，说彘曰：[①]“汝奚恶死？吾将三月犙汝，十日戒，三日齐，藉白茅，加汝肩尻乎彫俎之上，则汝为之乎？”[②]为彘谋，曰不如食以糠糟而错之牢筴之中，[③]自为谋，则苟生有轩冕之尊，死得于腞楯之上、聚偻之中则为之。[④]为彘谋则去之，自为谋则取之，所异彘者何也？

【注释】

① 祝宗人：祝史之官，掌宗庙祭祀之事。玄端：衣冠，这里指祭祀时穿的衣服。牢筴(cè)：猪圈。彘(zhì)：猪。 ② 犙：与“豢”同，饲养。齐：与“斋”通。藉白茅：以白茅作为垫席。尻(kāo)：臀部。彫俎：指刻有花纹的案板。 ③ 为彘谋：为猪做打算。食：与“饲”同。错：与“措”同，安置。 ④ 腞楯(zhuàn chūn)：运载灵柩的车子，“腞”与“辁”同，“楯”与“輴”同。聚偻：指刻有花纹的棺椁。

纪渻子养斗鸡

纪渻子为王养斗鸡。[①]

十日而问：“鸡已乎？”[②]曰：“未也。方虚憍而恃气。”[③]

十日又问，曰：“未也。犹应响景。”[④]

十日又问，曰：“未也。犹疾视而盛气。”[⑤]

十日又问，曰：“几矣。鸡虽有鸣者，已无变矣，望之似木鸡矣，其德全矣，异鸡无敢应者，反走矣。”[6]

【注释】

① 纪渻(shěng)子：姓纪，名渻子。王：指齐王，一说为周宣王。② 鸡已乎：鸡可以用来斗了吗，一说“鸡”下有“可斗”二字。③ 虚憍而恃气：骄傲自负，自恃意气。④ 应响景：指听到响声，看到影子就有反应，形容其斗心强烈。⑤ 疾视而盛气：眼神凌厉，气势强盛。⑥ 无变：指不为所动。木鸡：形容其凝神静气，心无所动的样子。德全：见《天地》篇。反走：败走，逃跑。一说“无敢应”下有“见”字，“见者”属下读。

【导读】

这三段文字均选自《达生》篇，讨论养生与养神问题。

第一段写田开之对周威公问，谈养生之理。田开之从祝肾学养生，所以周威公愿闻其详，而开之的对问则跌宕生姿，先言自己不过打扫门庭，无所闻学；继而说“善养生者，若牧羊然”，引起威公的好奇，接着才列举事例，说明养生“持中”之道。开之以单豹与张毅为例，前者善内养结果被饿虎捕食，后者得外养而内得病而亡，一是“养其内而虎食其外”，一是“养其外而病攻其内”，都是因为认识不到自己的不足而导致的悲剧性的结果。于是作者借仲尼之语，进一步阐发既不要太潜藏，也不要太张扬，而“柴立于中央”(持中)的养生妙谛。这种持中的观念，即养生兼重“形”、“精”，与庄子倡导的善养神气的混冥境界相通。

第二段写祝宗人说彘，以讽刺权贵因耽于利害、惑于荣华而自伤的行为。本文由两部分组成，一是祝宗人对行将作为祭品的猪问话，于荒诞中见深意。说其荒诞，在祭祀官对祭品的问话，说其有深意，在于其说话的内容，是问猪死前将得到极高的待遇，是否愿意？这里寄寓了为官者自己如行尸走肉而追逐权势利益的荒唐可笑。所以第二部分用假设之词，从猪的视角看，宁愿活在猪圈中，从人的视角看，更期盼生在“轩冕之尊”(富贵荣华)，死后处“腞楯之上、聚偻之中”(高规格的厚葬)，人猪之“分”，耐人寻味。

第三段写纪渻子为齐王养斗鸡，不重其“形”与“气”，而重在“养神”的功用。文章以纪渻子与齐王问答构篇，话题是斗鸡能否参战，而前后经四个回合：齐王每“十日一问”，而纪渻子一答以“虚憍而恃气”，二答以“犹应响景”（动心），三答以“疾视而盛气”，四答以如“木鸡”，已“德全”，别的鸡见之已不斗而逃，所谓不战而屈人之兵。世俗多以“呆若木鸡”形容愚笨，而庄子常以“木鸡”比喻神旺到极致之状，也可谓别出心裁。

合观三文，由养生而到养神，事例各异，其理则一。

梓庆削木为鐻

梓庆削木为鐻，鐻成，见者惊犹鬼神。① 鲁侯见而问焉，曰：“子何术以为焉？”

对曰：“臣工人，何术之有！虽然，有一焉。臣将为鐻，未尝敢以耗气也，必齐以静心。② 齐三日，而不敢怀庆赏爵禄；齐五日，不敢怀非誉巧拙；齐七日，辄然忘吾有四枝形体也。③ 当是时也，无公朝，其巧专而外骨消；④ 然后入山林，观天性；⑤ 形躯至矣，然后成见鐻，然后加手焉；⑥ 不然则已。则以天合天，器之所以疑神者，其是与！”⑦

【注释】

① 梓庆：一个名叫庆的木工，梓，官名。鐻：一种类似夹钟的乐器。 ② 耗气：损耗精气，指心神昏乱。齐：即“斋”，下同。 ③ 辄然：一动不动的样子。四枝：即“四肢”。 ④ 无公朝：内心没有公私和朝廷的观念。巧专：内心专注于工巧之事。外骨消：外界烦乱之事消失，骨，一作“滑”，乱。 ⑤ 观天性：察看树木的天然材质。 ⑥ 形躯至：指树木的形状、材质适合制作鐻。成见鐻：仿佛有一座完整的鐻显现出来。加手：动手制作。 ⑦ 天：自然，道。以天合天：以我的自然天性顺应树木的自然材质。疑神：疑为鬼神所作。其是与：“与”与“欤”同，一说“其”下有“由”字。

东野稷见庄公

东野稷以御见庄公，进退中绳，左右旋中规。① 庄公以为文弗过也，使之钩百而反。[2]

颜阖遇之，入见曰：[3]“稷之马将败。”[4]公密而不应。[5]

少焉，果败而反。公曰：“子何以知之？”

曰：“其马力竭矣，而犹求焉，故曰败。”

【注释】

① 东野稷：姓东野，名稷，善于御马，《荀子·哀公》记载有这一故事，“东野稷”作“东野毕”。御：驾马。庄公：鲁庄公，《荀子·哀公》作“定公”。进退中绳：前后进退如绳一样直。左右旋中规：左右旋转如规画出来的线一样圆。 ② 文：指编织出来的纹饰。钩：弯曲，旋转。钩百而反：旋转百次后依然能返回原地。 ③ 颜阖：鲁国的贤人，《荀子·哀公》作“颜渊”。 ④ 败：坏，指马精疲力竭。 ⑤ 密：不出声。

工倕旋

工倕旋而盖规矩，指与物化而不以心稽，故其灵台一而不桎。[1]忘足，屦之适也；[2]忘要，带之适也；[3]知忘是非，心之适也；[4]不内变，不外从，事会之适也。[5]始乎适而未尝不适者，忘适之适也。[6]

【注释】

① 工倕：传说是尧时的巧匠。旋：旋转，指画圆圈。盖：超过，一说当解作“合”。指与物化：手指与物象合而为一。稽：计量，考虑。灵台：心。桎：与“窒”同，滞塞。 ② 屦(jù)：鞋子。此句言鞋子本来就是穿在脚上的，心中不去计量脚的大小，自然就有鞋子适合它。 ③ 要：与“腰”同。④ 知忘是非：一说“知”为衍文。 ⑤ 不内变：内心不变动不安。不外从：不过分追求外物。事会：指与外物密合无间。 ⑥ 始：本。始乎适：以适性为本。忘适之适：(这是)忘掉了刻意追求适性的适性。

【导读】

这三段文字均选自《达生》篇，作者以工匠技艺之人的行为，从成败两方面说明了为技之用心以及进技于道而化物自适的道理。

第一段写梓庆"削木为鐻"的故事,其术之精湛,达到了惊天地而泣鬼神的地步。文章以梓庆答鲁侯问展开,说明梓庆削木时用心精进的行为与心态,突出在"斋以静心"。作者以递进手法,分别描述斋三日"不敢怀庆赏爵禄"、斋五日"不敢怀非誉巧拙"与斋七日"忘吾有四枝形体",其"以天合天"的境界,与前述之"痀偻承蜩"有异曲同工之妙。与此描写不同,第二段写东野稷御马的故事,表面是"进退中绳,左右旋中规",而颜阖见之,预言必败,当东野稷"果败而反"时,鲁庄公问颜阖何以预先知道,回答是"马力竭矣,而犹求焉"。这说明自恃骋能,劳形耗神,气竭必败的道理。第三段又与第一段相近,而更进于神妙。这段文字写工倕画圆圈既合规矩,又"指与物化",妙处正如前述"操舟若神"者,在一"忘"字。作者分别"忘屦"、"忘要"与"忘是非"说明"足适"、"带适"与"心适",而最高境界是"忘适之适",即与物化。

综观三段文字,正好形成一"正、反、正"的逻辑程式,第一则肯定梓庆精湛技艺,第二则否定东野稷劳竭致败,第三则歌颂工倕的"忘适之适"。苏东坡在《书晁补之所藏与可画竹》诗云:"与可画竹时,见竹不见人,岂独不见人,嗒然忘其身。其身与竹化,无穷出清新。庄周世无有,谁知此凝神。"所谓胸有成竹,而旨归庄子,其赞美的正是如此文中那种妙悟自然而达到物我两忘的境界。

田 子 方

田子方侍坐

田子方侍坐于魏文侯,数称谿工。①

文侯曰:"谿工,子之师邪?"

子方曰:"非也,无择之里人也;称道数当,故无择称之。"②

文侯曰:"然则子无师邪?"

子方曰:"有。"

曰:"子之师谁邪?"

子方曰："东郭顺子。"[3]

文侯曰："然则夫子何故未尝称之？"

子方曰："其为人也真，人貌而天虚，缘而葆真，清而容物。[4]物无道，正容以悟之，使人之意也消。[5]无择何足以称之！"

子方出，文侯傥然终日不言，召前立臣而语之曰：[6]"远矣，全德之君子！[7]始吾以圣知之言仁义之行为至矣，吾闻子方之师，吾形解而不欲动，口钳而不欲言。[8]吾所学者直土梗耳，夫魏真为我累耳！"[9]

【注释】

① 田子方：姓田，名无择，字子方，魏国贤人，为魏文侯师，一说为魏文侯友。数：屡次。称：赞扬，称道。谿（xī）工：姓谿，名工，魏国的贤人。② 里人：同乡。称道数当：说出的道理十分恰当，当，恰当，适宜。 ③ 东郭顺子：居住在城郭的东面，故以"东郭"为氏，顺子，其名。 ④ 为人也真：指他能够体悟真道，适性而行。天：道，自然。虚：心。人貌而天虚：虽然有人的形貌，但内心却与道合为一体。缘：顺。葆：与"保"同。缘而葆真：顺应天道而保守自然的天性。清而容物：清虚超脱，能容纳万物。⑤ 正容以悟之：端正容仪以感化他。使人之意也消：使迷惑昏乱的意念自然消除。 ⑥ 傥然：惆怅自失的样子。 ⑦ 远矣：指道德的修养，远远超出世人。全德之君子：指东郭顺子。 ⑧ 形解：形体解散。钳：闭合。⑨ 土梗：土偶，比喻虚假的道理。真：实。累：负担。

【导读】

本文选自《田子方》篇，描写仁义圣智之累，倡导"全德"之"真"。

通观全文，其关键在一"真"字。文章假设田子方对魏文侯问的寓言，讨论师从之事与师者之道，而逐层言说，有渐入佳境之妙。田子方先不言其师，却一味赞美"谿工"，待魏文侯询问他是你的老师吗，回答则是"里人"，此起一跌宕之势。等魏文侯继续问其师时，于是田子方才不动声色地推出"东郭顺子"。而里人"谿工"与其师"东郭顺子"相比，前者是"称道数当"，指言论能准确地表达道理；而后者则突出在"为人也真"，要在"天虚"，"葆真"，"容物"。总体而言，两人都具有"真"的精神，分别而论，则谿工重在说理，在用事的层面，东郭顺子重在养心，在物化的层面。就东郭顺子之“真”而论，庄子所分的三层次，也是细微而体贴：因“天虚”，故有心灵之纯真；因“葆真”，故能抵御外物之撄心；因“容物”，故能达到混冥化物之境地。

庄子尝于说理尽处，以人物表情或形象收束，给人以用景结情或以形达神的妙趣。该文收束处以魏文侯听田子方之说后，那口不能言，魂不守舍，以魏国为身累的惆怅心绪，突出“真”的力量，批评仁义圣智对真实生命的束缚，文外之趣，耐人寻思。

温伯雪子适齐

温伯雪子适齐，舍于鲁，鲁人有请见之者，温伯雪子曰：①“不可。吾闻中国之君子，明乎礼义而陋于知人心，吾不欲见也。”②

至于齐，反舍于鲁，是人也又请见。温伯雪子曰：“往也蕲见我，今也又蕲见我，是必有以振我也。”③

出而见客，入而叹。明日见客，又入而叹。其仆曰：“每见之客也，必入而叹，何耶？”④

曰：“吾固告子矣：‘中国之民，明乎礼义而陋乎知人心。’昔之见我者，进退一成规，一成矩，从容一若龙，一若虎，其谏我也似子，其道我也似父，是以叹也。”⑤

仲尼见之而不言。子路曰：“吾子欲见温伯雪子久矣，见之而不言，何邪？”

仲尼曰：“若夫人者，目击而道存矣，亦不可以容声矣。”⑥

【注释】

① 温伯雪子：姓温，名伯，字雪子，楚国贤人。舍：住宿。 ② 中国：中原之国，这里指鲁国。陋：拙。 ③ 蕲：求。振：动，引申为启发。 ④ 之：此。 ⑤ 昔：从前。进退：指行礼时俯仰进退的形态。进退一成规，一成矩：指行礼时有规矩，有法度。从容：动容，指神态的变化。一若龙，一若虎：指交接应对时神态有序地变化。道：与“导”同，教导。

⑥ 夫人：指温伯雪子。击：动，这里指眼神相接。目击而道存：指孔子与温伯雪子目光刚相接，便已体会到他身上有真道存在。不可以容声：指不必再用言语交谈。

【导读】

本文选自《田子方》篇，借温伯雪子对鲁国之地之儒者拘于礼仪的评价，抒发"知人心"的妙趣，是对人生"葆真"之道的一种阐释方式。

作者开门见山，先借楚国贤人温伯雪子之口道出"中国之君子"是"明礼义"而不知"人心"，破题即主旨，"知心"而"见道"成为隐于文中的主线。这里所说的"中国"，指中原之国，而依照文意，则专指鲁国。所谓鲁国，由于孔子所在，有"鲁儒"之说，故尝代表北方的儒家文化，而对鲁国文化的区域特征，如《汉书·地理志》说"丧祭之礼文备实寡，然其好学犹愈于它俗"。与此好礼仪的情形大相径庭，代表南方文化的楚国之人，多好为玄想，这也是温伯雪子批评鲁儒的原因，更是庄子借其名而对鲁儒徇守礼仪的批评。

文章由鲁人见温伯雪子与仲尼对子路问两段构篇。前段用温伯雪子两见鲁人"入而叹"、"又入而叹"复叠其意，重在厌恶其徇礼而失心。其进退规矩，形容守礼之状；从容龙虎，讥讽变化于形；似父似子，批评礼教等级。而后段文字中，孔子评价温伯雪子是"目击道存"最为精辟，这也是直指人心，见道明性的奥妙所在。庄子最重扬弃外物而不为其羁绊，强调存心达神，"目击道存"与"得意忘言"境界相类，是庄学思想的核心。

宋元君

宋元君将画图，众史皆至，受揖而立；舐笔和墨，在外者半。[①]有一史后至者，儃儃然不趋，受揖不立，因之舍。[②]公使人视之，则解衣般礴赢。[③]君曰："可矣，是真画者也。"

【注释】

① 宋元君：宋元公，名佐，宋平公之子。图：指国中山川地形图样。

史：画工。受揖而立：受命之后，拜谢而站在一边。在外者半：站在门外的还有一半，形容应征而来的人很多。 ② 儃儃（tǎn）然：从容不迫的样子。之舍：回到居住的地方。 ③ 般礴：两腿叉开而坐。羸：与“裸”同。

文王观于臧

文王观于臧，见一丈夫钓，而其钓莫钓；非持其钓有钓者也，常钓也。①

文王欲举而授之政，而恐大臣父兄之弗安也；欲终而释之，而不忍百姓之无天也。②于是旦而属之大夫曰：③“昔者寡人梦见良人，黑色而顑，乘驳马而偏朱蹄，号曰：④‘寓而政于臧丈人，庶几乎民有瘳乎！’”⑤

诸大夫蹵然曰：“先君王也。”

文王曰：“然则卜之。”

诸大夫曰：“先君之命，王其无它，又何卜焉！”⑥

遂迎臧丈人而授之政。典法无更，偏令无出。⑦三年，文王观于国，则列士坏植散群，长官者不成德，斔斛不敢入于四竟。⑧列士坏植散群，则尚同也；长官者不成德，则同务也；斔斛不敢入于四竟，则诸侯无二心也。⑨

文王于是焉以为大师，北面而问曰：⑩“政可以及天下乎？”⑪臧丈人昧然而不应，泛然而辞，朝令而夜遁，终身无闻。⑫

颜渊问于仲尼曰：“文王其犹未邪？⑬又何以梦为乎？”⑭

仲尼曰：“默，汝无言！⑮夫文王尽之也，而又何论刺焉！⑯彼直以循斯须也。”⑰

【注释】

① 臧：地名，或以为近渭水。一丈夫：一个男子，或以为即姜太公，一说“丈夫”当作“丈人”。其钓莫钓：他的钓竿上没有鱼钩，后一“钓”与“钩”同。非持其钓有钓者：他拿着钓竿并不是为了钓鱼。常钓：常常这样钓鱼（并不是偶然为之）。 ② 举：提拔。天：庇护，依靠，这里指臧丈人。 ③ 属：会集。 ④ 良人：贤良之人。顑：与“髯”同，胡须。驳马：指毛色杂驳的马。偏朱蹄：蹄子的一半是红色。号：命令。 ⑤ 寓：托付。而：与

"尔"同，你。有瘳(chōu)：疾病好转，这里指使人们脱离困境。 ⑥ 王其无它：您不必怀疑。 ⑦ 典法无更：未尝更改典章法度。偏令无出：未尝发出偏曲的号令。 ⑧ 植：将主，首领。坏植散群：指不结成朋党。长官者：指主事的人。长官者不成德：指主事的人顺物性而动，任万物自为，不运用自己的智谋治理事务，因此，功德不显。斔：与"庾"同，古代的一种量器，能容六斛四斗。斛(hú)：量器，能容五斗。四竟：与"四境"同。斔斛不敢入于四竟：指天下的度量衡统一。 ⑨ 尚同：宗尚相同，指不结朋党，同归于公。同务：事务相同，指任物自用，而不私用智谋。诸侯无二心：指诸侯没有叛变的心。 ⑩ 大师：即"太师"，在周初，太师与太傅、太保合称三公。北面：北向，向着北面，这是臣位，文王以臣位与"臧丈人"交谈，表示他对"臧丈人"非常尊敬。 ⑪ 及：施行。 ⑫ 昧然：茫然无知的样子。泛然：无所牵挂的样子。朝令而夜遁：早上接到传令(指文王"政可以及天下乎"这句话)，晚上就逃走了。 ⑬ 文王其犹未邪：文王还没有修成至人的品德吗？ ⑭ 何以梦为：为什么会做梦呢？ ⑮ 默：不要作声。 ⑯ 尽之：做的很完美，一说指使众人心中的意愿明确完整地表达出来。 ⑰ 循：顺。斯须：须臾之间，形容时间短。彼直以循斯须：他不过是顺应了众人一时的情感而这样做。

【导读】

这两段文字选自《田子方》篇，一写画家，一写钓者，一在艺术，一在政事，然皆以赞美突破规矩的拘束和外物的羁困，而表达出的自然无为的人生境界。

第一段文字以宋元君命画工绘图说事，文中以"众史"与"一史"的行为作派加以比较，形象生动，而寓意深远。作者描写"众史"是"受揖而立，舐笔和墨"，表现出对绘画的热衷与对画技的重视；而描写"一史"则是"受揖不立，因之舍"，而当公使人视之，其形象是"解衣般礴赢"，表现出无心于画而风神毕现的精神境界。而"一史"的形象与宋元君的赏识，魏晋中人有诸多的翻版与摹写，庄子思想对魏晋风度的影响，于此可窥一斑。

第二段文字影写姜太公渭水垂钓而见周文王的故事，写作主旨是"无为"而治的政教观。文中有关文王假托梦兆以及孔子的评价，都是编写故事的情节，并不是义理结穴处，文之关键，在“无心”（无为）二字。这里面包含三层次无心：一是“臧丈人”无心于钓，即“钓莫钓”之“常钓”，而有意于政事；二是其无心于政事，即“典法无出，偏令无出”，结果达到“尚同”、“同务”与“诸侯无二心”之效果；三是其无心于治天下，即“朝令而夜遁”，表现出一个超然物外的大智形象。

伯昏无人

列御寇为伯昏无人射，引之盈贯，措杯水其肘上，发之，适矢复沓，方矢复寓。① 当是时，犹象人也。②

伯昏无人曰：“是射之射，非不射之射也。③ 尝与汝登高山，履危石，临百仞之渊，若能射乎？”④

于是无人遂登高山，履危石，临百仞之渊，背逡巡，足二分垂在外，揖御寇而进之。⑤ 御寇伏地，汗流至踵。⑥

伯昏无人曰：“夫至人者，上窥青天，下潜黄泉，挥斥八极，神气不变。⑦ 今汝怵然有恂目之志，尔于中也殆矣夫！”⑧

【注释】

① 为：学习。伯昏无人：见《德充符》。引：拉。贯：箭头。引之盈贯：将弓拉满。措：安置。适：至，往。沓：重叠。适矢复沓：射出的箭一支连着一支。方矢复寓：弓弦上的箭刚射出，下一支箭又扣在弓弦上。② 象人：木偶人或土偶人。③ 射之射：指有心于射箭的射术。④ 若：你。⑤ 背：指背对着深渊。足二分垂在外：足分三分，有二分垂在悬崖边外。揖：请，让。进：上前。⑥ 伏地：趴在地上。踵：脚。⑦ 潜：测量，一说当作“隐藏”解。挥斥：指自由自在地遨游。八极：八方。神气：神色。⑧ 怵(chù)然：恐惧不安的样子。恂目：指因恐高而眩晕。志：意。中：射中，一说指精神。殆：危险。尔于中也殆矣夫：你恐怕没法射中靶子了。

肩吾问于孙叔敖

肩吾问于孙叔敖曰：[①]“子三为令尹而不荣华，三去之而无忧色。[②]吾始也疑子，今视子之鼻间栩栩然，子之用心独奈何？”[③]

孙叔敖曰：“吾何以过人哉！吾以其来不可却也，其去不可止也，吾以为得失之非我也，而无忧色而已矣。[④]我何以过人哉！且不知其在彼乎，其在我乎？[⑤]其在彼邪？亡乎我；在我邪？亡乎彼。[⑥]方将踌躇，方将四顾，何暇至乎人贵人贱哉！”[⑦]

仲尼闻之曰：“古之真人，知者不得说，美人不得滥，盗人不得劫，伏戏黄帝不得友。[⑧]死生亦大矣，而无变乎己，况爵禄乎！[⑨]若然者，其神经乎大山而无介，入乎渊泉而不濡，处卑细而不惫，充满天地，既以与人，己愈有。”[⑩]

【注释】

① 肩吾：见《逍遥游》。孙叔敖：即《论语》中的“令尹子文”，曾三为楚相。 ② 令尹：楚国官名，相当于后世宰相一职。 ③ 栩栩然：快乐自得的样子。 ④ 其：指“令尹”这一官职。 ⑤ 彼：同前“其”字，指“令尹”。此句言不知道值得珍视的事物在它身上，还是在我身上。 ⑥ 此句言如果值得珍视的事物在它身上，那就与我无关；如果值得珍视的事物在我身上，那就与它无关。 ⑦ 踌躇：逸豫自得的样子。四顾：超迈世俗，高视八方的样子。按“方将踌躇，方将四顾”两句，《养身主》作“为之四顾，为之踌躇满志”。 ⑧ 真人：得道之人。知者：指有智巧权谋的人。说：游说，说服。滥：淫乱。劫：威胁。 ⑨ 此句言死生是人的一生中最大的变化，尚且不放在心中，更何况爵禄的得失。 ⑩ 大山：即“太山”，泰山。介：障碍。卑细：指地位卑微。惫：困苦。既：全部，尽。既以与人，己愈有：指以道予人，则“我”与万物同归于天道之中，同归于天道之中，则彼此、物我之间的对立就泯灭了，泯灭了物我的对立，则万物无不是“我”，故称“己愈有”。

【导读】

这两段文字选自《田子方》篇，借伯昏无人的凝神而无畏、孙叔敖的达观而自化，讴歌得道者的体道心境与至德风范。

第一段文字是以“奇”见“常”，在惊心动魄的描写中展现得道者的舒徐自然的神态与精神。文中主要内容是伯昏无人表演射箭，第一场表演是连射而肘上杯水不动，射者如“象人”，其屹然不动的姿态与承蜩之老人、参斗之木鸡，可谓异曲同工。第二场表演是临危而射，而无惊无惧，应对超然。这节描写最为生动，如写其临危之状是“履危石，临百仞之渊，背逡巡，足二分垂在外”，读之令人有目眩神摇的感受；而写列御寇的反映，则是“伏地，汗流至踵”，其畏葸孱弱之状，如在眼前。而伯昏无人的“至人”之论，又可与庄子所描写的真人、神人比照，寓飞动于静穆之中，为其突出的表征。

第二段文字是以“常”见“奇”，在平淡舒缓的描述中展现得道者的特异功能与至德胸怀。文章以肩吾之问启引，即孙叔敖为什么三得令尹之职不喜，三失而不忧。孙叔敖的回答也非常简单，一切外在的东西“来不可却”、“去不可止”，顺应自然，所以无得亦无失，无贵亦无贱。其中最有意味的是“其在我乎？其在彼乎”的反问，是对当时名实观作出的超然答复。而作者借仲尼之言，将此淡然心态加以人格化的神奇表述，即“古之真人”的排句，所谓“不得说”、“不得滥”、“不得劫”、“不得友”，以及“无介”、“不濡”、“不惫”等，充分体现了庄子式的夸饰。

虽然两段文字内容有异，描绘方式不同，然其安危无系于心，贵贱不变于己，情境相同，主旨同一，属于庄子体道论的范畴。

知 北 游

知北游于玄水

知北游于玄水之上，登隐弅之丘，而适遭无为谓焉。① 知谓无为谓曰：“予欲有问乎若：② 何思何虑则知道？何处何服则安道？③ 何从何道则得道？”三问而无为谓不答也，非不答，不知答也。

知不得问，反于白水之南，登狐阕之上，而睹狂屈焉。④ 知以之言也问乎狂屈。⑤ 狂屈曰：“唉！予知之，将语若。”中欲言而忘其所欲言。

知不得问，反于帝宫，见黄帝而问焉。黄帝曰：“无思无虑始知道，无处无服始安道，无从无道始得道。”

知问黄帝曰：“我与若知之，彼与彼不知也，其孰是邪？”[6]

黄帝曰：“彼无为谓真是也，狂屈似之；我与汝终不近也。夫知者不言，言者不知，故圣人行不言之教。[7]道不可致，德不可至。[8]仁可为也，义可亏也，礼相伪也。[9]故曰：‘失道而后德，失德而后仁，失仁而后义，失义而后礼。[10]礼者，道之华而乱之首也。’[11]故曰：‘为道者日损，损之又损之以至于无为，无为而无不为也。’[12]今已为物也，欲复归根，不亦难乎！[13]其易也，其唯大人乎！[14]

“生也死之徒，死也生之始，孰知其纪！[15]人之生，气之聚也；聚则为生，散则为死。若死生为徒，吾又何患！故万物一也，是其所美者为神奇，其所恶者为臭腐；臭腐复化为神奇，神奇复化为臭腐。[16]故曰：‘通天下一气耳。’[17]圣人故贵一。”

知谓黄帝曰：“吾问无为谓，无为谓不应我，非不我应，不知应我也。吾问狂屈，狂屈中欲告我而不我告，非不我告，中欲告而忘之也。今予问乎若，若知之，奚故不近？”[18]

黄帝曰：“彼其真是也，以其不知也；此其似之也，以其忘之也；予与若终不近也，以其知之也。”[19]

狂屈闻之，以黄帝为知言。[20]

【注释】

① 知：假托的人名，比喻人的心机智巧。玄水：假托的水名，比喻道德玄远幽深。隐弅（fēn）：假托的丘名，比喻道的显隐无常，弅，隐隐突起。遭：遇上。无为谓：假托的人名，比喻道的无为无名。 ② 若：你。 ③ 处：居住。服：行，从事。 ④ 反：与“返”同。白水：假托的水名，喻“知”的洞彻显明。狐阕：假托的地名，比喻对“道”狐疑不解的境地。狂屈：假托的人名，比喻无知。 ⑤ 之言：此言，指前面问无为谓的几句话。 ⑥ 其孰是：谁符合真道。 ⑦ 知者不言，言者不知：真正懂得天道的人是不谈论道的，谈论道的人不懂天道，语出《老子》五十六章。圣人行不言之教：圣人以不可言说的道感化人，语出《老子》四十三章。 ⑧ 道不可致：

天道不能依靠语言获得。德不可至：道德的境界不能借助心智机巧而达到。 ⑨ 仁可为：有偏爱的“仁”，是通过人为假作出来的。义可亏：裁断是非的“义”，是会损伤万物的。礼相伪：不出自人的本性的“礼”，是虚伪不实的。 ⑩ 此句见《老子》三十八章。 ⑪ 此句言礼是道外在无用的装饰，是造成混乱的罪魁祸首。按，此句又见于《老子》三十八章，略有不同：“夫礼者，忠信之薄而乱之首。前识者，道之华而愚之始。” ⑫ 为道者日损：指修道者必须除去道外在无用的装饰，即除去仁义礼智信等浮华不实的东西。此句见《老子》四十八章。 ⑬ 此句言世人为外物所蒙蔽，要想回归大道，是很难的事情。 ⑭ 大人：指体道的圣人。 ⑮ 徒：类。纪：指变化的规律。此句言生与死同类，死是新生的开始，谁知道其中变化的规律呢！ ⑯ 故万物一也：因此，万物相通为一。所美者：指生。所恶者：指死。臭腐复化为神奇，神奇复化为臭腐：指生与死的互相转化。 ⑰ 通天下一气：指天下万物，都是由同一种和气聚合而成。 ⑱ 不近：指不接近于道。 ⑲ 彼：指无为谓。此：指狂屈。 ⑳ 以黄帝为知言：认为黄帝所说的话是懂得大道真义的言论。

【导读】

本文选自《知北游》篇，以寓言的形式探讨“知”与“言”的问题，由倡导“不言之教”，并勘进于对“生死聚散”的思考，以说明体道的层次与终极意义。

庄子的寓言假托人物与地名，多有象征意义，该文是最为典型的。就人物而言，文中出现的四位，除黄帝为古圣王之外，余者三位的“知”象征智巧之人，“无为谓”象征无为无名的人，“狂屈”则象征无知的人；而其地名如“隐弅”象征显隐无常，“玄水”象征玄远幽深，“白水”象征洞彻显明，“狐阕”象征狐疑不解等，构成围绕文章主旨而出现的生动形象：象征系列。正因如此，才给读者以惝恍迷离的感觉。

从文章结构来看，主要分成两部分：第一部分由知提出“知道”、“安道”与“得道”的命题，相继询问于无为谓、狂屈、黄帝，无为谓的不予回答，狂屈的欲答却忘言与黄帝的“无思无虑”、“无处无服”与“无从无道”的解答，而归于“知者不言，言者不知”的“不言之教”。在黄帝的“知”与“言”的论述中，庄子多借用老子的思想："知者"二句取自《老子》五十六章，"失道而后德"数语取自《老子》三十八章，"为道日损"等则取自《老子》四十八章，至于其它对"礼"、"知"的讨论，也多取法老子之义，这也为后世黄、老并称提供了一则重要的文献依据。第二部分由黄帝转而讨论生死问题，决定人之生死的是"气"的聚散，在论析生命的转换时，作者所言"化腐朽为神奇"成为后世文人创作经久不衰的艺术命题，这也是本文的一个重要的亮点。

在文章的收束处，由"狂屈"以为黄帝"知言"结篇，然其文主旨，则以"不知"为"知"，这才是得道的法则。所以分析此文，又当注意其采用的反转法，即先由无为谓出场，继之以狂屈、黄帝，而评其得道之高低，则是黄帝与知（知道）经狂屈（知而忘）再到无为谓（不知、无为），才达到至境。这种以先出场者为至上的写法，在庄子文章中也是不多见的。前人说庄子有"辘轳旋转法"、"光怪陆离法"（参见唐文治《国文经纬贯通大义》），可知庄文不守常态，变化自如，所以被人奉为"奇"文。

老聃言至道

孔子问于老聃曰："今日晏闲，敢问至道。"①

老聃曰："汝齐戒，疏瀹而心，澡雪而精神，掊击而知！② 夫道，窨然难言哉！③ 将为汝言其崖略。④

"夫昭昭生于冥冥，有伦生于无形，精神生于道，形本生于精，而万物以形相生，故九窍者胎生，八窍者卵生。⑤ 其来无迹，其往无崖，无门无房，四达之皇皇也。⑥ 邀于此者，四肢强，思虑恂达，耳目聪明，其用心不劳，其应物无方。⑦ 天不得不高，地不得不广，日月不得不行，万物不得不昌，此其道与！⑧

"且夫博之不必知，辩之不必慧，圣人以断之矣。⑨ 若夫益之而不加益，损之而不加损者，圣人之所保也。⑩ 渊渊乎其若海，魏魏乎其终则复始也，运量万物而不匮。⑪ 则君子之道，彼其外与！⑫ 万物皆往资焉而不匮，此其道与！⑬

"中国有人焉，非阴非阳，处于天地之间，直且为人，将反于宗。⑭ 自本观之，生者，喑醷物也。[15]虽有寿夭，相去几何？须臾之说也，奚足以为尧桀之是非！[16]果蓏有理，人伦虽难，所以相齿。[17]圣人遭之而不违，过之而不守。[18]调而应之，德也；偶而应之，道也；帝之所兴，王之所起也。[19]

"人生天地之间，若白驹之过郤，忽然而已。[20]注然勃然，莫不出焉；油然漻然，莫不入焉。[21]已化而生，又化而死，生物哀之，人类悲之。解其天弢，堕其天袠，纷乎宛乎，魂魄将往，乃身从之，乃大归乎！[22]不形之形，形之不形，是人之所同知也，非将至之所务也，此众人之所同论也。[23]彼至则不论，论则不至。[24]明见无值，辩不若默。[25]道不可闻，闻不若塞。[26]此之谓大得。"[27]

【注 释】

① 晏闲：安逸闲适。 ② 齐：与"斋"同。疏瀹（yuè）：疏导，疏通。而：你，"而精神""而知"之"而"与此同。澡雪：清洁。掊击：打破。③ 窅（yǎo）然：深远幽暗的样子。 ④ 崖：边际。崖略：大概。 ⑤ 伦：类。有伦：指天地万物。形本生于精：有形体的事物都生于精微的元气中。万物以形相生：指万物中同类生物借助形体生育后代。九窍：指人类。八窍：指禽类。 ⑥ 皇皇：广大的样子。无门无房，四达之皇皇：指道体四通八达，充满宇宙之间，没有形迹可寻。 ⑦ 邀：与"徼"同，顺。四肢强：四肢强健，一说"强"下有"良"字。恂达：通达。 ⑧ 与：同"欤"。此句言天不得（道）就不成其高，地不得（道）就不成其广，日月不得（道）就不能有序运转，万物不得（道）就不会繁盛，这就是道吧！ ⑨ 博之不必知：知识渊博而不一定懂得大道。辩之不必慧：口才辩捷不一定明白大道。圣人以断之：得道的圣人将其（指渊博的知识和辩捷的口才）舍弃。⑩ 益之而不加益，损之而不加损：指道不因外界人为的增加或减损而有所改变，道本身具有圆满的自足性和不可穷尽性。 ⑪ 渊渊：深广的样子。魏魏：与"巍巍"同，高大的样子。魏魏乎其终则复始也：当作"魏魏乎其若山，终则复始也"，终则复始：指道变化无穷，没有终始。运量：运用包举。匮：缺乏，穷乏，一说当作"遗"。 ⑫ 其：与"岂"同。此句言君子所修的真道，哪里是显露在外面呢！ ⑬ 资：资取，依靠。 ⑭ 非阴非阳：不偏向于阴，也不偏向于阳。直且：暂且，姑且。宗：指道。 ⑮ 本：指

道。喑醷(yīn yì):气体聚合的样子。 ⑯ 此句言世间虽然有长寿的人,也有夭折的人,但这种差别又有多大呢?只不过是一瞬间罢了(人的一生不过转瞬之间),又哪里能够分辨尧和桀的是非曲直。 ⑰ 果蓏(luǒ)有理:瓜果都有自己的生长规律。所以:可以。齿:排列,编次。人伦虽难,所以相齿:指人类关系虽然复杂,但还是可以按一定的秩序相处。 ⑱ 遭:遇。此句言圣人碰上种种人事并不有意避开,人事过后,也不执意固守。 ⑲ 调:和同。偶:碰上,遭遇。帝之所兴,王之所起:指帝王的兴起都是因游于大道中而偶然碰上的。 ⑳ 白驹:日影,一说是骏马。郤:与"隙"同,小孔。 ㉑ 注然勃然:万物兴盛的样子。出:指生。油然漻(liú)然:万物消逝的样子。入:指死。 ㉒ 弢:弓袋。堕:毁坏。袠(zhì):箭袋。天弢、天袠:比喻人为生死所束缚。纷乎:众多的样子。宛乎:远转不息,变化不定的样子。往:去,指离开躯体。大归:指返回大道,返回自然。 ㉓ 之:至。不形之形,形之不形:从无形的大道中产生有形的生命,有形的生命又回归无形的大道,一说指没有形体的形象,如果将它人为地表现出来,就不再是它原来的形象。非将至之所务:不是将要修得大道的人所着意追求的(但顺其自然而已)。 ㉔ 此句言那些修得大道的人是不谈论天道的,谈论天道的人还没有修得大道。 ㉕ 值:碰上,遭遇。明见无值,辩不若默:道不可以在声色、言语中求得,明察秋毫的人碰不上道,口才辩捷(能辨析事理)不如冥默无声(能悟得真道)。 ㉖ 塞:闭塞,指充耳不闻。 ㉗ 此之谓大得:这就叫做悟得天道。

庄子论道

东郭子问于庄子曰:[①]"所谓道,恶乎在?"

庄子曰:"无所不在。"

东郭子曰:"期而后可。"[②]

庄子曰:"在蝼蚁。"[③]

曰:"何其下邪?"[④]

曰:"在稊稗。"[⑤]

曰:"何其愈下邪?"

曰："在瓦甓。"[⑥]

曰："何其愈甚邪？"

曰："在屎溺。"

东郭子不应。庄子曰："夫子之问也，固不及质。[⑦]正获之问于监市履狶也，每下愈况。[⑧]汝唯莫必，无乎逃物。[⑨]至道若是，大言亦然。[⑩]周遍咸三者，异名同实，其指一也。[⑪]

"尝相与游乎无何有之宫，同合而论，无所终穷乎！[⑫]尝相与无为乎！淡而静乎！漠而清乎！调而闲乎！[⑬]寥已吾志，无往焉而不知其所至。[⑭]去而来而不知其所止，吾已往来焉而不知其所终；彷徨乎冯闳，大知入焉而不知其所穷。[⑮]物物者与物无际，而物有际者，所谓物际者也；不际之际，际之不际者也。[⑯]谓盈虚衰杀，彼为盈虚非盈虚，彼为衰杀非衰杀，彼为本末非本末，彼为积散非积散也。"[⑰]

【注释】

① 东郭子：居住在东郭的一个人，一说为《田子方》中的"东郭顺子"。 ② 期：指明，指定。 ③ 蝼蚁：蝼蛄和蚂蚁。 ④ 下：卑贱。 ⑤ 稊稗：能结小谷粒的杂草。 ⑥ 甓(pì)：砖块。 ⑦ 质：指道的实质。 ⑧ 正获："正"是管理市场的小官。监市：屠夫。履狶：用脚踩踏猪以检查猪的肥瘦，狶，大猪。况：明显。每下愈况：越往腿的下面踩，越能知道猪的肥瘦。 ⑨ 必：指限定在一个物体上。此句言你不要限定在一个物体上(找寻道)，道存在于一切物体中。 ⑩ 大言亦然：用来说明道的语言也是如此，即用来说明道的语言有千差万别，但中心内容都没有离开道。 ⑪ 此句言"周"、"遍"、"咸"三个词语，名称不同，但实质一样，它们表达的意思是相同的。 ⑫ 无何有之宫：与《逍遥游》中的"无何有之乡"同义，指道所在的地方。同合而论，无所终穷：指将说明道的各种言论集合起来看，发现道是无所不在，没有穷尽的。 ⑬ 淡而静：恬淡而安静。漠而清：寂寞而清虚。调而闲：和洽而安闲。 ⑭ 已：与"矣"同。寥：安静寂寥。寥已吾志：即"吾志寥已"的倒装。我的心志已经达到安静寂寥的境界。 ⑮ 彷徨：自由自在地遨游。冯闳(hóng)：虚空阔大的样子。大知：即"大智"，能体悟大道的智慧。大知入焉而不知其所穷：大知游于寂寥虚

空的道中，而不知它的终始。 ⑯ 物物者：指主宰万物的道。际：边际，界限。物物者与物无际：指道存在于一切事物中，因此，它与万物没有界限。而物有际者，所谓物际者也：物与物之间有界限，有分别，这就是所谓的“物际”。不际之际，际之不际者也：指道与万物之间没有界限(即“不际之际”)，要强行在道与万物之间划出界限，这条界限是无法标示出来的(即“际之不际”)。 ⑰ 这几句的意思是：就具体的事物而言，它们的外在形象会表现出“盈虚”、“衰杀”、“本末”、“积散”的特征，但如果从道的角度看，由于道存在于一切事物之中，且道本身也没有“盈虚”、“衰杀”、“本末”、“积散”等有界限、有分际的特征，因此，就同一个事物而言，原来存在于事物表象中的“盈虚”、“衰杀”、“本末”、“积散”等特征，在道的境界中，已不复存在，故称“彼为盈虚非盈虚，彼为衰杀非衰杀，彼为本末非本末，彼为积散非积散”。

【导读】

这两段文字选自《知北游》篇，通过老聃与庄子的论“道”，一重其本然性，一重其随意所在，显示出老、庄道论的异同变化。

有关老庄哲学思想的异同，历代论者甚多，区分其异，老子主“静”，庄子主“动”(游)，显而易见，而静者好为混沌本原之思考，动者则更偏于目击道存，好为道之实体的解释。老子的“道”，在平凡中见神奇，具有精英化的特征，庄子的道，神奇中见平凡，具有世俗化的倾向。这两段文字，虽然都是庄子的论点，但其根据不同视点的演绎，于中亦可增添读者对老庄思想异同的理性分析。例如第一段文字，是基于老子的尚“无”思想，以推述“至道”的。文章借孔子问启引，老聃回答为本文重点，其中共分为五节：一论净心静神，方能得道之端绪；二论道生于无形，应物无方的不可捉摸性；三论圣人体道，“渊渊乎其若海，巍巍乎其若山”，应化自然，方生生不匮；四论生命由气聚而成，倡导调和顺应之德与随机适应之道；五论道充斥宇宙间，倏忽变化，返归大本，不可听闻，不可辩说，本于无而用于有，始能得道。

第二段文字则不同，论道不在形而上的虚无，不在无形无踪的玄妙，而且是“每下愈况”，归于实物，表现出庄子偏重“畸人”类思维的体物方式。文章以东郭子与庄子的问对构篇，以东郭子问“道”引端，以庄子回答的“无所不在”为全篇之精神。“道”在何处？庄子一破常见之去形达神之论，而回答以“在蝼蚁”、“在稊稗”、“在瓦甓”、“在屎溺”。在这里，庄子提了道不离物的思想，即“无乎逃物”；同时，道又是一种无形的支配力，它所体现于物的“衰杀”、“本末”、“积散”，均非道的现象，而是道的境界。虽然庄子的“每下愈况”的比喻是针对东郭子的不智之问的反讽，但其寓道于物的观点，却是庄子思想中不可或缺的思想组成部分。尤其是“道在屎溺”这样的以“下”喻“上”、以“丑”为“美”的言说方式，后来为禅宗所接受，形成对传统佛理的扬弃与新解。

老 龙 吉

妸荷甘与神农同学于老龙吉。[①]神农隐几阖户昼瞑，妸荷甘日中奓户而入曰：[②]“老龙死矣！”神农隐几拥杖而起，嚗然放杖而笑，曰：[③]“天知予僻陋慢訑，故弃予而死。[④]已矣夫子！无所发予之狂言而死矣夫！”[⑤]

弇堈吊闻之，曰：[⑥]“夫体道者，天下之君子所系焉。[⑦]今于道，秋豪之端万分未得处一焉，而犹知藏其狂言而死，又况夫体道者乎！[⑧]视之无形，听之无声，于人之论者，谓之冥冥，所以论道，而非道也。”[⑨]

【注释】

① 妸(ē)荷甘：假托的人物。神农：假托的人物，非三皇之一的神农。老龙吉：假托的得道之人。 ② 隐：倚靠。阖：合，关闭。奓(zhà)：推开。③ 隐几：一说为衍文。嚗(bó)然：放杖的声音。 ④ 天：这是神农对老龙吉的尊称。僻陋：鄙陋浅薄。慢訑(dàn)：即慢诞，怠慢放纵。 ⑤ 狂言：指至言。此句言没有留下启发我的至言就死去了。 ⑥ 弇堈(yǎn gāng)吊：假托的得道之人。 ⑦ 系：归附，倾心。 ⑧ 今于道，秋豪之端万分未得处一：指老龙吉得到的道连秋毫末端的万分之一都不到。⑨ 此句言道没有形象，也没有声音，有人谈论道，称之为“冥冥”，用这个名称来论道，这并不是真的道。

泰清问道

于是泰清问乎无穷曰："子知道乎？"[①]

无穷曰："吾不知。"

又问乎无为。无为曰："吾知道。"

曰："子之知道，亦有数乎？"[②]

曰："有。"

曰："其数若何？"

无为曰："吾知道之可以贵，可以贱，可以约，可以散，此吾所以知道之数也。"[③]

泰清以之言也问乎无始曰：[④]"若是，则无穷之弗知与无为之知，孰是而孰非乎？"

无始曰："不知深矣，知之浅矣；弗知内矣，知之外矣。"[⑤]

于是泰清中而叹曰："弗知乃知乎！[⑥]知乃不知乎！孰知不知之知？"

无始曰："道不可闻，闻而非也；道不可见，见而非也；道不可言，言而非也。知形形之不形乎！[⑦]道不当名。"[⑧]

无始曰："有问道而应之者，不知道也。虽问道者，亦未闻道。道无问，问无应。无问问之，是问穷也；无应应之，是无内也。[⑨]以无内待问穷，若是者，外不观乎宇宙，内不知乎大初，是以不过乎昆仑，不游乎太虚。"[⑩]

【注释】

① 泰清、无穷：假托的人物，以喻道的深广无穷，下文"无为"、"无始"也是假托的人物。 ② 数：名数。 ③ 约：聚合，这里指生。散：指死。 ④ 之言：此言，指上文无为所说的"道之可以贵，可以贱，可以约，可以散"一段话。 ⑤ 不知深矣：不知道，就意味着他体道很深。弗知内矣：不知道，就意味着他懂得了道的内质。 ⑥ 弗知乃知乎：不知大道才是真的懂得大道吧。 ⑦ 形形之不形：能够赋予万物以形体的道是没有形象的。 ⑧ 当：合。此句言任何名号都不能用来称述道。 ⑨ 穷：空。此句言道无法从别人那里得到，不应该向别人请问，如果向别人请问，那就是无意义的发问；道无法用语言表达出来传授给人，因此，对别人的提问

就不应该回答,如果回答了,那回答的内容就不是道的本质。 ⑩ 大初:即“太初”,指道。昆仑:高远的地方,指道。太虚:虚静深远的地方,指道。

【导读】

这两段文字选自《知北游》篇,描述“道”的既虚无又实在,既体于物又不可知的性质。

第一段虚构了四位高人,三位在台面,一位隐于台后,以描写其情景与对话,阐发学道的困惑与体道的虚无。文中主角“老龙吉”隐于台后,而其学生“神农”、“妸荷甘”以及旁观者“弇堈吊”则在台前,演绎了一场论“道”的“荒诞”剧。首先出场的是神农与妸荷甘,妸荷甘的形象是“日中奓户而入”,表现出问师学道的匆忙,而他因其所见而惊呼的“老龙死矣”,使另一学道者神农的形象得以丰满地展示。神农先是“阖户昼瞑”,表现出一副恬淡漠然的状态,而当听到妸荷甘的呼声,则“嚗然放杖而笑”,又演示出一种放诞狂荡的表情。继后出场的是弇堈吊,他以旁观者的情态介入其中,当听到神农遗憾老龙吉没留下论道的至言的叹息,发表了自己有关“体道”的见解。弇堈吊的议论包括三个层次:一是道为天下君子所依归;二是老龙吉体道不及万分之一,何来体道至言;三是道不可说,所谓“论道,而非道也”,即老子“道可道,非常道”的演绎。由此再看三人的形象,妸荷甘的焦躁与匆忙,神农的恬淡与困惑,弇堈吊的虚静与浑茫,也正预示了体道者的不同境界。

如果说前段文字是形象化地论“道”,那么第二段文字由泰清问“道”肇端,则是对“道”的不可知性的理性推阐。这里同样假托了四位寓言人物,即问者“泰清”与答者“无穷”、“无为”、“无始”。在对“道”的认知上,无穷是不知论者,无为是可知论者,而无始则介乎其间,所谓“不知深矣,知之浅矣;弗知内矣,知之外矣”。也就是说不知论者偏于内心深处的体验,而忽略了“道之为物”的外在性;可知论者偏于外物表面的摹写,而忽略了“道不可道”的内在领悟。而无始介乎内与外、心与物之间状态的体道主张,正是庄子所倡导的超越后融入世俗的“混冥”之境。

杂 篇

徐 无 鬼

徐无鬼见魏武侯

徐无鬼因女商见魏武侯，武侯劳之曰：[1]“先生病矣！[2]苦于山林之劳，故乃肯见于寡人。”

徐无鬼曰：“我则劳于君，君有何劳于我！[3]君将盈耆欲，长好恶，则性命之情病矣；君将黜耆欲，掔好恶，则耳目病矣。[4]我将劳君，君有何劳于我！”武侯超然不对。[5]

少焉，徐无鬼曰：“尝语君，吾相狗也。下之质执饱而止，是狸德也；中之质若视日，上之质若亡其一。[6]吾相狗，又不若吾相马也。吾相马，直者中绳，曲者中钩，方者中矩，圆者中规，是国马也，而未若天下马也。[7]天下马有成材，若卹若失，若丧其一，若是者，超轶绝尘，不知其所。”[8]武侯大悦而笑。

徐无鬼出，女商曰：“先生独何以说吾君乎？吾所以说吾君者，横说之则以《诗》《书》《礼》《乐》，从说之则以《金板》《六弢》，奉事而大有功者不可为数，而吾君未尝启齿。[9]今先生何以说吾君，使吾君说若此乎？”[10]

徐无鬼曰：“吾直告之吾相狗马耳。”

女商曰：“若是乎？”

曰：“子不闻夫越之流人乎？[11]去国数日，见其所知而喜；去国旬月，见所尝见于国中者喜；及期年也，见似人者而喜矣；不亦去人滋久，思人滋深乎？[12]夫逃虚空者，藜藋柱乎鼪鼬之迳，踉位其空，闻人足音跫然而喜矣，又况乎昆弟亲戚之謦欬其侧者乎！[13]久矣夫，莫以真人之言謦欬吾君之侧乎！”[14]

【注释】

① 徐无鬼：姓徐，名无鬼，魏国的隐士。女商：姓女，名商，魏国的宰臣。魏武侯：名击，魏文侯之子。劳：慰劳，下文“我则劳于君，君有何劳于我”、“将来劳君”、“奚劳寡人”、“劳君之神与形”之“劳”解与此同。 ② 病：穷困。 ③ 有：与“又”同。 ④ 盈：满足。耆：与“嗜”同。长：滋长。黜：摒弃。掔(qiān)：引退。 ⑤ 超然：与“怅然”同，不高兴的样子。 ⑥ 下之质：下等材质的狗。执饱而止：直到吃饱为止。狸德：这是野猫的德性(指为了吃饱)。若视日：像看太阳一样，比喻意气高远。若亡其一：好像忘掉了它自己一样，一，身。 ⑦ 直者中绳，曲者中钩，方者中矩，圆者中规：兼马的体形和举止而言，强调其合乎法度。国马：一国之中最好的马。 ⑧ 成材：天生的材质。若卹(xù)若失：闷然若有所失的样子。超轶绝尘：形容奔跑速度非常快。 ⑨ 横：远。从：与“纵”同，近。《金板》《六弢》：即太公兵法，据说为姜子牙所传，书藏在朝廷，故称“金板”，“弢”又作“韬”。不可为数：不计其数。启齿：开口微笑。 ⑩ 前“说”解作游说，后“说”与“悦”同。 ⑪ 越：远方，一说为越国。流人：流放之人。⑫ 所知：指熟悉的人。期年：一年。似人者：指像自己的乡人。滋：愈加。⑬ 逃虚空者：指逃亡到空旷无人的地方。藜藋(lí diào)：灌木。柱：堵塞。鼪鼬(shēng yòu)：黄鼠狼。迳：与“径”同，小路。踉：与“良”同，长久。踉位其空：长久地呆在空旷的地方。跫(qióng)然：欢喜的样子，一说为脚步声。謦欬(qǐng kài)：咳嗽声，引申为言笑声。 ⑭ 真人之言：符合人的自然天性的言论。

徐无鬼见武侯，武侯曰：“先生居山林，食芧栗，厌葱韭，以宾寡人，久矣夫！[1]今老邪？其欲干酒肉之味邪？[2]其寡人亦有社稷之福邪？”[3]

徐无鬼曰：“无鬼生于贫贱，未尝敢饮食君之酒肉，将来劳君也。”

君曰：“何哉，奚劳寡人？”

曰：“劳君之神与形。”

武侯曰：“何谓邪？”

徐无鬼曰：“天地之养也一，登高不可以为长，居下不可以为短。[4]君独为万乘之主，以苦一国之民，以养耳目鼻口，夫神者不自许也。[5]夫神者，好和而恶奸；夫奸，病也，故劳之。[6]唯君所病之，何也？”[7]

武侯曰：“欲见先生久矣。吾欲爱民而为义偃兵，其可乎？”[8]

徐无鬼曰：“不可。爱民，害民之始也；为义偃兵，造兵之本也；君自此为之，则殆不成。[9]凡成美，恶器也；君虽为仁义，几且伪哉！[10]形固造形，成固有伐，变固外战。[11]君亦必无盛鹤列于丽谯之间，无徒骥于锱坛之宫，无藏逆于得，无以巧胜人，无以谋胜人，无以战胜人。[12]夫杀人之士民，兼人之土地，以养吾私与吾神者，其战不知孰善？胜之恶乎在？[13]君若勿已矣，修胸中之诚，以应天地之情而勿撄。[14]夫民死已脱矣，君将恶乎用夫偃兵哉！”[15]

【注 释】

① 芋：见《齐物论》。厌：满足。宾：与“摈”同，摈弃。 ② 干：求。 ③ 其：与“岂”同，表猜度。其寡人亦有社稷之福邪：难道（你有什么谋略要进献）使我的国家蒙受福气。 ④ 天地之养也一：天地对万物的生养是均等的。登高不可以为长，居下不可以为短：登上高处不可以认为身体加长了，处于低处不可以认为身体缩短了，以喻人不能以所处的社会地位来区分贵贱。 ⑤ 许：与，安宁。神者不自许：内心不安。 ⑥ 好和而恶奸：喜欢和同融洽，讨厌偏私自利。 ⑦ 唯君所病之：只有您患有这种偏私自利的病。 ⑧ 偃：息，停止。 ⑨ 造兵：兴兵。殆：大概。君自此为之，则殆不成：如果您从这里入手（指“爱民”和“为义偃兵”），大概是不会成功的（指达到“爱民”和“偃兵”的目的）。 ⑩ 凡成美，恶器也：凡是能成就美名的，也就是作恶的工具。几：近。几且伪：近于虚伪做作。 ⑪ 固：本来。伐：自夸。此句言人为的造作本来就会产生虚伪的形迹，有成就本来就会导致自我矜夸，有变乱本来就会引起战争。 ⑫ 盛：强盛，壮大。鹤列：兵阵的行列。丽谯：楼台，台观。徒：步兵。骥：骑兵。锱（zī）坛：宫名。无藏逆于得：不要违背自然的天性而追求外物。 ⑬ 以养吾私与吾神：用来满足我的私欲，愉悦我的内心。其战不知孰善：不知道战争中谁是正义的一方。胜之恶乎在：胜利又属于哪一方呢。 ⑭ 诚：真，实。天地之情：指无为而治，任万物自用自足。撄：打扰，扰乱。此句言如果您不得已（而一定要有所作为），那就修养内心的真性，无为而治，

不要扰乱民众。 ⑮ 民死已脱:百姓已经免于死亡。

【导读】

本文选自《徐无鬼》篇,批评君主嗜欲害民,倡导无为而治的和谐政治。

全文可分为两段,第一段写徐无鬼见魏武侯,指出“盈嗜欲,长好恶”是君主“性命之情病”的根本原因。文章以退为进,先写武侯慰劳徐无鬼,以表怜悯,而笔锋骤转,以徐无鬼指出武侯“耳目之病”与“性命之病”的矛盾与困境,居高临下,起凌空破竹之势。接着忽然又以武侯“超然不对”再转,使笔势盘旋,复借徐无鬼“少焉”的停顿,引出一节“相狗”与“相马”的妙论。其中有关三等狗(上之质、中之质、下之质)与两类马(国马、天下马)的描述,寓庄于谐,寓教于乐,于笑声中鞭挞君主的害民私欲。而作为中介人物的女商,他的质疑也含有深意。这一疑问来自他以“诗书礼乐”等说君主反不及说“相狗马”使之畅快,答案就在徐无鬼有关“越之流人”怀乡之思的话语,因为庄子认为无论是儒家的诗书,还是兵家的韬略,都是掩杀了真性的虚伪与矫造,而所谓“真人之言”,是导向于人们心灵的终极家园之“道”,那就是“归真返朴”。

第二段的描写手法类似前文,也采取欲抑先扬之法,即先让武侯张扬其物欲的骄人,继而掩压其私欲的可耻与灾难。而对武侯私欲伤“神与形”的批评,又分两层展开:一是“神者,好和而恶奸”,武侯之病在“奸”,就是“以苦一国之民,以养耳目鼻口”;二是阐发老子“大道废,有仁义”的说法,对武侯意欲“爱民”、“偃兵”的想法进行了具有辩证意味的批判。庄子借徐无鬼之口所说的“爱民,害民之始”、“偃兵,造兵之本”,看似故为奇论,其实寓意深刻。这种说法类似孟子的“由仁义行”而“非行仁义”,即君主的“爱民”善举不可著相,应是发自内心的自然,所以庄子一气呼出六个“无”字,所谓“无以巧胜人”等,这样才能达到“修胸中之诚,以应天地之情而勿撄”的境地。

黄帝问途于童子

黄帝将见大隗乎具茨之山,方明为御,昌寓骖乘,张若、謵朋前马,昆阍、滑稽后车；至于襄城之野，七圣皆迷，无所问途。[①]

适遇牧马童子，问途焉，曰："若知具茨之山乎？"曰："然。"

"若知大隗之所存乎？"曰："然。"

黄帝曰："异哉小童！非徒知具茨之山，又知大隗之所存。[②]请问为天下。"[③]

小童曰："夫为天下者，亦若此而已矣，又奚事焉！[④]予少而自游于六合之内，予适有瞀病，有长者教予曰：[⑤]'若乘日之车而游于襄城之野。'[⑥]今予病少痊，予又且复游于六合之外。[⑦]夫为天下亦若此而已。予又奚事焉！"

黄帝曰："夫为天下者，则诚非吾子之事。[⑧]虽然，请问为天下。"小童辞。

黄帝又问。小童曰："夫为天下者，亦奚以异乎牧马者哉！亦去其害马者而已矣！"[⑨]

黄帝再拜稽首，称天师而退。[⑩]

【注 释】

① 大隗：假托的人名，以喻虚静广大的道。具茨：即泰隗山，在河南密县东南。方明、昌寓、张若、謵朋、昆阍、滑稽：假托的人物。御：驾马的人。骖乘：车右，护卫。前马：先锋。后车：随从。襄城之野：疑为假托的地名，相当于"广莫之野"、"无何有之乡"之类的地方，一说即河南襄城县。 ② 非徒：不但。存：在。 ③ 为天下：治理天下。 ④ 亦若此而已矣：只需要这样做（即游于大道之中）就行了。 ⑤ 六合之内：指世俗中。瞀（mào）病：目眩之病，比喻沉迷于世俗中的种种欲望。长者：得道之人。 ⑥ 乘日之车：以日为车，日出而游，日落而息。 ⑦ 痊：愈，除，指去掉了尘世的欲望。 ⑧ 诚非吾子之事：确实不是您所看重的事情。 ⑨ 去其害马者：指不要做性分之外的事情。 ⑩ 天师：即"大宗师"，指道。

庄子与惠子论射

庄子曰："射者非前期而中，谓之善射，天下皆羿也，可乎？"[①]

惠子曰："可。"

庄子曰："天下非有公是也，而各是其所是，天下皆尧也，可乎？"[②]

惠子曰："可。"

庄子曰："然则儒墨杨秉四，与夫子为五，果孰是邪？[③]或者若鲁遽者邪？[④]其弟子曰：'我得夫子之道矣，吾能冬爨鼎而夏造冰矣。'[⑤]鲁遽曰：'是直以阳召阳，以阴召阴，非吾所谓道也。[⑥]吾示子乎吾道。'于是为之调瑟，废一于堂，废一于室，鼓宫宫动，鼓角角动，音律同矣。[⑦]夫或改调一弦，于五音无当也。[⑧]鼓之，二十五弦皆动，未始异于声，而音之君已。[⑨]且若是者邪？"[⑩]

惠子曰："今夫儒墨杨秉，且方与我以辩，相拂以辞，相镇以声，而未始吾非也，则奚若矣？"[⑪]

庄子曰："齐人蹢子于宋者，其命阍也不以完，其求钘钟也以束缚，其求唐子也而未始出域，有遗类矣！[⑫]夫楚人寄而蹢阍者，夜半于无人之时而与舟人斗，未始离于岑而足以造于怨也。"[⑬]

【注释】

① 前期：预先指定目标。 ② 公是：共同认可的道理。各是其所是：各以自己认为正确的事为真理。 ③ 儒：儒家。墨：墨家。杨：杨朱。秉：公孙龙字秉。夫子：指惠子。 ④ 鲁遽：人名，一说为周初人。⑤ 冬爨鼎：冬天取灰烬生火，能用来煮饭。夏造冰：夏天取热水悬置井中，一会儿便结成冰。 ⑥ 以阳召阳：灰烬属于阳，火也属于阳，以灰烬生火，故称"以阳召阳"。以阴召阴：水属于阴，井也属于阴，水置于井中而结冰，故称"以阴召阴"。 ⑦ 废：放置。废一于堂，废一于室：将一张瑟放在厅堂，另一张放在内室。宫、角：五声中的两种。 ⑧ 此句言如果将其中一张瑟的弦重新调换，那么，另一张瑟就不能在五音上与它相合了。⑨ 鼓：演奏乐器，这里指轮拂二十五弦。君：主。已：与"矣"同。此句言如果同时拂动二十五弦，那么，一张瑟上的任何一根弦弹奏出来的声音必定可以在另一张瑟上找到与它对应的声音，这是因为它们弹奏出来的声音都不出于五音。 ⑩ 且若是者邪：你们也都像鲁遽一样（是己非人）吧。 ⑪ 相拂以辞：以言语相抗争。相镇以声：以声音相压制。未始吾

非：未曾认为自己是错的。 ⑫ 蹢(zhí)：投放。阍：看门人。钘(xíng)：形状似钟而略小。束缚：用绳子捆绑好。唐：亡。遗类：遗忘自己的种类，这里指不重视自己的儿子。此句言齐国人把儿子弄成残废，赶往宋国作看门人，因为看门人不需要身体健全，与此同时，这个齐国人对待钟壶等器物却小心翼翼，用绳子把它们绑牢，生怕掉在地上打碎了，他不去宋国寻找自己的儿子，(却对钟壶等器物特别珍视)已经忘记了自己还有个儿子，然而他却不以为非，反以为是。按，齐人残害自己的儿子而珍视器物，以喻惠施等人远离大道而好辩。 ⑬ 蹢：与"谪"同，责骂。楚人寄而蹢阍者：楚人寄住在别人家中却责骂看门的人。岑：岸。造于怨：结怨。按，"夫楚人寄而蹢阍者"与下文不相连贯，疑有脱文。

【导读】

这两段文字选自《徐无鬼》篇，主要倡导勿以扰民为能事的无为政治观，批评自以为得治天下之道者的矜持与愚蠢。

第一段以黄帝见大隗往具茨山的寓言，说明治天下的道理。这里含有两重比较：一是圣与凡的比较。黄帝及随行的"方明"等共七人，结果是"七圣皆迷"而入于迷津；相对而言的则是十分平凡的"牧马童子"，不仅知道具茨之山，也知道大隗所在。在黄帝"异哉"的惊呼声中，其圣凡之高下与得道之修养，形成反比。二是大与小的比较。文中黄帝是带有好奇的心理，提出"治天下"的"大事"咨询于"小童"，是明知其"诚非吾子之事"而故为问之，而小童先以"游于六合之内"与"游于六合之外"，继以治天下如牧马，即"去其害马"以论治天下之易。所谓"去其害马"，指不要做性分之外的事，也就无为而治的思想。

第二段以论"射"谈寻"道"，以讽刺战国诸家于道的无知却争辩不休的情形。文中假托庄子与惠子的对话，以庄子质疑"射"者误中皆为"羿"，治天下各行其是皆为"尧"以引端，在得到惠子的肯定后，庄子展开了对儒、墨、杨朱、公孙龙与惠施"五家"的批判，其中用鲁遽为喻，颇有深意。在庄子看来，鲁遽演奏琴瑟，也是以宫应宫、以角应角，这与他所批评"以阳召阳""以阴召阴"的本领完全一样，然而，他却自以为得道，而认为他的弟子没有学到他的道，这是很愚蠢的看法。作者是借此比喻儒墨杨秉惠子五家是己非人，自以为得道，实际上都没有悟得大道。

综观两段文字，均以治天下说事，前者迷于“路”，后者迷于“言”（辩），耐人寻思。

匠石运斤

庄子送葬，过惠子之墓，顾谓从者曰：“郢人垩慢其鼻端若蝇翼，使匠石斲之。①匠石运斤成风，听而斲之，尽垩而鼻不伤，郢人立不失容。②宋元君闻之，召匠石曰：‘尝试为寡人为之。’匠石曰：‘臣则尝能斲之。③虽然，臣之质死久矣。’④自夫子之死也，吾无以为质矣，吾无与言之矣。”⑤

【注释】

① 郢：楚国都城，在湖北江陵县。垩（è）：石灰。慢：与“漫”同，涂。匠石：一个名叫石的工匠。 ② 斤：斧。听：任手所动。 ③ 尝：曾经。④ 质：对象，这里指郢人。 ⑤ 夫子：惠施。

【导读】

本文选自《徐无鬼》篇，以匠石运斤的故事，表达了庄子对惠子的“畏友”情感。

自古谈论挚友“知音”，多举钟子期与俞伯牙的故事，所谓“钟子期死，伯牙终身不复鼓琴”（司马迁《报任少卿书》），表现出的是一种相互间的钦慕与欣赏。然而也不应该忽略另一种知音，那就是“畏友”，虽彼此仿佛为敌，却缺一不可，二者的价值是在对立中存在的，庄子与惠子就属于这一类。在这则寓言中，前提是惠子去世，庄子送葬，核心思想是庄子的自叹：“吾无与言之矣。”当然，作者并不停留在一般的描述，而是采用寓言形式加以生动地展现。所谓“匠石运斤成风”，固然技艺高超，可以为“质”的“郢人”能够“立不失容”，则具有更为可贵而惊人的胆识。所以当宋元君再请匠石斲除如“如蝇翼”之“鼻垩”时，匠石也只能感叹“臣之质死久矣”。而通观《庄子》全书，其中以惠子为题材的寓言，机锋理趣，极为精美，充分展示出庄惠论辩的思想结晶。

管仲答齐桓问

管仲有病，桓公问之，曰："仲父之病病矣，可不讳云，至于大病，则寡人恶乎属国而可？"[①]

管仲曰："公谁欲与？"[②]

公曰："鲍叔牙。"[③]

曰："不可。其为人洁廉善士也，其于不己若者不比之，又一闻人之过，终身不忘。[④]使之治国，上且钩乎君，下且逆乎民。[⑤]其得罪于君也，将弗久矣！"

公曰："然则孰可？"

对曰："勿已，则隰朋可。[⑥]其为人也，上忘而下畔，愧不若黄帝而哀不己若者。[⑦]以德分人谓之圣，以财分人谓之贤。[⑧]以贤临人，未有得人者也；[⑨]以贤下人，未有不得人者也。其于国有不闻也，其于家有不见也。[⑩]勿已，则隰朋可。"

【注 释】

① 病病：病很严重。大病：死。属国：托付国政。 ② 公谁欲与：即"公欲与谁"的倒装。 ③ 鲍叔牙：姓鲍，字叔牙，齐桓公的大臣，与管仲为友。 ④ 洁廉善士：品格清廉贞洁的好人。比：亲近。其于不己若者不比之：对于不如自己的人，他不会去亲近他们。 ⑤ 钩：与"逆"意义相近，违背，忤逆。 ⑥ 勿已：不得已。隰(xí)朋：姓隰，名朋，齐国的贤人。⑦ 上忘而下畔："下"下当有"不"字，使在上位的人忘记自己，使在下位的人不叛离，"畔"与"叛"同。哀：怜爱。 ⑧ 以德分人：指施德于人。⑨ 以贤临人：指依恃贤能之名而傲视别人。 ⑩ 不闻、不见：指不斤斤计较，不苛察百姓。

吴 王 射 狙

吴王浮于江，登乎狙之山。[①]众狙见之，恂然弃而走，逃于深蓁。[②]有一狙焉，委蛇攫搔，见巧乎王。[③]王射之，敏给搏捷矢。[④]王命相者趋射之，狙执死。[5]

王故谓其友颜不疑曰：[6]"之狙也，伐其巧恃其便以敖予，以至此殛也！[7]戒之哉！嗟乎，无以汝色骄人哉！"颜不疑归而师董梧以助其色，去乐辞显，三年而国人称之。[8]

【注释】

① 狙：猕猴。狙之山：山上多"狙"，故称"狙之山"。 ② 恂(xún)然：惊恐的样子。蓁(zhēn)：荆棘丛。 ③ 委蛇：从容安定的样子。攫搔：抓住树枝在空中腾跃，"搔"与"抓"同。见：与"现"同，显露。 ④ 敏给：敏捷。搏：击落，一说为接住。捷矢：速度很快的箭，一说"捷"与"接"同。 ⑤ 相者：协助吴王打猎的人。趋：急，快速。执：一说下有"树"字，"执树死"犹言抱树而死。 ⑥ 颜不疑：姓颜，名不疑，吴王之友。 ⑦ 之：此。伐：夸耀。敖：与"傲"同，轻视。殛(jí)：死。 ⑧ 董梧：姓董，名梧，吴国的贤人。助：与"锄"同，除去。去乐：去掉淫乐。辞显：辞去荣华富贵。

【导读】

这两段文字选自《徐无鬼》篇，一写知人，一写戒巧，主张持中无为，返朴归真，反映了庄子提倡的治国与修身之道。

第一段通过管仲答桓公问，以知人而写治国。管仲论用人，弃鲍叔而选隰朋，关键在前者太用心于事，上下得罪，不能长久；后者无心于事，家事国事，不干预，不苛察，故能"上忘而下不畔"。文中所言"以德分人谓之圣，以财分人谓之贤。以贤临人，未有得人者也；以贤下人，未有不得人者也"，以"处下"的精神赞美谦德的重要，亦言简而意赅。

第二段以吴王射狙的寓言，以为逞巧斗智者戒。文中描写吴王登上猴山，群猴皆避，独有一猴恃巧而无畏，并"伐其巧"，敏捷地接住吴王射去的箭，结果遭引众怒，群射而毙命。猴之过，在于"见巧乎王"，而人之"过"，多在以色骄人，吴王对颜不疑说"戒之哉"，既是自警，也是戒人，表现了庄子取法老子"大巧若拙"的思想。

南伯子綦隐几而坐

南伯子綦隐几而坐，仰天而嘘。[①]颜成子入见曰：[②]“夫子，物之尤也。[③]形固可使若槁骸，心固可使若死灰乎？”[④]

曰：“吾尝居山穴之中矣。当是时也，田禾一睹我，而齐国之众三贺之。[⑤]我必先之，彼故知之；我必卖之，彼故鬻之。[⑥]若我而不有之，彼恶得而知之？若我而不卖之，彼恶得而鬻之？嗟乎！我悲人之自丧者，吾又悲夫悲人者，吾又悲夫悲人之悲者，其后而日远矣。”[⑦]

【注释】

① 南伯子綦：即《齐物论》中的“南郭子綦”。嘘：叹息。 ② 颜成子：南伯子綦的门人。 ③ 尤：杰出。 ④ 槁骸：枯骨。 ⑤ 田禾：即“田和”，田氏篡夺齐国政权后，尊称田和为齐太公。 ⑥ 我必先之，彼故知之：我必然有名声在先，他才会知道。我必卖之，彼故鬻之：我必然有卖弄名声的行为，他才会趁机贩买，鬻，买。 ⑦ 日远：远离悲哀的情绪而接近于道。此句言我对那些丧失了自我本性的人感到悲哀，我又对那些伤悼别人的人感到悲哀，我又对那些对伤悼别人表现出悲伤情绪的人感到悲哀，然后，我逐渐远离悲哀的情绪而接近于道。

仲尼之楚

仲尼之楚，楚王觞之，孙叔敖执爵而立，市南宜僚受酒而祭曰：[①]“古之人乎！于此言已。”[②]

曰：“丘也闻不言之言矣，未之尝言，于此乎言之。[③]市南宜僚弄丸而两家之难解，孙叔敖甘寝秉羽而郢人投兵。[④]丘愿有喙三尺。”[⑤]

彼之谓不道之道，此之谓不言之辩，故德总乎道之所一。[⑥]而言休乎知之所不知，至矣。[⑦]道之所一者，德不能同也；知之所不能知者，辩不能举也；名若儒墨而凶矣。[⑧]故海不辞东流，大之至也；圣人并包天地，泽及天下，而不知其谁氏。[⑨]是故生无爵，死无谥，实不聚，名不立，此之谓大人。[⑩]狗不以善吠为良，人不以善言为贤，而况为大乎！夫为大不足以为大，而况为德乎！夫大备矣，莫若天地；然奚求焉，而大备矣。[11]知大备者，无求，无失，无弃，不以物易己也。[12]反己而不穷，循古而不摩，大人之诚。[13]

【注释】

①觞：酒器的总名，这里引申为招待。爵：酒杯。市南宜僚：姓熊，名宜僚，楚国勇士，居住在市场的南面，故以“市南”为号。按，孔子、孙叔敖、熊宜僚三人不同时，此系寓言。受酒而祭：古人饮酒前要以酒洒地，祭祀先祖。 ②此句言古人在这个时候（指饮酒时）要谈论一些话来互相勉励。 ③不言之言：不需要用语言表达出来的话语，指包含大道的至理之言。 ④市南宜僚弄丸而两家之难解：楚国的白公胜密谋作乱，司马子綦告诉他熊宜僚是楚国著名的勇士，如果能笼络到他，谋反的事必定能成功，于是，白公胜派使者去邀请熊宜僚，结果熊宜僚并不理睬使者，一直玩弄着手上的泥丸，使者只好无功而返，白公没有得到熊宜僚的帮助，兵败被杀。甘寝：高枕而卧。秉羽：拿着羽扇。投兵：息兵。孙叔敖甘寝秉羽而郢人投兵：孙叔敖为政，清静而不扰民，常常高枕而卧，执羽扇而游，只修文德，不讲武略，因此，敌国不来侵犯，楚国得以偃兵息武。 ⑤喙：嘴。丘愿有喙三尺：我愿意有三尺长的嘴，这是反语，意思是说大道至言不需要语言表述出来，即使我嘴长三尺，又有什么用。 ⑥彼：指孙叔敖与熊宜僚，一说指至道。此：指孔子，一说指至言。德：指万物各自禀受的性分，即自然的天性。德总乎道之所一：指万物的天性，都总归于道。 ⑦知之所不知：智慧所不能了解的地方，指道。 ⑧道之所一者，德不能同也：道所在的地方，不强求事物的自然性分齐同（万物所受性分千差万别，这才是道的体现）。名若儒墨而凶矣：如果有儒墨的好辩之名，这就危险了。 ⑨此句言圣人泽被天下而将功劳推让给万物，因此，圣人没有功德可纪，也就没有名号可称，故称“不知其谁氏”。 ⑩大人：即圣人，指得道之人。 ⑪夫大备矣：“备矣”二字为衍文。此句言没有比天地更大的事物了，它哪里有意去求“大”呢，然而“大”自然而然就具备了。 ⑫不以物易己：指持守本性而不变。 ⑬反己而不穷：指回归到自己的本性而与道无穷。循：顺。摩：逆。循古而不摩：顺应自古以来的常性而不违忤。诚：实，这里指自然的天性。大人之诚：得道之人的自然天性。

【导读】

这两段文字选自《徐无鬼》篇，一写南伯子綦坐谈体道的境界，一写孔子使楚于不言之教的理解，表达了庄子对至人真性的赞美。

第一段兼写南伯子綦的言与行，可谓形象逼真，而言谈更显其机锋理趣。先观形象，是“隐几而坐，仰天而嘘”，形若“槁骸”，心如“死灰”，这正是庄子心中坐忘高人的理想情态。再看言谈，南伯子綦答复颜成子之问，采用三种语言而兼有三层意义：一是描述性语言，写自己穴居修道时田禾来拜望，而齐国人“三贺之”，俨然一修道高士。二是反问式语言，写自己对外有闻声的反省，所谓“我必先之”、“我必卖之”才会有“彼故知之”、“彼故鬻之”，自我张扬才获得虚伪的名声。三是议论性语言，即“我悲人之自丧者”几句，先“悲人”，既而“悲悲人”，再则“悲悲人之悲”，在多重的反省中强调“自丧”之悲，归结于“槁骸”、“死灰”的修炼之境。

第二段情节简单，而议论警策。“仲尼使楚”，“楚王觞之”，“孙叔敖执爵”，“市南宜僚受酒而祭”，四个人出现在一场景，就是全部的情节。而由市南宜僚一句“古之人乎，于此言已”引出话端，将场景转向议论。孔子的议论又分两层：一是论述“不言之言”，就地取材，以市南宜僚“弄丸”、孙叔敖“甘寝秉羽”而建立奇功，阐发不言之教的意义。二是论天地之大道，以不言为贵，所谓“无求”、“无失”、“无弃”，也是道如其人的恬淡风范。

综观两段文字，修辞艺术各臻妙境。前文收束议论警策，所言“悲人”云云，来裕恂《汉文典·文章典》卷一认为杜牧《阿房宫赋》收尾的“秦人不暇自哀而后人哀之，后人哀之而不鉴之，亦使后人而复哀后人也”即取法于此，属文章的脱胎法。后文历落有序，先写四人登场情景，次以人的行为拟状不言之教，再以议论推阐发挥，章廷华《论文琐言》评此文“疏密相间，眉目清爽”，可谓知言。

九方歅相面

子綦有八子，陈诸前，召九方歅曰：①“为我相吾子，孰为祥？”②

九方歅曰：“梱也为祥。”③

子綦瞿然喜曰：④“奚若？”曰：“梱也将与国君同食以终其身。”

子綦索然出涕曰：[5]“吾子何为以至于是极也！”[6]

九方歅曰：“夫与国君同食，泽及三族，而况父母乎！[7]今夫子闻之而泣，是御福也。[8]子则祥矣，父则不祥。”

子綦曰：“歅，汝何足以识之，而梱祥邪？尽于酒肉入于鼻口矣，而何足以知其所自来？[9]吾未尝为牧而牂生于奥，未尝好田而鹑生于宎，若勿怪，何邪？[10]吾所与吾子游者，游于天地。吾与之邀乐于天，吾与之邀食于地；[11]吾不与之为事，不与之为谋，不与之为怪；[12]吾与之乘天地之诚而不以物与之相撄，吾与之一委蛇而不与之为事所宜。[13]今也然有世俗之偿焉！[14]凡有怪征者，必有怪行，殆乎，非我与吾子之罪，几天与之也！[15]吾是以泣也。”

无几何而使梱之于燕，盗得之于道，全而鬻之则难，不若刖之则易，于是乎刖而鬻之于齐，适当渠公之街，然身食肉而终。[16]

【注释】

① 子綦：楚司马子綦。陈：列。九方歅（yīn）：姓九方，名歅，善于相人。 ② 祥：征兆，引申为好兆头，这里指福相。 ③ 梱（kǔn）：子綦的儿子。 ④ 瞿然：惊喜的样子。 ⑤ 索然：流泪的样子。 ⑥ 极：绝境。 ⑦ 三族：父族、母族、妻族。 ⑧ 御：拒绝，不接受。 ⑨ 尽：止。此句言梱的福分不过止于酒肉出入鼻口而已，况且，你又怎么知道这种福分从何而来呢？ ⑩ 牂（zāng）：母羊。奥：屋子的西南隅。田：打猎。宎（yǎo）：屋子的东北隅，一说为东南隅。此句言我没有放牧而母羊却生于屋子的西南隅，我没有打猎而屋子的东北隅却有鹑鸟，你不觉得奇怪吗？ ⑪ 邀：偶遇。邀乐于天、邀食于地：比喻无心而得乐、无心而得食。 ⑫ 不与之为怪：我不和他做出违背常理的事情。 ⑬ 乘：因。天地之诚：指天地之性，即大道。撄：扰乱。一：全部。委蛇：放任自由。不与之为事所宜：指不有所拣择而做有利于自己的事情。 ⑭ 世俗之偿：指“与国君同食以终其身”，司马子綦认为他自己与梱所做的事情都是符合大道的行为然而却有世俗的回报，因此，发出了这等感慨。 ⑮ 殆：危险。几：近，大概。 ⑯ 无几何：没过多久。之：至。全而鬻之则难：指让他形体健全，恐怕他逃走而不好卖。刖：断一足。渠公：齐国的富人，街，指管

理街道的人，一说是齐国的屠夫。适当渠公之街：恰好可以代替渠公看管街道。

【导读】

本文选自《徐无鬼》篇，通过九方歅相面的故事，借司马子綦之口探讨祸福之道，旨归于顺适自然的人生趣味与生命价值。

在此文中，作者编造了一个较为完整的故事，说的是九方歅为子綦诸子看相，而以为梱最有福气，因为他有与国君同食（指食禄）的命。子綦闻说不喜而泣，他认为食君之禄是“尽于酒肉，入于鼻口”，而不是他向往的遨游于天、邀食于地而顺适自然的生活。故事的结果是梱出使燕国，被强盗劫持砍断一足卖给齐国，成了一个吃官家饭的看管街道的人。作者的精彩之笔在于，同一个兆头，在九方歅与子綦的眼中，形成截然不同的戏剧性的冲突，九方歅的恭贺，子綦的哭泣，是福是祸，正是文中要阐明的主旨。究竟是“与国君同食，泽及三族”，还是“邀乐于天”、“邀食于地”才是人生的真正价值，这是庄子所想说明的，也是文中子綦之“泣”的深意所在。

外　物

外　物

外物不可必，故龙逢诛，比干戮，箕子狂，恶来死，桀纣亡。① 人主莫不欲其臣之忠，而忠未必信，故伍员流于江，苌弘死于蜀，藏其血三年而化为碧。② 人亲莫不欲其子之孝，而孝未必爱，故孝己忧而曾参悲。③ 木与木相摩则然，金与火相守则流。④ 阴阳错行，则天地大絯，于是乎有雷有霆，水中有火，乃焚大槐。⑤ 有甚忧两陷而无所逃，螴蜳不得成，心若县于天地之间，慰暋沈屯，利害相摩，生火甚多，众人焚和，月固不胜火，于是乎有僓然而道尽。⑥

【注释】

① 不可必：指没有定准，不可以作为依靠。龙逢、比干：已见于《人间

世》。箕子:商纣王的庶叔,因进谏不被采纳而装疯卖傻。恶来:商纣王时的奸臣,秦国的祖先。 ② 忠未必信:指忠臣不一定为国君所信任。伍员:即伍子胥,已见于《胠箧》。苌弘:已见于《胠箧》。碧:指玉。 ③ 孝未必爱:孝子不一定为父母所疼爱。孝己:殷高宗的太子,天性仁孝,被后母折磨至死。曾参:孔子的学生,天性至孝,而见憎于父母。 ④ 然:与"燃"同。流:熔化。 ⑤ 絯:与"骇"同,惊动。水中有火:指雨中的雷电。焚大槐:指霹雳烧焦槐树。 ⑥ 有:与"又"同。两陷:指陷入人事和阴阳的祸患中,一说指陷入利害两端。螴蜳(chén dūn):惊恐不安。县:与"悬"同。慰暋:郁闷。沈屯:心情沉重。生火甚多:指内心因挂念利害得失而焦虑不安。众人:指世俗之人。焚和:指损伤中和之性。月:比喻清澈平和的内心。火:指因物欲而引起的心火。僓(tuí)然:崩毁的样子。道尽:指自然的天性丧失殆尽。

【导读】

本文选自《外物》篇,申说外界事物没有定准,落实于人伦更具不可知性,是从另一角度对庄子倡导的不以外物撄其心思想的阐释。

有关物与我的关系,儒家学者偏重于天人相副的意义,所谓"有万物然后有男女"(《易·序卦》)、"天地之符,阴阳之副,常设于身,身犹天也"(《春秋繁露·人副天数》),人事与外物常以对应形式而存在。道家学者则不然,偏重于顺应自然的宗旨,自然具有不可知性,人事亦具不可知性,如果硬性地将人事比附于外物,则违背了至德之道。庄子这篇文章所阐述的道理,正在于此。所以本文开篇就以"外物不可必"一句提起,必,就是必然性。继而以龙逢、比干、恶来、桀、纣的故事,用"忠未必信"等史实,对儒家倡扬的忠孝信义思想进行了质疑与商榷。然而庄子强调的不可知性也是相对的,因为他认为"木与木相摩则然(燃)"、"阴阳错行"等,或可以捉摸,或不可捉摸,但都有其自然性,自然性中也就有了必然性。这样一来,庄子思想中也产生了天人相副的因素,只是他强调的仍是顺适自然,而反对人为造作,否则就会"僓然而道尽"。

庄周家贫

庄周家贫，故往贷粟于监河侯。[①] 监河侯曰："诺。我将得邑金，将贷子三百金，可乎？"[②]

庄周忿然作色曰："周昨来，有中道而呼者。[③] 周顾视车辙中，有鲋鱼焉。[④] 周问之曰：'鲋鱼来！子何为者邪？'对曰：'我，东海之波臣也。[⑤] 君岂有斗升之水而活我哉？'周曰：'诺。我且南游吴越之王，激西江之水而迎子，可乎？'[⑥] 鲋鱼忿然作色曰：'吾失我常与，我无所处。[⑦] 吾得斗升之水然活耳，君乃言此，曾不如早索我于枯鱼之肆！'"[⑧]

【注释】

① 监河侯：管理河流的官。 ② 邑金：指封地的赋税。金：铁铜等金属货币，不必指黄金。 ③ 中道：道中，途中。 ④ 鲋（fù）鱼：鲫鱼。 ⑤ 波臣：水族。 ⑥ 且：将。吴越之王：即吴越之国，一说"王"当作"土"。西江：蜀江，即长江的上游部分。 ⑦ 常与：经常相与的东西，指水。 ⑧ 然：则。肆：市场。

任公子钓

任公子为大钩巨缁，五十犗以为饵，蹲乎会稽，投竿东海，旦旦而钓，期年不得鱼。[①] 已而大鱼食之，牵巨钩，錎没而下，骛扬而奋鬐，白波若山，海水震荡，声侔鬼神，惮赫千里。[②] 任公子得若鱼，离而腊之，自制河以东，苍梧已北，莫不厌若鱼者。[③] 已而后世辁才讽说之徒，皆惊而相告也。[④] 夫揭竿累，趣灌渎，守鲵鲋，其于得大鱼难矣，[⑤] 饰小说以干县令，其于大达亦远矣，是以未尝闻任氏之风俗，其不可与经于世亦远矣。[⑥]

【注释】

① 任公子：任国的公子。缁：黑色的绳索。犗（jiè）：犍牛。会稽：指会稽山，在浙江境内。旦旦：天天。 ② 錎没：与"陷没"同。骛扬：腾跃。奋：张扬。鬐（qí）：鱼鳍。侔：等同。惮赫：声势浩大，使人惊恐。

③ 离:剖开。腊:腌制。制:与"淛"同,即浙,"制河"即浙江。苍梧:指苍梧山,在广西苍梧县。厌:饱食。若鱼:此鱼。 ④ 辁(quán)才:小才,指见识短浅的人。讽说:道听途说。 ⑤ 揭:负。累:细绳。趣:与"趋"同,奔向,前往。灌渎:小沟渠。鲵(ní)鲋:小鱼。 ⑥ 小说:浅陋的见识。干:求。县:与"悬"同,高。令:好的名声。大达:指通达至理。风俗:风神气度。

【导读】

这两段文字选自《外物》篇,一则讽刺不识时务的空言大话,一则讽刺粉饰浅识小语以邀大名的人,表达了庄子顺适而持中的人生态度。

第一段是庄周家贫的故事,写庄子向监河侯借米,而对方却许诺等收了税金,借给他"三百金"。文中"庄周忿然作色"语一转,笔锋起势,却跌宕回旋,假一鲋鱼待水活命的寓言,深刻地讽刺了监河侯空言大话的虚伪性。在文中,事件与寓言人物发生了变移,寓言中的鲋鱼代指庄周,而庄周则代指监河侯,庄周对鲋鱼许诺的"我且南游吴越之土,激西江之水而迎子"正对应监河侯许诺"三百金"的空假大话。很显然,庄子在此鞭挞与批判的正是统治者对人民虚情假意的许诺,"索我于枯鱼之肆"揭露其杀人不见血的"仁义",深切而惨烈。

第二段则具有庄子的理想主义思想因素。文中的任公子钓得大鱼,表面看是无心而得,其用亦无穷,实质是借此以喻,表明经世者当志于大成的理想。而众人不知其实,徒慕其虚名,纷纷仿效,可惜只能垂钓于"灌渎",安能得其"大鱼"?文中"饰小说以干县令"一语,已成后世传诵名言,而"小说"对应下文"大达",其中深意,让人思索。也很显然,庄子编此故事,是在讽刺当世为政者欲效仿古圣人垂拱而治,却终日耽于"仁义"之行,困于琐碎之举,胸无大志,欲获大成,正如江海与灌渎的差异,只能是损心耗神的徒劳。

合观这两段文字,可谓对立而统一,对立者在前者反对大言,后者讥讽小语,然其不切实用的虚伪所造成的危害,则是一致的。

儒以诗礼发冢

儒以诗礼发冢。①大儒胪传曰：②“东方作矣，事之何若？”③

小儒曰：“未解裙襦，口中有珠。”④

“《诗》固有之曰：‘青青之麦，生于陵陂。生不布施，死何含珠为！’⑤接其鬓，压其顪，儒以金椎控其颐，徐别其颊，无伤口中珠！”⑥

【注释】

①发冢：盗墓。②胪（lú）：传话。③东方作：指日出。④襦：短衣。口中有珠：古代富贵人家下葬时，常在口中安放一颗宝珠。⑤诗：这是一首逸诗，不见于今本《诗经》。固：本来。布施：施舍。⑥接：撮。顪（huì）：颐下毛，指口。儒：当作“而”，与“尔”通，你。控：敲打。别：支开，叉开。

老莱子说仲尼

老莱子之弟子出薪，遇仲尼，反以告，曰：①“有人于彼，修上而趋下，末偻而后耳，视若营四海，不知其谁氏之子。”②

老莱子曰：“是丘也。召而来。”

仲尼至。曰：“丘！去汝躬矜与汝容知，斯为君子矣。”③

仲尼揖而退，蹙然改容而问曰：④“业可得进乎？”⑤

老莱子曰：“夫不忍一世之伤而骜万世之患，抑固窭邪，亡其略弗及邪？⑥惠以欢为骜，终身之丑，中民之行进焉耳，相引以名，相结以隐。⑦与其誉尧而非桀，不如两忘而闭其所誉。⑧反无非伤也，动无非邪也。⑨圣人踌躇以兴事，以每成功。⑩奈何哉其载焉终矜尔！”⑪

【注释】

①老莱子：楚国的隐士，与孔子同时，有人认为他与“老子”是同一个人。出薪：外出砍柴，一说“出”下有“取”字。②修上而趋下：上身修长，下身短促，趋，促。末：后背。末偻：背部弯曲。后耳：耳朵贴近脑后。

视若营四海：指高瞻远瞩，仿佛有治理天下的神态。 ③ 去：除去。躬矜：行为的矜持。容知：聪明的容貌。 ④ 蹙(cù)然：忧心忡忡的样子。⑤ 业可得进乎：仁义之道可以施行于天下吗。 ⑥ 骜：轻视，忽视。不忍一世之伤而骜万世之患：如果不能忍受一时的伤痛(而施行仁义)，就会给万世带来祸害。固窭：与"固陋"同，浅陋无知。亡其：意与"抑"同，或者。略：谋略，智慧。 ⑦ 丑：羞耻。惠以欢为骜，终身之丑：施行恩惠以结交人心，并以此自傲自夸，这是一生的耻辱。中民之行进焉耳：这不过是普通百姓的行为罢了。引：结交，推举。隐：私恩。 ⑧ 此句《大宗师》作"与其誉尧而非桀，不如两忘而化其道"。 ⑨ 反：逆，违背。动：扰乱。此句言违背物性都是伤害的行为，扰乱内心都是奸邪的做法。 ⑩ 踌躇：从容自得。每：往往，一说与"谋"相通。以每成功：每每获得成功。⑪ 载：行。此句言为什么你的行为总是那么做作呢。

【导读】

这两段文字选自《外物》篇，一讽儒者假诗礼仁义行盗国窃民之行，一诫儒者要去除矜持与机智，文词辛辣，震聩发蒙。

第一段写以"诗礼发冢"，堪称奇文。口诵诗书，行礼如仪，雅士之形态；发冢盗墓，穿穴营财，贱贼之行为，而二者却有机地结合在一起，正是庄子式的幽默与悲愤。该文以"儒以诗礼发冢"一语开篇，有石破天惊的震撼效果，继以"大儒"与"小儒"用赋《诗》法指导盗墓，将文雅礼让与粗鄙贪婪揉合于一特有情境，既令人忍俊不禁，又让人惊悸不安，可笑可悲，寓庄于谐，把世间伪君子的虚饰隐蔽提撕得一干二净，畅快淋漓。

与第一段的批判反讽不同，第二段文字偏于引导诫训。文章借老莱子与仲尼的对话成篇，先写仲尼的形容，其中"视若营四海"所表现的治国平天下的宏愿大志，启引出下文老莱子对仲尼的批评。老莱子的批评两见其义：先是当头一棒，初见面时就呵斥对方"去汝躬矜与汝容知"，去骄矜，黜聪明之论，使胸怀大志的仲尼猝不及防。接着针对仲尼"蹙然改容"而问以进德之方时，老莱子则变呵斥而为告诫劝导，其主要意思仍是庄子的"两忘"得失，泯灭是非，反对造作，无为而德盛的思想。

宋元君梦神龟

宋元君夜半而梦人被发窥阿门，曰：①“予自宰路之渊，予为清江使河伯之所，渔者余且得予。”②

元君觉，使人占之，曰：“此神龟也。”

君曰：“渔者有余且乎？”

左右曰：“有。”

君曰：“令余且会朝。”

明日，余且朝。君曰：“渔何得？”

对曰：“且之网得白龟焉，其圆五尺。”③

君曰：“献若之龟。”

龟至，君再欲杀之，再欲活之，心疑，卜之，曰：“杀龟以卜，吉。”④

乃刳龟，七十二钻而无遗筴。⑤

仲尼曰：“神龟能见梦于元君，而不能避余且之网；知能七十二钻而无遗筴，不能避刳肠之患。如是，则知有所困，神有所不及也。⑥虽有至知，万人谋之。⑦鱼不畏网而畏鹈鹕。⑧去小知而大知明，去善而自善矣。婴儿生无石师而能言，与能言者处也。”⑨

【注释】

① 宋元君：见《田子方》。阿门：旁门，侧门。 ② 自：从。宰路：渊名。清江：长江，这里指长江之神。余且：姓余，名且，渔人。 ③ 圆：指龟身的直径。 ④ 再：这里指多次。 ⑤ 刳（kū）：剖开。钻：占卜时烧灼龟甲。筴：与“策”同，占卜用的蓍草。无遗筴：指卜事神准，没有差错。一说“乃刳龟”下有“以卜”二字。 ⑥ 知：与“智”同。困：受窘，一说“困”当作“不周”。神：神明。不及：不逮。 ⑦ 万人：众人。此句言（圣人）虽然有至圣之智，但（不自用其智）使众人各自为谋。 ⑧ 鹈鹕（tí hú）：水鸟，捕食鱼类。此句言鱼网无心、无为，却往往比鹈鹕捕捉到更多的鱼。比喻圣人无心、无为，却更能得天下人心。 ⑨ 石师：即“硕师”，德高望重、学问精深的老师。

【导读】

本文选自《外物》篇，以神龟托梦宋元君的寓言，说明了“知则有所困”的道理。

文章分两段：第一段是宋元君梦神龟、神龟求救、渔者余且献龟、元君杀龟以占卜的描写。其中最妙的是隐藏了“救”与“杀”二字。神龟托梦，是求助于元君，祈盼脱离余且之手，获取神命的自由；而余且献龟，元君要奉神意，以占卜法决定“杀之”或“活之”，结果因“吉兆”取“杀”而杀之。当元君刳龟以卜，七十二占皆灵验，所以称之“神龟”。第二段是仲尼对此事的看法，虽依托于前者情事的描写，但却是文章的主旨所在。仲尼所说有三重意义：一是白龟托梦，不可谓不神，然却落入了渔网；用它占卜七十二皆灵验，不可谓不神，却不能避免被剖肚而死的命运。二是点出文章中心思想，即“知则有所困，神有所不及”，龟之智巧，是其遭祸的原因，虽为神龟，也有始料不及的时候。三是正面提出“知”所困与“神”不及之理，那就是“去小知”而“大知明”，“去善”而“自善”。这对那些自以为智慧而借知识充当救世主的统治者，不啻醍醐灌顶，讽刺辛辣。而全文收笔处用“婴儿”一语结住，又是与重人为教化不同的自然教化思想的反映，和前述之“不言之教”呼应。

寓　言

三　言

寓言十九，重言十七，卮言日出，和以天倪。①

寓言十九，借外论之。②亲父不为其子媒。③亲父誉之，不若非其父者也；非吾罪也，人之罪也。④与己同则应，不与己同则反；同于己为是之，异于己为非之。⑤

重言十七，所以已言也，是为耆艾。⑥年先矣，而无经纬本末以期年耆者，是非先也。⑦人而无以先人，无人道也；人而无人道，是之谓陈人。⑧

卮言日出，和以天倪，因以曼衍，所以穷年。⑨不言则齐，齐与言不齐，言与齐不齐也，故曰无言。⑩言无言，终身言，未尝不言；终身不言，未尝不言。[11]有自也而可，有自也而不可；有自也而然，有自也而不然。[12]恶乎然？然于然。恶乎不然？不然于不然。恶乎可？可于可。恶乎不可？不可于不可。物固有所然，物固有所可，无物不然，无物不可。[13]非卮言日出，和以天倪，孰得其久！[14]万物皆种也，以不同形相禅，始卒若环，莫得其伦，是谓天均。[15]天均者天倪也。

【注释】

① 寓言十九：寄托有寓意的言论在全书占了十分之九。重言十七：借重古代贤哲的言论在全书占了十分之七。卮：酒器，满则倾，空则仰，没有固定的形态。卮言：指顺应事物的变化，不带成见、没有偏颇的言论。和：合。天倪：自然的性分。 ② 借外论之：借助他人他物的言论来表述。 ③ 媒：交接，交合。这里指父亲不在他人面前称赞自己的儿子。④ 此句言父亲称赞自己的儿子，不如不是父亲的人称赞他的儿子那么容易取信于人；这不是父亲的错，而是世人心存成见的错。 ⑤ 反：违背。⑥ 已言：停止争论。耆艾：年长的人，五十为"艾"，六十为"耆"。 ⑦ 经纬本末：指才德和学识。期：相合。此句言年龄比别人大，而没有相应的才德和学识，就不能超过别人。 ⑧ 无人道：不能尽其为人之道。陈人：老朽之人。 ⑨ 和以天倪，因以曼衍，所以穷年：又见《齐物论》。⑩ 齐：齐同于大道，即万物各得其性。言：指带有成见的言论。不言则齐：不说带有成见的话则万物之理自然齐一。齐与言不齐：自然齐一的物理与用主观成见表达出来的一偏之理不齐同。 ⑪ 言无言：即以不言为言，任物自言。终身言，未尝不言："不"当为衍文。 ⑫ 自：由来。此句言世人认为可与不可、然与不然都有他们的理由。 ⑬ 按，"恶乎然……无物不可"一段文字又见于《齐物论》，略有小异。 ⑭ 孰得其久：如何能流传久远。 ⑮ 禅：指同一种类的生物世代相继。万物皆种也，以不同形相禅：万物分为不同的种类，不同种类的生物前后世代相继。卒：终。伦：头绪，端绪。天均：天然均等的道理，即自然天性的齐同。

【导读】

本文选自《寓言》篇，说明庄子全书所使用的文体，或以为属于《庄子》

一书的凡例。由于文中牵涉到庄子的思想与方法，所以成为历代注庄评庄者关注的文字。

作者开宗明义，首四句总括其旨意："寓言十九，重言十七，卮言日出，和以天倪。"而以下的文字，都是围绕这四句话逐段分析，意在说明为什么要使用寓言、重言，进而揭示自己所使用的言语都是"卮言"，即顺应变化的无心之言，合于自然的分际。而分述"三言"，则"寓言"重在"借外论之"，皆假托其词，以明其义，颇类《诗》之"六义"之"兴"，所谓"先言他物，以引起所咏叹之词"（朱熹语）。"重言"指借重圣贤之论，要在"已言"止纷，即折服诸家喋喋不休的争辩。而"卮言"重在"和以天倪"，将语言艺术上升到天道运行的层面，即"始卒若环，莫得其伦"，其代天立说，是切合于庄子的自然哲学观的。

由于"寓言十九"指寓言占了书中十分之九，对其理解或有偏颇，就是以为庄子一书主要是寓言，而重言、卮言则居其次（司马迁仅举寓言）。事实上，庄子一书，是兼取三言，三言是可重叠呈现，并无障碍，特别是卮言既是语言策略，也是思维形式，是不可与寓言等并列而区分的。有人说"三言"是解庄的钥匙（张默生《庄子研究答问》），不无道理。

曾子再仕

曾子再仕而心再化，曰：①"吾及亲仕，三釜而心乐；后仕，三千钟而不洎，吾心悲。"②

弟子问于仲尼曰："若参者，可谓无所县其罪乎？"③

曰："既已县矣。④夫无所县者，可以有哀乎？彼视三釜三千钟，如观雀蚊虻相过乎前也。"⑤

【注释】

① 再仕：两次做官。心再化：心里的感受不同。 ② 及亲：父母在世的时候。釜：量器，六斗四升为一釜。钟：量器，六斛四斗为一钟。洎：及，一说"洎"下有"亲"字。 ③ 县：与"悬"同，系，下与此同。 ④ 既已县：已经有所系累了，指系于哀乐的情感，"既"与"已"同。 ⑤ 彼：指心中没

有系累的人。此句言心中没有系累的人，看待三釜和三千钟的食禄，就像观看鸟雀和蚊虻相继飞过一样，形容内心极为淡定。一说“雀”为衍文，一说“雀”上有“鸟”字。

颜成子游

颜成子游谓东郭子綦曰：①“自吾闻子之言，一年而野，二年而从，三年而通，四年而物，五年而来，六年而鬼入，七年而天成，八年而不知死，不知生，九年而大妙。②

“生有为，死也。③劝公，以其死也，有自也；而生阳也，无自也。④而果然乎？恶乎其所适？恶乎其所不适？⑤天有历数，地有人据，吾恶乎求之？⑥莫知其所终，若之何其无命也？⑦莫知其所始，若之何其有命也？⑧有以相应也，若之何其无鬼邪？⑨无以相应也，若之何其有鬼邪？”⑩

【注释】

① 东郭子綦：名子綦，居住在东郭，故号“东郭”，疑即《齐物论》中的南郭子綦。 ② 野：朴素。从：去掉成见，顺从外物。通：通达，顺应变化。物：与万物合为一体。来：为众人所归。鬼入：神明与外物冥合。天成：冥合自然的天性。大妙：指天道的玄妙之处。 ③ 此句言人生在世，如果汲汲营求外物，就会臻于死亡的境地。 ④ 劝：助。自：由。此句疑有阙文，一说“以其”下当有“私”，与“劝公”合为一句，“死也”属下读。大意谓以个人的私情来推助至平公正的大道，这就是陷入死地的原因，如果能够顺应万物，任其自化，那么就可以避免陷入死地。 ⑤ 此句言如果真能做到顺应万物，任其自化，那么，在任何地方都能适性自得。 ⑥ 历数：星象自然运行的轨迹。人据：人所据以成人的自然性分。吾恶乎求之：我还要到哪里去探求这种自然无为的道理呢。此句言自然无为的道理存在于天象的自然运行中，存在于人类自然具备的天性中，我不需要再去其他地方寻求。 ⑦ 此句言不知道它要在哪里终止，这不是说明冥冥之中自有命运主宰吗？ ⑧ 此句言不知道它从哪里产生，又怎么说有命运主宰它呢？ ⑨ 此句言如果物与物之间能互相感应，怎么能说没有鬼

神的存在呢？ ⑩ 此句言如果物与物之间不能互相感应，又怎么能断定有鬼神存在呢？

【导读】

这两段文字选自《寓言》篇，写道心齐同及体道过程，即无所系心和随顺自化之理。

“曾子再仕”一节，写道心齐同（可参《齐物论》）而无所系心，其结穴在一“县”（悬）字。曾子描述做官的心态变化，不在物之多少，而在心之悲乐，乐在孝养双亲，悲在“子欲养而亲不在”，是儒家学者倡导的伦理精神。而弟子问仲尼，以曾子无所“县”，指的是“物”，即“三千钟”而不及“三釜”而心乐，仲尼回答以为曾参仍有所“县”，是兼“物”与“心”而言，曾参之孝，即心“县”，故生哀乐，也就未闻达道。这一庄子化的仲尼之论，与“庄子妻死”中的描绘相近，表现的是一种达生的人性论。

“颜成子游”一节，借颜成之口谈九年体道的过程，逐年有进，至于“大妙”。其中所描述的“野”、“从”、“通”、“物”、“来”、“鬼入”、“天成”、“不知死”与“大妙”，表现体道时阶段性心绪与境界，体察细微，用语也十分奇特。而品读这节文字，可以对照《礼记·学记》描述的“九年学制”，即“一年视离经辨志，三年视敬业乐群，五年视博习亲师，七年视论学取友，谓之小成；九年知类通达，强立而不反，谓之大成”。这是儒门九年“大成”教育法，与庄子所写内容不侔，但异曲同工，亦相映成趣。

罔两问景

众罔两问于景曰：①“若向也俯而今也仰，向也括撮而今也被发，向也坐而今也起，向也行而今也止，何也？”②

景曰：“搜搜也，奚稍问也！③予有而不知其所以。④予，蜩甲也，蛇蜕也，似之而非也。⑤火与日，吾屯也；阴与夜，吾代也。⑥彼吾所以有待邪？而况乎以无有待者乎！⑦彼来则我与之来，彼往则我与之往，彼强阳则我与之强阳。⑧强阳者又何以有问乎！”⑨

【注释】

① 众:一说为衍文。罔两:影外微影。景:与"影"同。 ② 若:你。括撮:将头发束起。 ③ 搜搜:无心而自动的样子,一说当解作"区区"。④ 有:为。 ⑤ 此句言我与形的关系,就好像蝉壳与蝉、蛇皮与蛇的关系,我与形相似但不是形。 ⑥ 屯:聚集。代:谢,指隐没。此句言有太阳或火堆,我就出现;在阴暗的地方或晚上,我就隐没不见。 ⑦ 彼:指火与日,下文"彼来"、"彼往"两"彼"字与此同。此句言火与日使我出现,这就是我所依待的,更何况那些无所依待的事物呢! ⑧ 强阳:徜徉,运动。 ⑨ 此句言这不过是自然无心的运动罢了,又有什么好过问的呢?

【导读】

本文选自《寓言》篇,通过罔两问景,讨论"有待"与"无待",与《齐物论》中的相关议论类似,可参读。

作者是以"有待"谈"无待",妙意在假设影外之影对"景"(影子)的质询。罔两责怪影子起坐俯仰,没有定准,而影子的回答是自己也不知为什么,因为影动似亦有待。而文章中的名言隽旨,应是"蛇蜕"之喻,妙在"似之而非"一语。在这里,影子的答词区分了"蛇蜕"与"景"的不同:蛇的蜕皮依形而属有待,而景因强阳(身体伴随日光而动)显现,因阴夜休息,故无待于形,此属"天机自张"(成玄英《庄子疏》)。而无待必须扬弃有待,方得其"道",这也是庄子前言黄帝失玄珠而"象罔"得之及"得意忘言"之思维方法的真谛所在。

阳子居遇老子

阳子居南之沛,老聃西游于秦,邀于郊,至于梁而遇老子。[①] 老子中道仰天而叹曰:"始以汝为可教,今不可也。"

阳子居不答。至舍,进盥漱巾栉,脱屦户外,膝行而前曰:[②]"向者弟子欲请夫子,夫子行不闲,是以不敢。[③] 今闲矣,请问其过。"

老子曰:"而睢睢盱盱,而谁与居?[④] 大白若辱,盛德若不足。"[⑤]

阳子居蹵然变容曰:[⑥]"敬闻命矣!"

其往也，舍者迎将，其家公执席，妻执巾栉，舍者避席，炀者避灶。[7]其反也，舍者与之争席矣。[8]

【注释】

① 阳子居：即杨朱，姓杨，名朱，字子居。之：至。沛：今江苏徐州。邀：偶遇。梁：今河南开封。 ② 舍：指旅舍、客店。盥：洗脸的用具。栉：梳子。 ③ 闲：空闲。 ④ 睢(huī)：仰视。盱(xū)：张目。睢睢盱盱：傲慢无礼，气焰嚣张。 ⑤ 大白：指品格贞洁。辱：污迹。此句出自《老子》四十一章。 ⑥ 蹩然：惭愧不安的样子。 ⑦ 其往也：指杨朱经过旅舍，前往沛县的时候。舍者：指旅舍中的客人。将：送。家公：旅舍的主人。炀：炊。炀者：烧饭的人。 ⑧ 其反也：指杨朱从沛县返回旅舍的时候。

【导读】

本文选自《寓言》篇，通过阳子居问学于老子，说明去除骄泰是体道的门径，赞扬了为学者谦德容世的精神风范。

文章起势甚奇，以阳子居“南之沛”而老聃“游于秦”开篇，取相距甚远且有南辕北辙的意味，以明求学之难；到了梁地“遇老子”，阳子居自然是求学心切，可作者突起一笔，以老子说其“不可”教顿住，留下了疑问。为什么不可教，作者没有明说，却通过以下阳子居的行为加以生动展示。这就是“至舍，进盥漱巾栉，脱屦户外，膝行而前曰”，由阳子居的恭谦态度引起老子的说法，才点破不可教之因在“睢睢盱盱”，即傲慢骄人的态度。这里引述《老子》四十一章的“大白若辱，盛德若不足”之语以为演渡，阳子居的“蹩然变容”加以承接，才生发文章末节的精彩收束。作者以“其往也”与“其反也”的比较，突出表现了阳子居开始的傲慢而令人敬畏与生疏，转变后则“舍者与之争席”，形容众人与之毫无拘束地争席位，以彰显其谦德的效应。

文中描写老子对阳子居骄矜之气的打压，固然体现了庄子对杨朱学派“为我”主张的非议，但在这里，阳子居已成为他笔下的寓言人物，其行为无疑体现了庄子的思想。有关“舍者与之争席”，徐复观《中国艺术精神》认为这"说明阳子居的精神，由过去一往之超越而融混于世俗之中，这是超越以后的'混冥'。超越以后的混冥，是对各种形态不同之人，皆从本质上发现了他们各自存在的意义"。对照庄子在《齐物论》中倡导的精神与方法，这一说明是切中肯綮的。

渔　父

渔　父

孔子游乎缁帷之林，休坐乎杏坛之上。① 弟子读书，孔子弦歌鼓琴，奏曲未半。

有渔父者，下船而来，须眉交白，被发揄袂，行原以上，距陆而止，左手据膝，右手持颐以听。② 曲终而招子贡子路，二人俱对。

客指孔子曰："彼何为者也？"

子路对曰："鲁之君子也。"

客问其族。子路对曰："族孔氏。"

客曰："孔氏者何治也？"

子路未应，子贡对曰："孔氏者，性服忠信，身行仁义，饰礼乐，选人伦，上以忠于世主，下以化于齐民，将以利天下。③ 此孔氏之所治也。"

又问曰："有土之君与？"

子贡曰："非也。"

"侯王之佐与？"

子贡曰："非也。"

客乃笑而还，行言曰："仁则仁矣，恐不免其身；④ 苦心劳形以危其真。⑤ 呜呼，远哉其分于道也！"⑥

【注释】

① 缁帷：假托的地名，缁，黑色。杏坛：假托的台名。　② 下船：驾船顺着河流下游行驶。交：俱，全部。揄：扬。袂：衣袖。行原以上：驾船往岸边行驶。距：至。持颐：托着下巴。　③ 服：信服，服膺。选：排列。齐

民：平民。 ④ 不免其身：指不能免除危害，即不能保全自己。 ⑤ 真：指自然的天性。 ⑥ 分于道：偏离道，一说“分”或作“介”，与“界”同，界限。

子贡还，报孔子。孔子推琴而起曰：“其圣人与！”乃下求之，至于泽畔，方将杖拏而引其船，顾见孔子，还乡而立。[①]孔子反走，再拜而进。[②]

客曰：“子将何求？”

孔子曰：“曩者先生有绪言而去，丘不肖，未知所谓，窃待于下风，幸闻咳唾之音以卒相丘也！”[③]

客曰：“嘻！甚矣子之好学也！”

孔子再拜而起曰：“丘少而修学，以至于今，六十九岁矣，无所得闻至教，敢不虚心！”[④]

客曰：“同类相从，同声相应，固天之理也。[⑤]吾请释吾之所有而经子之所以。[⑥]子之所以者，人事也。天子诸侯大夫庶人，此四者自正，治之美也，四者离位而乱莫大焉。[⑦]官治其职，人忧其事，乃无所陵。[⑧]故田荒室露，衣食不足，征赋不属，妻妾不和，长少无序，庶人之忧也；[⑨]能不胜任，官事不治，行不清白，群下荒怠，功美不有，爵禄不持，大夫之忧也；[⑩]廷无忠臣，国家混乱，工技不巧，贡职不美，春秋后伦，不顺天子，诸侯之忧也；[⑪]阴阳不和，寒暑不时，以伤庶物，诸侯暴乱，擅相攘伐，以残民人，礼乐不节，财用穷匮，人伦不饬，百姓淫乱，天子有司之忧也。[⑫]今子既上无君侯有司之势，而下无大臣职事之官，而擅饰礼乐，选人伦，以化齐民，不泰多事乎！[⑬]

“且人有八疵，事有四患，不可不察也。[⑭]非其事而事之，谓之摠；[⑮]莫之顾而进之，谓之佞；[⑯]希意道言，谓之谄；[⑰]不择是非而言，谓之谀；好言人之恶，谓之谗；析交离亲，谓之贼；[⑱]称誉诈伪以败恶人，谓之慝；[⑲]不择善否，两容颊适，偷拔其所欲，谓之险。[⑳]此八疵者，外以乱人，内以伤身，君子不友，明君不臣。[㉑]所谓四患者：好经大事，变更易常，以挂功名，谓之叨；[㉒]专知擅事，侵人自用，谓之贪；[㉓]见过不更，闻谏愈甚，谓之很；[㉔]人同于己则可，不同于己，虽善不善，谓之矜。[㉕]此四患也。能去八疵，无行四患，而始可教已。”[㉖]

【注释】

① 杖：撑。拏（ná）：桡，橹。引：离开。顾：回头看。还：旋转过来。乡：与“向”同，面对。 ② 反走：往后退走。 ③ 曩者：刚才，以前。绪言：余言，没说完的话。风：与“方”同。咳唾之音：指教导，教诲。卒：终。相：助。 ④ 少而修学：从小就专心于求学。 ⑤ 从：跟随。应：应和。固：本来。 ⑥ 释：放开，不管。所有、所以：都是“所为”的意思。经：经营，探求。 ⑦ 四者自正：指天子、诸侯、大夫、庶人各称其职，各当其事。⑧ 人忧其事：指百姓考虑、担忧各自的事务，一说“忧”当作“处”，训安。陵：乱。 ⑨ 露：败坏。田荒室露：田地荒芜，房屋败坏。征赋不属：赋税不能按时交纳。 ⑩ 能：才能。不胜：不称职。任：指所担任的官职。行不清白：品行不廉贞清白。功美不有：即“不有功美”的倒装，指无功于国家。爵禄不持：爵禄不安稳，持，安。 ⑪ 贡职不美：指进献给天子的贡品不精美。春秋后伦：春秋两季朝拜天子的时候，落在诸侯行列的后面，伦，类，列。 ⑫ 攘：扰乱。攘伐：互相攻伐。匮：穷乏。人伦：人与人之间的伦理关系。饬：修饰。有司：掌管实事的官员，一说此二字为衍文。⑬ 泰：与“太”同。 ⑭ 疵：毛病。患：祸害。 ⑮ 摠：与“总”同，滥，过多地承担。 ⑯ 顾：顾念。进之：指进谏。佞：妄为。 ⑰ 希意道言：承希意旨而为之先言。 ⑱ 析、离：离间。交：朋友。亲：亲属。 ⑲ 称誉诈伪以败恶人：称赞奸诈虚伪的人以伤害好人。慝（tè）：奸邪。 ⑳ 否（pǐ）：恶。颊适：指颜色和悦。两容颊适：指对于善人和恶人，两相交好。偷拔：暗取。 ㉑ 外以乱人：在外扰乱百姓。内以伤身：在内伤害己身。㉒ 经：经营，经理。变更易常：改变常纲。挂：追求，谋取。叨（tāo）：侵扰，叨滥。 ㉓ 侵人：凌驾在他人之上。 ㉔ 更：改。很：与“狠”同，狠戾。 ㉕ 矜：自恃其能。 ㉖ 已：矣。

孔子愀然而叹，再拜而起曰：[①]“丘再逐于鲁，削迹于卫，伐树于宋，围于陈蔡。[②]丘不知所失，而离此四谤者何也？”[③]

客悽然变容曰：“甚矣子之难悟也！人有畏影恶迹而去之走者，举足愈数而迹愈多，走愈疾而影不离身，自以为尚迟，疾走不休，绝力而死。[④]不知处阴以休影，处静以息迹，愚亦甚矣！[⑤]子审仁义之间，察同异之际，观动静之变，适受与之度，理好恶之情，和喜怒之节，而几于不免矣。[6]谨修而身，慎守其真，还以物与人，则无所累矣。[7]今不修之身而求之人，不亦外乎！”[8]

孔子愀然曰：“请问何谓真？”

客曰：“真者，精诚之至也，不精不诚，不能动人。[9]故强哭者虽悲不哀，强怒者虽严不威，强亲者虽笑不和。[10]真悲无声而哀，真怒未发而威，真亲未笑而和。真在内者，神动于外，是所以贵真也。其用于人理也，事亲则慈孝，事君则忠贞，饮酒则欢乐，处丧则悲哀。忠贞以功为主，饮酒以乐为主，处丧以哀为主，事亲以适为主，功成之美，无一其迹矣。[11]事亲以适，不论所以矣；[12]饮酒以乐，不选其具矣；处丧以哀，无问其礼矣。礼者，世俗之所为也；真者，所以受于天也，自然不可易也。[13]故圣人法天贵真，不拘于俗。愚者反此。不能法天而恤于人，不知贵真，禄禄而受变于俗，故不足。[14]惜哉，子之蚤湛于人伪而晚闻大道也！”[15]

孔子再拜而起曰：“今者丘得遇也，若天幸然。[16]先生不羞而比之服役，而身教之。[17]敢问舍所在，请因受业而卒学大道。”[18]

客曰：“吾闻之，可与往者与之，至于妙道；不可与往者，不知其道，慎勿与人，身乃无咎。[19]子勉之！吾去子矣，吾去子矣！”乃刺船而去，延缘苇间。[20]

【注释】

① 愀(qiǎo)然：惭愧不安的样子。 ② 再逐于鲁，削迹于卫，伐树于宋，围于陈蔡：见《天运》篇。 ③ 丘不知所失：我不知道有什么过错。离：与“罹”同，遭受。 ④ 数：与“速”同。绝力而死：即“力绝而死”，力气用尽而死去。 ⑤ 休：息。 ⑥ 适受与之度：使给与和接受都适合一定的法度。几：近。 ⑦ 而：与“尔”同，你。真：自然的天性。还以物与人：将外物归还给他人，即听任一切事物自为自动。 ⑧ 之身：其身。之人：其人，指固守自然天性的人。 ⑨ 精诚：情意诚恳。 ⑩ 强：勉强，假装。⑪ 适：舒适，适意。一：固定。迹：形迹，表现。功成之美，无一其迹矣：指事情的办成，没有固定的表现。 ⑫ 不论所以矣：不必考虑用什么方法。⑬ 天：自然。易：改变，更换。 ⑭ 恤：爱，亲近。禄禄：与“娽娽”同，跟

随。受变于俗:跟从世俗的变化。 ⑮ 蚤:与"早"同。湛:沉湎于,沉溺于。人伪:人为,做作,这里指儒家的仁义之德。 ⑯ 若天幸然:如天赐予的良机。 ⑰ 不羞:不以教导"我"而感到羞耻。比:列。服役:供役使的人。 ⑱ 舍:住所。 ⑲ 可与往者与之:可以与他一起(探寻大道)的,就与他呆在一起。 ⑳ 刺船:撑船。延:沿。缘:顺。

颜渊还车,子路授绥,孔子不顾,待水波定,不闻拏音而后敢乘。[1]

子路旁车而问曰:[2]"由得为役久矣,未尝见夫子遇人如此其威也。[3]万乘之主,千乘之君,见夫子未尝不分庭伉礼,夫子犹有倨敖之容。[4]今渔父杖拏逆立,而夫子曲要磬折,言拜而应,得无太甚乎?[5]门人皆怪夫子矣,渔人何以得此乎?"

孔子伏轼而叹曰:"甚矣由之难化也!湛于礼义有间矣,而朴鄙之心至今未去。[6]进,吾语汝!夫遇长不敬,失礼也;见贤不尊,不仁也。彼非至人,不能下人,下人不精,不得其真,故长伤身。[7]惜哉!不仁之于人也,祸莫大焉,而由独擅之。且道者,万物之所由也,庶物失之者死,得之者生,为事逆之则败,顺之则成。[8]故道之所在,圣人尊之。今渔父之于道,可谓有矣,吾敢不敬乎!"

【注释】

① 还车:即"旋车",将车调转过来。绥:登车时抓的绳子。 ② 旁:与"傍"同,倚靠。 ③ 威:敬畏,恭敬。 ④ 分庭伉礼:分庭而坐,以平等的礼节相待,伉,抗。 ⑤ 逆立:相对而立。曲要:身体弯曲,"要"与"腰"同。磬折:像磬一样弯曲。 ⑥ 有间:指时间长。而:与"尔"同,你。朴鄙:庸俗鄙陋。 ⑦ 彼非至人,不能下人:他如果不是得道之人,就不会谦恭下人,甘居人后。不精:不精诚,不出于内心的真实情意。真:自然的天性。 ⑧ 所由:所出。

【导读】

本文是《渔父》篇,以孔子相遇渔父的事故,并通过渔父对孔子"擅饰礼乐,选人伦"、"苦心劳形以危其真"的批评,阐扬了庄子的"保真"思想。

全文可分为四段：第一段先塑造了孔子与渔父的不同形象，一是“坐乎杏坛之上”以“弦歌鼓琴”，一是“被发揄袂，行原以上”，表现出守于礼乐与放浪江湖的不同。继而以子贡、子路为中介，将孔子的信息传递给渔父，又将渔父对孔子的批评传递给孔子，突出了全文“危其真”与“保其真”的主旨。第二段写孔子请益于渔父，问以“至教”，而渔父先以“人事”说孔子，谈到了“庶人之忧”、“大夫之忧”、“诸侯之忧”与“天子之忧”，以说明孔子欲“选人伦，以化齐民”的幼稚与愚蠢。继而论做人之道，当去人之“八疵”(摠、佞、谄、谀、谗、贼、慝、险)，不行事之“四患”(叨、贪、很、矜)，才可以进一步接受教化。第三段分两层写，先写孔子询问自己为什么遭受“四谤”(即“再逐于鲁，削迹于卫，伐树于宋，围于陈蔡”)的原由，渔父巧妙地用一寓言加以解答，就是“人有畏影恶迹而去之走……绝力而死”的故事，以批评孔子自苦劳形而失真。再写孔子问“真”，渔父从“哀”、“威”、“和”三点说明“贵真”之道，其中有很多能够体现庄子思想的名言隽旨。如“真者，精诚之至也。不精不诚，不能动人”、“礼者，世俗之所为也；真者，所以受于天也”、“圣人法天贵真”等，都是后世论庄者经常引述的话语。第四段可以视作尾声，当渔父“刺船而去，延缘苇间”，孔子一直目送到“不闻拏音”，才解答弟子的疑问，其中对子路的批评，只是反衬孔子视渔父为得“道”者而来的钦慕。

庄子在文中塑造了一位隐逸型的得道高人的形象，既有哲理的深邃，又有诗意的浪漫。吴景旭《历代诗话》卷十说：“古来三渔父：一出庄子，一出屈子，一出《桃花源记》，皆其洸洋迷幻，感愤胶葛，因托为其辞以寄意焉。岂必真有其人哉！”托辞寄意，见解精到。

天　下

天下之方与道术之本

天下之治方术者多矣，皆以其有为不可加矣。[①]古之所谓道术者，果恶乎在？[②]曰：“无乎不在。”曰：“神何由降？明何由出？”[③]“圣有所生，王有所成，皆原于一。”[④]

不离于宗，谓之天人。[5]不离于精，谓之神人。[6]不离于真，谓之至人。[7]以天为宗，以德为本，以道为门，兆于变化，谓之圣人。[8]以仁为恩，以义为理，以礼为行，以乐为和，薰然慈仁，谓之君子。[9]以法为分，以名为表，以参为验，以稽为决，其数一二三四是也，百官以此相齿，以事为常，以衣食为主，蕃息畜藏，老弱孤寡为意，皆有以养，民之理也。[10]

古之人其备乎！[11]配神明，醇天地，育万物，和天下，泽及百姓，明于本数，系于末度，六通四辟，小大精粗，其运无乎不在。[12]其明而在数度者，旧法世传之史尚多有之。[13]其在于《诗》《书》《礼》《乐》者，邹鲁之士搢绅先生多能明之。[14]《诗》以道志，《书》以道事，《礼》以道行，《乐》以道和，《易》以道阴阳，《春秋》以道名分。[15]其数散于天下而设于中国者，百家之学时或称而道之。[16]

天下大乱，贤圣不明，道德不一，天下多得一察焉以自好。[17]譬如耳目鼻口，皆有所明，不能相通。犹百家众技也，皆有所长，时有所用。虽然，不该不遍，一曲之士也。[18]判天地之美，析万物之理，察古人之全，寡能备于天地之美，称神明之容。[19]是故内圣外王之道，闇而不明，郁而不发，天下之人各为其所欲焉以自为方。[20]悲夫，百家往而不返，必不合矣！[21]后世之学者，不幸不见天地之纯，古人之大体，道术将为天下裂。[22]

【注释】

① 方术：指局限于某一领域的学说，即一偏之理。皆以其有为不可加：都认为他们的学问所包括的道理已经到了极致。 ② 道术：指探讨天地万物本原的学说，即普遍存在的天道。 ③ 神、明：智慧。 ④ 一：道。 ⑤ 宗：根本，指道。天人：与下文“神人”、“至人”、“圣人”同义，均指得道之人。 ⑥ 精：神，神明。 ⑦ 真：自然的天性。 ⑧ 天、德、道：均指道。兆：征兆，这里指预知。 ⑨ 薰然：温和慈爱的样子。君子：具有儒家理想人格的人物。 ⑩ 以法为分：以法度来区分事物。以名为表：以名号来标明事物的内涵。以参为验：参对各方面的情况以作为验证。以稽为决：深入考察各种情况以做出决定。其数一二三四是也：它们就会像一二三四这样清楚明了。齿：排列顺序。以事为常：以各有职事为惯常。蕃息：繁殖。畜藏：储藏。蕃息畜藏，老弱孤寡为意，皆有以养：此

句当作"以蓄息畜藏为意，老弱孤寡皆有以养"，有以，有所。 ⑪ 备：具备大道。 ⑫ 配：合。醇：与"准"同，取法。本数：指大道。末度：指礼制法度。六通四辟：指天地之间无不通达，六，六合；四，四维。其运无乎不在：指道的运行无所不在。 ⑬ 数度：即上文所说的"末度"，礼制法度。旧法：古代的法规。 ⑭ 邹鲁之士搢绅先生：指鲁国的儒生。 ⑮ 道：通。一说"《诗》以道志……《春秋》以道名分"此段文字为注文掺入。 ⑯ 数：指道术的具体学说。设：施用。 ⑰ 多：当为"各"字。一察：一际，一边，一隅。好：喜欢，偏爱。 ⑱ 该：兼备。一曲之士：懂得一偏之理的人。 ⑲ 判：分，离析。察：与"杀"通，割离，分裂。古人之全：存在古人身上的大道的全貌。称：符合。 ⑳ 内圣外王之道：在内用以修身，在外用以经世的学说。郁：积压，郁积。天下之人各为其所欲焉以自为方：天下的人各自做他想做的事，自以为得道。 ㉑ 必不合：指一定不符合大道。 ㉒ 天地之纯、古人之大体：均指道。裂：分割，割裂。

墨翟、禽滑釐

不侈于后世，不靡于万物，不晖于数度，以绳墨自矫而备世之急，古之道术有在于是者。[①]墨翟、禽滑釐闻其风而说之，为之大过，已之大循。[②]作为《非乐》，命之曰《节用》；生不歌，死无服。[③]墨子泛爱兼利而非斗，其道不怒；又好学而博，不异，不与先王同，毁古之礼乐。[④]

黄帝有《咸池》，尧有《大章》，舜有《大韶》，禹有《大夏》，汤有《大濩》，文王有辟雍之乐，武王、周公作《武》。[⑤]古之丧礼，贵贱有仪，上下有等，天子棺椁七重，诸侯五重，大夫三重，士再重。[⑥]今墨子独生不歌，死不服，桐棺三寸而无椁，以为法式。以此教人，恐不爱人；以此自行，固不爱己。未败墨子道，虽然，歌而非歌，哭而非哭，乐而非乐，是果类乎？[⑦]其生也勤，其死也薄，其道大觳；使人忧，使人悲，其行难为也，恐其不可以为圣人之道，反天下之心，天下不堪。[⑧]墨子虽独能任，奈天下何！离于天下，其去王也远矣。[⑨]

墨子称道曰："昔禹之湮洪水，决江河而通四夷九州也，名山三百，支川三千，小者无数。[⑩]禹亲自操橐耜而九杂天下之川；腓无胈，胫无毛，沐甚雨，栉疾风，置万国。[11]禹大圣也，而形劳天下也如此。”使后世之墨者，多以裘褐为衣，以跂跻为服，日夜不休，以自苦为极，[12]曰：“不能如此，非禹之道也，不足谓墨。”

相里勤之弟子五侯之徒，南方之墨者苦获、已齿、邓陵子之属，俱诵《墨经》，而倍谲不同，相谓别墨；[13]以坚白同异之辩相訾，以觭偶不仵之辞相应；[14]以巨子为圣人，皆愿为之尸，冀得为其后世，至今不决。[15]

墨翟、禽滑釐之意则是，其行则非也。[16]将使后世之墨者，必自苦以腓无胈、胫无毛相进而已矣。[17]乱之上也，治之下也。[18]虽然，墨子真天下之好也，将求之不得也，虽枯槁不舍也。[19]才士也夫！[20]

【注释】

① 侈：奢侈。靡：靡丽。晖：明，这里指夸耀。矫：矫正，磨砺。② 墨翟：姓墨，名翟，宋国人，稍后于孔子，创立墨家学说，主张节俭、非乐、非攻、尚贤、尚同，有《墨子》一书流传于世，为墨翟及其后学所作。禽滑釐：姓禽，字滑釐，初学于子夏，后改投墨翟门下。说：与“悦”同。大循：即“太顺”，太甚。为之大过，已之大循：指墨家一派的做法太过分，对人的自然欲望克制得过了头。 ③《非乐》《节用》：《墨子》中的两篇文章。④ 其道不怒：指克制自己而不迁怒于他人他物。不异：《墨子》中有《尚同》篇。 ⑤《咸池》《大章》《大韶》《大夏》《大濩》《武》：都是古代的音乐。辟雍：古代帝王处理政事、分封诸侯的地方。 ⑥ 仪：一定的准则。再：二。 ⑦ 败：坏。未败墨子道：指“我”这样说并不是要毁坏墨子的学说。歌而非歌，哭而非哭，乐而非乐：指理当唱歌的时候不让唱歌，理当哭泣的时候不让哭泣，理当快乐的时候不让快乐。是果类乎：这样果真像样吗？⑧ 其生也勤：在世的时候勤苦。其死也薄：死后又被简单埋葬。大觳(què)：太苛刻。反：逆，违背。不堪：不能忍受。 ⑨ 离：背离。王：王道。 ⑩ 湮：堵塞。名山：当作“名川”，大川。支川：支流。 ⑪ 槖：当作“橐”，用来装土的袋子。耜：挖土的工具。九：与“鸠”同，聚集。杂：集。甚雨：与“湛雨”同，淫雨，暴雨。置：设立。 ⑫ 裘褐：粗布衣服。跂(qí)：木屐。蹻(qiāo)：草鞋。 ⑬ 相里勤：姓相里，名勤，为南方墨家的首领，即《韩非子·显学》所称的“相里氏之墨”。五侯：人名，姓五，五与

"伍"同。苦获、已齿:人名,为墨家学派中的重要人物。邓陵子:人名,墨家中的重要人物,即《韩非子·显学》中所称的"邓陵氏之墨"。倍:与"背"同。倍谲:背离,不同。相谓别墨:互相称对方为别家之墨。 ⑭ 坚白同异之辩:坚白、同异是当时辩论的流行主题,这里借指诡辩。訾(zǐ):诋毁。觭偶:即"奇偶",独倡为"奇",互辩为"偶"。不仵(wǔ):不同,不合。应:应答,这里指辩论。 ⑮ 巨子:墨家的首领称为"巨子",又作"钜子"。尸:主。 ⑯ 此句言墨翟、禽滑釐的用意在于救世,这是无可厚非的,但是他们过于勤劳、节俭,并要求其他人与他们一样,这就过分了。⑰ 进:超过,超越。 ⑱ 此句言墨家学说乱世的罪责大,治人的功劳少。⑲ 真:确实。好:品格端正,美好。舍:放弃。将求之不得也,虽枯槁不舍也:指如果追求将自己的学说用于治理天下而不能,即使终身憔悴劳苦也不放弃。 ⑳ 才士:有才能的人。

宋钘、尹文

不累于俗,不饰于物,不苟于人,不忮于众,愿天下之安宁以活民命,人我之养毕足而止,以此白心,古之道术有在于是者。[①]宋钘、尹文闻其风而悦之,作为华山之冠以自表,接万物以别宥为始;[②]语心之容,命之曰心之行,以聏合驩,以调海内,请欲置之以为主。[③]见侮不辱,救民之斗,禁攻寝兵,救世之战。[④]以此周行天下,上说下教,虽天下不取,强聒而不舍者也,故曰上下见厌而强见也。[⑤]

虽然,其为人太多,其自为太少,[⑥]曰:"请欲固置五升之饭足矣。"[⑦]先生恐不得饱,弟子虽饥,不忘天下,日夜不休,[⑧]曰:"我必得活哉!"[⑨]图傲乎救世之士哉![⑩]曰:"君子不为苛察,不以身假物。"[⑪]以为无益于天下者,明之不如已也,以禁攻寝兵为外,以情欲寡浅为内,其小大精粗,其行适至是而止。[⑫]

【注释】

① 不累于俗:指不为世俗的荣华利禄所系累。不饰于物:指毫无掩饰,坦诚面对他人他物。不苟于人:不苟且于人,一说"苟"当作"苛"。忮

(zhì)：逆，违背。不忮于众：不违背众人的意愿。白心：表明自己的心意。②宋钘：见《逍遥游》“宋荣子”注。尹文：姓尹，名文，齐宣王时人，曾为稷下先生，《汉书·艺文志》载《尹文子》一篇。华山之冠：一种上下均平的高冠。自表：表明自己的心志。别宥：去掉囿于一曲的偏见。③命：名。语心之容，命之曰心之行：把内心的真正想法表述出来，就称之为将内心的想法付诸于具体的行动。胹(ér)：和。驩：与“欢”同。以胹合驩：以柔和的态度应和他人以取得他人的欢心。调：调和。欲置之以为主：想要把它作为治理天下的指导思想，之，指上文“不累于俗……以此白心”的一段文字。④见侮不辱：指被他人侮辱而自己不觉得是耻辱。寝：息。⑤上说下教：对上，游说君主，对下，教化百姓。不取：不听取，不用。强聒(guō)：勉强劝说，说个不停，聒，喧哗，嘈杂。不舍：不放弃。上下见厌而强见也：指被上下阶层的人讨厌，还要勉强拜见。⑥为人：为他人谋利。自为：为自己着想。⑦固：固定。⑧先生：指宋钘、尹文。弟子：指宋钘、尹文的弟子。⑨我必得活哉：指我必定能使百姓得以生活下去。⑩图傲：高大的样子。⑪不以身假物：指不为外物所役使，假，借。⑫以为无益于天下者，明之不如已也：认为对天下百姓没有用的东西，与其将它宣明于世，还不如不这样做。以禁攻寝兵为外，以情欲寡浅为内：外在的活动以禁止攻伐、停息战争为主，内在的修养以减少情欲为主。其小大精粗：指行为和思想的各个方面。其行适至是而止：他们的行为不过如此而已。

彭蒙、田骈、慎到

公而不当，易而无私，决然无主，趣物而不两，不顾于虑，不谋于知，于物无择，与之俱往，古之道术有在于是者。[1]彭蒙、田骈、慎到闻其风而悦之，齐万物以为首，[2]曰：“天能覆之而不能载之，地能载之而不能覆之，大道能包之而不能辩之。”知万物皆有所可，有所不可，故曰：“选则不遍，教则不至，道则无遗者矣。”[3]

是故慎到弃知去己而缘不得已，泠汰于物以为道理，曰：“知不知，将薄知而后邻伤之者也。”謑髁无任而笑天下之尚贤也，纵脱无行而非天下之大圣，椎拍輐断，与物宛转，舍是与非，苟可以免，不师知虑，不知前后，魏然而已矣。[4]推而后行，曳而后往，若飘风之还，若羽之旋，若磨石之隧，全而无非，动静无过，未尝有罪。[5]是何故？夫无知之物，无建己之患，无用知之累，动静不离于理，是以终身无誉。[6]故曰："至于若无知之物而已，无用贤圣，夫块不失道。"[7]豪桀相与笑之曰：[8]"慎到之道，非生人之行而至死人之理，适得怪焉。"[9]

田骈亦然，学于彭蒙，得不教焉。[10]彭蒙之师曰："古之道人，至于莫之是莫之非而已矣。其风窢然，恶可而言？"[11]常反人，不见观，而不免于魭断。[12]其所谓道非道，而所言之韪不免于非。[13]彭蒙、田骈、慎到不知道。虽然，概乎皆尝有闻者也。[14]

【注 释】

① 当：当作"党"。公而不当：公正而不偏袒。易而无私：平允而没有私心。决然无主：心中没有主观的成见。趣物而不两：指和同万物而不分离。顾：顾虑，思考。 ② 彭蒙：齐国的隐士，姓彭，名蒙，曾游稷下。田骈：齐国人，姓田，名骈，又称陈骈，号"天口骈"，齐稷下先生，《汉书·艺文志》载《田子》二十五篇，已亡。慎到：赵国人，姓慎，名到，稷下先生，《汉书·艺文志》载《慎子》四十二篇，今存五篇。齐万物以为首：以齐同万物为首先的工作。 ③ 辩：与"辨"同，区别。选则不遍：有所选择就不能周遍。教则不至：有所教诲就必定有遗漏和局限，不能至于大道。道则无遗者矣：道存在一切事物中，无所遗漏。 ④ 泠汰于物：顺应万物，任其自然。薄：迫近。邻：近，一说"邻"当作"蹸"。知不知，将薄知而后邻伤之者也：指勉强去了解自己所不知道的东西，势必会被"知"所迫而受到伤害。謑髁(xí kē)：顺随。无任：无所施用。纵脱无行：放纵自由而无所施行。椎拍輐(wàn)断：随物宛转变化。宛转：顺应变化。舍：弃。苟：姑且。免：免于患累。师：取法，使用。魏然：与"巍然"同，岿然不动的样子。 ⑤ 曳：拉，拖。还：读为"旋"。若羽之旋：一说当作"若落羽之旋"。磨石：即磨，用来碾碎谷物的石器。隧：运转。 ⑥ 建己：师心自用。 ⑦ 块：土块。此句言只需要做到像没有知觉的物体就行了，不需要贤圣之人，土块身上就有大道存在。 ⑧ 豪桀：即"豪杰"，指德才兼备的贤能之人。

⑨ 非生人之行而至死人之理：不是生人所该修行的，而是死人的道理。怪：诡怪的学说。 ⑩ 得不教：得不言之教。 ⑪ 风：风教。窢（xù）然：寂静。 ⑫ 反：逆，违背。观：美，一说当作“欢”。不见观：不被称赞。魭（wǎn）断：与“輐断”同义。 ⑬ 韪（wěi）：是。 ⑭ 概乎皆尝有闻者也：对于道的概要已经有所了解。

关尹、老聃

以本为精，以物为粗，以有积为不足，淡然独与神明居，古之道术有在于是者。[①]关尹、老聃闻其风而悦之，建之以常无有，主之以太一，以濡弱谦下为表，以空虚不毁万物为实。[②]

关尹曰：“在己无居，形物自著。[③]其动若水，其静若镜，其应若响。[④]芴乎若亡，寂乎若清，同焉者和，得焉者失。[⑤]未尝先人而常随人。”[⑥]

老聃曰：“知其雄，守其雌，为天下溪；知其白，守其辱，为天下谷。”[⑦]人皆取先，己独取后，曰受天下之垢；[⑧]人皆取实，己独取虚，无藏也故有余，岿然而有余。[⑨]其行身也，徐而不费，无为也而笑巧；[⑩]人皆求福，己独曲全，曰苟免于咎。[⑪]以深为根，以约为纪，曰坚则毁矣，锐则挫矣。[⑫]常宽容于物，不削于人，可谓至极。[⑬]

关尹、老聃乎！古之博大真人哉！[⑭]

【注释】

① 本：指道。以有积为不足：以积储为不足，使天下万物各自足，则无不足。 ② 关尹：姓尹，名喜，据说曾向老子问道。建：树立。建之以常无有：以非无非有为标榜，即将学说建立在非无非有的哲学基础上。太一：道。濡弱：柔弱。表：外表。实：内质。 ③ 居：占有，据为己有。形物自著：指有形体的事物将自然显露出来。 ④ 其应若响：他顺应万物就像响应声那样快速。 ⑤ 芴：与“惚”同，芴乎：恍惚不定的样子。亡：无。清：清虚。 ⑥ 未尝先人而常随人：未曾走在别人前面而常跟在后面，指常顺应他人而未曾使人跟从于己。 ⑦ 雄、白：指好胜自显。雌、辱：指静默退守。溪、谷：指为天下所归的道。按，此段文字见于《老子》二

十八章。 ⑧ 人皆取先，己独取后：即《老子》六十七章“不敢为天下先”的意思。受天下之垢：即《老子》七十八章“受国之垢，是谓社稷主”的意思。 ⑨ 岿然：独立不动的样子。一说“岿然而有余”为衍文。 ⑩ 行身：修身，立身行事。徐：缓慢。费：亏损。笑巧：嘲笑有智巧的人。 ⑪ 曲全：委曲求全。咎：罪责。 ⑫ 以深为根：以玄深的道作为根本。以约为纪：以简单精约作为纲纪。坚则毁矣：坚固就会被毁坏。锐则挫矣：锐利就会被错平。 ⑬ 宽容：一说“容”为衍文。削：侵削，苛察。至极：到达最顶端，指得道。 ⑭ 博大：指心胸与精神状态的宽博广大。真人：得道之人。

庄周道术

芴漠无形，变化无常，死与生与，天地并与，神明往与！① 芒乎何之，忽乎何适，万物毕罗，莫足以归，古之道术有在于是者。② 庄周闻其风而悦之，以谬悠之说，荒唐之言，无端崖之辞，时恣纵而不傥，不以觭见之也。③ 以天下为沈浊，不可与庄语，以卮言为曼衍，以重言为真，以寓言为广。④ 独与天地精神往来而不敖倪于万物，不谴是非，以与世俗处。⑤ 其书虽瑰玮而连犿无伤也。⑥ 其辞虽参差而諔诡可观。⑦ 彼其充实不可以已，上与造物者游，而下与外死生无终始者为友。其于本也，弘大而辟，深闳而肆，其于宗也，可谓稠适而上遂矣。⑧ 虽然，其应于化而解于物也，其理不竭，其来不蜕，芒乎昧乎，未之尽者。⑨

【注释】

① 芴漠：恍惚迷茫，“芴”与“惚”同。与：与“欤”同。并：混同，并生。 ② 芒乎：不清楚的样子。忽乎：不安定的样子。之、适：往，至。毕：全部。罗：列。归：归宿，归结，这里有限定在某个领域的意思。 ③ 谬悠：玄虚悠远。荒唐：广大。无端崖：没有边际。恣纵：放纵自由。傥：与“党”通，偏私。觭：与“奇”通，片面的看法，一端之说。 ④ 沈浊：沉重污浊，指世俗之人沉溺于外界物欲而远离真道。庄语：指端正庄重的话语。卮言、曼衍、重言、寓言：并见《寓言》篇。真：指寄托有真意。广：指广泛阐释至理。

⑤ 精神：神明。敖倪：傲视，看不起。谴：责问。不谴是非：不去责问谁是谁非。 ⑥ 瑰玮：奇特壮丽。连犿(fān)：和顺。无伤：不损伤大道真义，一说不损伤物性。 ⑦ 参差：指《庄子》的语言，虚实不一。諔(jì)诡：奇异，又见《德充符》。 ⑧ 本：大道。辟：开，这里指广阔无垠，没有边际。深闳：深广宏远。肆：放纵畅达。宗：与“本”同，道。稠适：即“调适”，和顺适意。遂：畅达。 ⑨ 应于化而解于物：顺应变化而脱离外界物欲的系累。蜕：与“脱”同，脱离，舍弃。其来不蜕：指不脱离于道。芒乎昧乎：玄深悠远的样子。未之尽：不能穷尽他的妙理。

惠施多方

惠施多方，其书五车，其道舛驳，其言也不中。[①]历物之意，[②]曰：“至大无外，谓之大一；至小无内，谓之小一。[③]无厚，不可积也，其大千里。[④]天与地卑，山与泽平。[⑤]日方中方睨，物方生方死。[⑥]大同而与小同异，此之谓小同异；万物毕同毕异，此之谓大同异。[⑦]南方无穷而有穷，今日适越而昔来。[⑧]连环可解也。[⑨]我知天下之中央，燕之北越之南是也。[⑩]泛爱万物，天地一体也。”

惠施以此为大，观于天下而晓辩者，天下之辩者相与乐之。[⑪]卵有毛，鸡三足，郢有天下，犬可以为羊，马有卵，丁子有尾，火不热，山出口，轮不蹍地，目不见，指不至，至不绝，龟长于蛇，矩不方，规不可以为圆，凿不围枘，飞鸟之景未尝动也，镞矢之疾而有不行不止之时，狗非犬，黄马骊牛三，白狗黑，孤驹未尝有母，一尺之捶，日取其半，万世不竭。[⑫]辩者以此与惠施相应，终身无穷。

【注释】

① 方：术。其书五车：他的藏书可以装满五车。舛：乖谬。驳：杂。舛驳：驳杂不纯。不中：不符合大道。 ② 历物之意：辨析事物的道理。③ 至大无外：最大的东西没有外围。至小无内：最小的东西没有内核。④ 此句言最薄的东西没有厚度，如果将它们累积起来，却能广被千里。⑤ 此句言从高度的相对性来说，天与地一样低，山与草泽一样平。

⑥ 睨：斜视。此句言从时间的连续性来看，太阳刚过当午，马上就偏西了，万物刚产生，马上就进入了死亡状态。 ⑦ 大同、小同：这是两个相对而言的概念，大同是就更高更宽泛的类而言，小同是就低层的种、属而言，如动物、植物都属于生物，这就是大同，而人和野兽都属于动物，这就是小同，其他以此类推。大同而与小同异，此之谓小同异：如野兽与柏树不同，这就叫做小同异。万物毕同毕异：从万物的共性而言，万物都相同，从万物的个性而言，万物都不同。 ⑧ 南方无穷而有穷：从世俗的眼光看，南方是无穷远的，如果从宇宙无穷远的角度来看，南方则是有穷尽的。今日适越而昔来：从时差的观念来看，刚到达越国，对于越国人来说是今天，但对于另一个地方的人来说已成为昨天。 ⑨ 连环可解：连环本来不可解，但如果将连环打碎，则自然解散。 ⑩ 此句言从宇宙空间的无穷大来看，燕之北，越之南不过是非常小的一部分，所在的地方都可以看作宇宙的中央。 ⑪ 大：指最高的真理。观：夸耀，炫耀。晓辩者：教授给辩士们。 ⑫ 卵有毛：卵具有孵出带有羽毛动物的可能性，如鸡蛋能孵出带有羽毛的鸡。鸡三足：鸡本来有两足，加上用来称呼鸡脚的"足"这一概念，就是三足。郢有天下："郢"是楚国的都城，仅属于天下的一部分，但从整体与部分的不可分割性来看，天下没有"郢"将不复成其为天下，有"郢"之后方可称为天下，故称"郢有天下"。犬可以为羊：从名实关系的不确定性来看，"犬"可以用来称呼羊，"羊"也可以用来称呼犬。马有卵：这也是从名实关系的不确定性立论，马本为胎生，但"卵"未尝不可以用来称呼胚胎，故称"马有卵"。丁子：蛤蟆。丁子有尾：蛤蟆是由蝌蚪转变成，蝌蚪有尾巴，因此，蛤蟆也就有尾巴。火不热：火本身不热，"热"是人的感觉。山出口：人称呼山为"山"，故称"山出口"。轮不蹍(nián)地：车轮在运转的时候，只是某一点接触地面，而并不是车轮的每个部位都接触地面。目不见：眼睛本身不能看见事物，必须借助光与火。指：指事物的外在形相。指不至，至不绝：指事物的外在形相不能直接表现事物的本质，即使能直接表现事物的本质，也只是局部的浅层的，而不能将事物所有的本质穷尽地表现出来。龟长于蛇：一般来说，龟比蛇短，但如果将千年巨龟与某些初生的小蛇相比，则龟要长于蛇。矩不方，规不可以为圆："规""矩"都是人工制作出来的画方画圆的工具，它们画出来的方、圆与理想状

态中的方、圆是有误差的。凿不围枘：木柄装入凿眼中，四周总会留下空隙，不可能完全密合。飞鸟之景未尝动也：假设在空间与时间的坐标中，将飞鸟飞过的路线用点一一固定标明，那么，在固定的点上，或者说，在固定的时间与空间中，飞鸟是不动的。镞矢之疾而有不行不止之时：这是从时间的延续性和绝对静止来说的，运动的箭头在时间、空间坐标中的某个点是静止不行的，但由于这个时间点与下个时间点有着密不可分的连续性，则这个时间点的静止，也就是下个时间点的运动。狗非犬："狗"与"犬"所指虽然相同，但名号不同。黄马骊牛三：马、牛为二，再加上用来称呼马、牛的"黄马骊牛"的概念就是三。白狗黑：白狗的眼睛是黑色的，如果以眼睛的颜色来确定名称，则白狗未尝不可称为黑狗。孤驹未尝有母：马驹本来有母亲，但"孤"说明它的母亲已死，故称"未尝有母"。捶：杖。一尺之捶，日取其半，万世不竭：事物可以按固定的比例进行无限分割，因为它们总是由无穷小的单位组成，一尺长的木杖，今天取一半，明天再取一半的一半，以此类推，剩下的一半木杖可以无限细分，故称"万世不竭"。

桓团、公孙龙辩者之徒，饰人之心，易人之意，能胜人之口，不能服人之心，辩者之囿也。[①]惠施日以其知与人之辩，特与天下之辩者为怪，此其柢也。[②]

然惠施之口谈，自以为最贤，曰天地其壮乎！[③]施存雄而无术。[④]南方有倚人焉曰黄缭，问天地所以不坠不陷，风雨雷霆之故。[⑤]惠施不辞而应，不虑而对，遍为万物说，说而不休，多而无已，犹以为寡，益之以怪。[⑥]以反人为实而欲以胜人为名，是以与众不适也。[⑦]弱于德，强于物，其涂隩矣。[⑧]由天地之道观惠施之能，其犹一蚊一虻之劳者也。[⑨]其于物也何庸！[⑩]夫充一尚可，曰愈贵道，几矣！[⑪]惠施不能以此自宁，散于万物而不厌，卒以善辩为名。[⑫]惜乎！惠施之才，骀荡而不得，逐万物而不反，是穷响以声，形与影竞走也。[⑬]悲夫！

【注释】

① 桓团：赵国人，姓桓，名团，著名的辩士。囿：局限。 ② 日：每天。与人之辩：一说"之"为衍文。特：独。为怪：指为怪异之说。柢：与"氐"

同，大略，概要。 ③ 口谈：指辩论。壮：广大。天地其壮乎：只有天地比自己广大。 ④ 施存雄而无术：惠施存有雄心但没有道术。 ⑤ 倚人：即“奇人”。黄缭：姓黄，名缭，楚国辩士。 ⑥ 不辞而应，不虑而对：不加推辞而答应，不加思考而应对。休、已：止。益：增加。怪：奇谈怪论。⑦ 以反人为实：以违背了人情为(学说的)实质。适：和谐。 ⑧ 弱于德：轻视对道德的修养。强于物：急于追求外物。涂：与“途”同，道。隩(yù)：狭隘，偏曲。 ⑨ 此句言站在天道的高度来审视惠施的才能，犹如蚊虻的一举一动而不足称道。 ⑩ 庸：与“用”同。 ⑪ 几：殆，危险。此句言把它当作一己的才能尚可，如果认为它比道还贵重，那就危险了。⑫ 散于万物而不厌：分散精神，追求外物而不满足。 ⑬ 骀荡：放荡，摇荡。逐万物而不反：追逐万物而不知返回大道。是穷响以声，形与影竞走也：这是想要去掉回响却不断发出声音，想要熄灭影子却不断奔跑的做法。

【导读】

本文是《天下》篇，被人们称为最早的一篇中国学术史，或者可以说是以庄学的视域撰著的一篇先秦学术小史，是先秦学术思想的总结。

春秋末到战国间，是中国学术文化大分裂、大发展的时代。其时“士”阶层的兴起作为一明显标志，开启了私家著述、自由讲学之风，即诸子百家争鸣的时期。而对诸子之分派及思想，在周秦之际已多有论述，代表者如《庄子·天下》、《荀子·非十二子》、《韩非子·显学》、《吕氏春秋·不二》等，至汉代则有《淮南子·要略》、司马谈《论六家要旨》以及《汉书·艺文志·诸子略》等，庄子此文，堪称开风气之先，弥足珍贵。

全文可分为七节：第一节总论学术，以天下之方评骘诸家之学，以道术之本论述其探讨宇宙、人生本原的学问，文中提到的“百家之学”、“内圣外王之道”、“道术将为天下裂”等命题，具有极强的学术史的生命力。而这一节也可视为全文的总纲，是庄子学派对先秦学术的反思与对至上之道的探寻。继此以下六节，分别论述“墨翟、禽滑釐”、“宋钘、尹文”、“彭蒙、田骈、慎到”、“关尹、老聃”、“庄周”、“惠施、公孙龙”等人的学术。其中对诸家学术的评价，皆能把握其思想大要，如第二节论墨子兼爱、尚俭、利他、非攻、非乐、平等主张，赞扬其为救世能士，而批评其过于严苛而难以实行等等，均各有褒贬，论述周备。其中惟独对老聃与庄周学术，则一味称赞，自当有门户之见。如论老聃“古之博大真人”，论庄周“以谬悠之说，荒唐之言，无端崖之辞，时恣纵而不傥，不以觭见之也”以及“独与天地精神往来而不敖倪于万物”，于夸饰之中，亦能体现道家思想的根本与庄学的自由精神。

《历代名著精选集》书目

黄帝内经　周易
诗经　周礼
左传　国语
论语　孟子
老子　庄子
管子　晏子春秋
商君书　墨子
荀子　韩非子
六韬·三略·阴符经　鬼谷子·本经阴符七术
孙子兵法　孙膑兵法
山海经　列子
吕氏春秋　战国策
楚辞　吴越春秋
新语　新书
礼记　孝经
淮南子　史记
汉书　东观汉记
后汉书　三国志
博物志　西京杂记
搜神记　华阳国志

水经注
世说新语
抱朴子
文心雕龙
金刚经
贞观政要
大唐西域记
唐宋传奇
唐诗三百首
资治通鉴
朱子语类
东京梦华录
容斋随笔
元曲三百首
阳明传习录
徐霞客游记
陶庵梦忆
东华录
扬州画舫录
人间词话

洛阳伽蓝记
颜氏家训
高僧传
诗品·二十四诗品
六祖坛经
史通
茶经
唐语林
宋词三百首
梦溪笔谈
近思录
武林旧事
元朝秘史
本草纲目
日知录
五杂组
闲情偶寄
阅微草堂笔记
曾国藩家书